本色文丛·柳鸣九　主编

乡愁深处

刘汉俊／著

海天出版社（中国·深圳）

图书在版编目（CIP）数据

乡愁深处 / 刘汉俊著. —深圳：海天出版社，2017.9
（本色文丛）
ISBN 978-7-5507-2040-4

Ⅰ.①乡… Ⅱ.①刘… Ⅲ.①散文集–中国–当代
Ⅳ.①I267

中国版本图书馆CIP数据核字（2017）第139465号

乡愁深处
XIANGCHOU SHENCHU

深圳出版发行集团
海 天 出 版 社

出 品 人	聂雄前
策划编辑	林星海
项目负责人	韩海彬
责任编辑	韩海彬
责任技编	蔡梅琴
装帧设计	smart 深圳斯迈德设计 0755-83144228

出版发行	海天出版社
地　　址	深圳市彩田南路海天大厦（518033）
网　　址	www.htph.com.cn
订购电话	0755-83460397（批发）　0755-83460239（邮购）
印　　刷	深圳市新联美术印刷有限公司
开　　本	787mm×1092mm　1/32
印　　张	11
字　　数	183千
版　　次	2017年9月第1版
印　　次	2017年9月第1次
定　　价	37.00元

刘汉俊，中国作家协会会员。正高职称。先后毕业于武汉理工大学船舶无线电通讯工程系、武汉大学新闻系。博士学位，研究生学历。在《人民日报》《光明日报》《中国纪检监察报》《学习时报》《北京日报》《文汇报》《湖北日报》《人民文学》《中国作家》《北京文学》《美文》《青年文学》《读者》《雨花》等报刊发表多篇作品。两篇作品入选中学教材，11篇作品被选为中学阅读材料、复习试题、模拟试题和中考、高考试题。出版个人文学专集《一个人的河流》《午夜的阳光》《千年的桨声》《文化的颜色》《南海九章》等六部；专著《缔造精神》《塑造形象》《党政干部传统文化学习丛书·重民本》等三部。

曾任中宣部新闻局副局长。现任中宣部宣传舆情研究中心主任、思想政治研究所所长、《党建》杂志社社长。

总序：学者散文漫议

◎ 柳鸣九

　　"本色文丛"现已出版三辑，共二十四种书，在不远的将来，将出齐五辑共四十种书。作为一个散文随笔文化项目，已经达到了一定的规模，也大致上形成了自己的特色：一是以"有作家文笔的学者"与"有学者底蕴的作家"为邀约对象，而由于我个人的局限性，似乎又以"有作家文笔的学者"为数更多；二是力图弘扬知性散文、文化散文、学识散文，这几者似乎可统称为"学者散文"。

　　前一个特点，完全可以成立，不在话下，你们邀哪些人相聚，以文会友，这是你们自家的事，你们完全可以采取任何的称呼，只要言之有据即可。何况，看起来的确似乎是那么回事。

　　但关于第二个特点，提出"学者散文"这个概念本身就是易于带来若干复杂性的问题，要说明清楚本就不容易，要论证确切更为麻烦，而且说不定还会有若干纠缠需要澄清。所有这些，就不是你们自己的事，而是大家关心的事了。

　　在这里，首先就有一个定义与正名的问题：究竟何谓"学者散文"？在局外人看来，从最简单化的字面上的含义来说，"学者散文"大概就是学者写的散文吧，而不是生活中被称为"作家"的那些爬格子者、敲键盘者所写的散文。

然而实际上，在散文这个广大无垠的疆土上活动着的人，主要还是被称为作家的这一个写作群体，而不是学者。再一个明显的实际情况就是，在当代中国散文的疆域里，铺天盖地、遍野开花的毕竟是作家这一个写作者群体所写的散文。

那么，把涓涓细流的"学者散文"汇入这个主流，统称为散文不就得了嘛，何必另立旗号？难道你还奢望喧宾夺主不成？进一步说，既然提出了"学者散文"之谓，那么，写作者主流群体所写的散文究竟又叫什么散文呢？虽然在中外古典文学史中，甚至在20世纪前50年的中国文学界中，写散文的作家，大多数都同时兼为学者、学问家，或至少具有学者、学问家的素质与底蕴。只是在近半个多世纪以来的中国文学界中，同一个人身上作家身份与学者身份互相剥离，作家技艺与学者底蕴不同在、不共存的这种倾向才越来越明显。我们注意到这种现实，我们尊重这种现实，那么，且把近半个多世纪以来由纯粹的作家（即非复合型的写作者）创作的遍地开花的散文作品，称为"艺术散文"，可乎？

似乎这样还说得过去，因为，纯粹意义上的作家，都是致力于创作的，而创作的核心就是一个"艺"字。因此，纯粹意义上的作家，就是以艺术创作为业的人，而不是以"学"为业的人，把他们的散文称为艺术散文，既是一种应该，也是一种尊重。

话不妨说回去，在我的概念中，"学者散文"一词其实是从写作者的素质与条件这个意义而言的。"素质与条件"，简而言之，就是具有学养底蕴、学识功底。凡是具有这种特点、条件的人，所写出的具有知性价值、文化品位与学识功底的散文，皆可称"学者散文"。并非强调写作者具有什么样的身份，在什么领域中活动，从事哪个职业行当，供职于哪个部门……

以上说的都是外围性的问题，对于外围性的问题，事情再复杂，似乎还是说得清楚的，但要往问题的内核再深入一步，对学者散文做进一步的说明，似乎就比较难了。具体来说，究竟何为"学者散文"？"学者散文"究竟具有什么特点？持着什么文化态度？表现出什么风格姿态？敝人既然闯入了这个文艺白虎堂，而且受托张罗"本色文丛"这个门面，那也就只好硬着头皮，提供若干思索，以就教于文坛名士才俊、鸿儒大家了。

说到为文构章，我想起了卞之琳先生的一句精彩评语，那时我刚调进外文所，作为他的助手，我有机会听到卞公对文章进行评议时的高论妙语。有一次他谈到一位年轻笔者的时候，用幽默调侃的语言评价说："他很善于表达，可惜没什么可表达的。"说话风趣幽默，针砭入木三分。不论此评语是否完全准确，但他短短一语毕竟道出了为文成章的两大真谛：一是要有可供表达、值得表达的内容，二是要有善于表达的文笔。两者缺一不可，如果两者具备，定是珠联璧合的佳作。这个道理，看起来很简单、很朴素，甚至看起来算不上什么道理，但的的确确可谓为文成章的"普世真理"、当然之道。对散文写作，亦不例外。

就这两个方面来说，有不同素养的人、有不同优势与长处的人，各自在不同的方面肯定是有不同表现的，所出的文字，自然会有不同的特点与风格。一般来说，艺术创作型的写作者，即一般所谓的作家，在如何表达方面无一不具有一定的实力与较熟练的技巧。且不说小说、诗歌与戏剧，只以散文随笔而言，这一类型的写作者，在语言方面，其词汇量也更多更大，甚至还能进而追求某种语境、某种色彩、某种意味；在谋篇布局方面，烘托铺垫、起承转合、舒展伸延、跌宕起伏、统筹安排、井然有序。所有这些，在中华文章之道中本有悠久传统、丰富经验，如今更是轻车熟路，掌握自如；在描写与叙述方面，不论是描写客观的对象还是自我，哪怕只是描写一个细小的客观对象，或者描写自我的某一段平常而普通的感受，也力求栩栩如生、细致入微，点染铺陈，提高升华，不怕你不受感染，不怕你不被感动；在行文上，则力求行云流水，妙笔生花，文采斐然，轻灵跃动；在阅读效应上，也更善于追求感染力效应的最大化，宣传教育效应的最大化，美学鉴赏效应的最大化。总而言之，读这一种类型的散文是会有色彩缤纷感的，是会有美感的，是会有愉悦感的，而且还能引发同感共鸣，或同喜或同悲，甚至同慷慨激昂、同心潮澎湃……

我以上这些浅薄认识与粗略概括是就当代与学者散文有所不同的主流艺术散文而言的，也就是指生活中所谓的纯粹作家的作品而言的。我有资格做这种概括吗？说实话，心里有些发虚，因为我对当代的散文，可以说是没有多少研究，仅限于肤表的认识。

在这里，我不得不对自己在散文阅读与研习方面的基础，做出如实的交代：实事求是地说，20世纪前50年的散文我还算读过不少，鲁迅、茅盾、谢冰心、沈从文、朱自清、俞平伯、老舍、徐志摩、郁达夫、凌叔华、胡适、林语堂、周作人等人的散文作品，虽然我读得很不全，但名篇、代表作都读过一些。这点文学基础是我从中学教科书、街上的书铺、学校的图书馆，以至后来在北大修王瑶的中国现代文学史期间完成的。在大学，念的是西语系，后又干外国文化研究这个行当，从此，不得不把功夫都用在读外国名家名作上面去了。就散文作品而言，本专业的法国作家作品当然是必读的：从蒙田、帕斯卡尔、笛卡尔、伏尔泰、狄德罗、卢梭，到夏多布里盎、雨果、都德，直到20世纪的马尔罗、萨特、加缪等。其他专业的作家如英国的培根、德国的海涅、美国的爱默生、俄国的屠格涅夫等人的作品，也都有所涉猎。但我对中国 20 世纪 50 年代以后的半个多世纪以来的散文随笔就读得少之又少了，几乎是一穷二白。承深圳海天出版社的信任，张罗"本色文丛"，这对我来说，实在是"专业不对口"，只是为了把工作做得还像个样子，才开始拜读当代文坛名士高手的散文随笔作品。有不少作家的确使我很钦佩，他们在艺术上的讲究是颇多的，技艺水平也相当高，手段也不少，应用得也很熟练，读起来很舒服，很有愉悦感，很有美感。

不过，由于我所读的中国现代文学中的散文名家，以及外国文学中的散文作家，绝大部分都是创作者与学者两身份相结合型的，要么是作家兼学者，要么就是我所说的"有学者底蕴的作家"，"近朱者赤近墨者黑"，耳濡目染，自然形成我对散文随笔中思想底蕴、学识修养、精神内容这些成分的重视，这样，不免对当代某些纯粹写作型的散文随笔作家，多少会有若干不满足感、欠缺感。具体来说，有些作家的艺术感以及技艺能力、细腻的体验感受，固然使人钦佩，但是往往欠于思想底气、学养底蕴、学识储蓄，更缺隽永见识、深邃思想、本色精神、人格力量，这些对散文随笔而言，恰巧是至关重要的东西。当然，任何一篇散文作品是不可能没有思想，不可能不发表见解的，但在一些作家那里，却往往缺少深度、力度、隽永与独特性。更令人失望的是，有些思想、话语、见识往往只属于套话、俗话甚至是官话的性质，这在一个官本位文化盛行的社会里是自然的、必然的。总而言之，往往缺少一种独立的、特定的、本色的精气神，缺乏一种真正特立独行而又具有普遍意义的人文精神。

以上这种情况已经露出了不妙的苗头，还有更帮倒忙的是艺术手段、表现技艺的喧宾夺主，甚至是技艺的泛滥。表现手段本来是件好事，但如果没有什么可表现的，或者表现的东西本身没有多少价值，没有什么力度与深度，甚至流于凡俗、庸俗、低俗的话，那么这种表现手段所起的作用就恰好适得其反了。反倒造成装腔作势、矫揉造作、粉饰作态、弄虚作假的结果。应该说，技艺的讲究本身没有错，特别是在小说作品中，乃至在戏剧作品中，是完全适用的，也是应该的，但偏偏对于散文这样一种直叙其事、直抒胸臆的文体来说，是不甚相宜的。若把这些技艺都用在散文中间的话，在我们的眼前，全是丰盛的美的辞藻，全是绵延不断、绝美动人的文句，全是至美极雅的感受，全是绝美崇高的情感……在我看来，美得有点过头，美得叫人应接不暇，美得叫人透不过气来，美得使人有点发腻。对此，我们虽然不能说这就是"善于表现，可惜没有什么好表现的"，但至少是"善于表现"与"可表现的"两者之间的不平衡，甚至是严重失衡。

平衡是万物相处共存的自然法则，每个物种、每个存在物都有各自的特点，既有优也有劣，既有长也有短，文学的类别亦不例外。艺术散文有它的长处，也必然有与其长处相关联的软肋。对我们现在要说道说道的学者散文，情形也是这样。学者散文与艺术散文，当然有相当大的不同，即使说不上是泾渭分明，至少也可以说是各有不同的个性。我想至少有这么两点：其一，艺术散文在艺术性上，一般的来说，要多于高于学者散文。在这一点上，学者散文是一个弱点，但不可否认，也是学者散文的一个特点。显而易见，在语言上，学者散文的词汇量，一般的来说，要少于艺术散文。至于其色彩缤纷、有声有色、精细入微的程度，学者散文显然要比艺术散文稍逊一筹；在艺术构思上，虽然天下散文的结构相对都比较简单，但学者散文也不如艺术散文那么有若干讲究；在艺术手段上，学者散文不如艺术散文那样多种多样、花样翻新；在阅读效果上，学者散文也往往不如艺术散文那么有感染力，能引起读者的悦读享受感，甚至引起共鸣的喜怒哀乐。其二，这两个文学品种，之所以在表现与效应上不一样，恐怕是取决于各自的写作目的、写作驱动力的差异。艺术散文首先是要追求美感，进而使人感染、感动，甚至同喜怒；学者散文更多的则是追求知性，进而使人得到启迪、受到启蒙、趋于明智。

这就是它们各自的特点，也是它们各自的长处与短处。这就是文学物种的平衡，这就是老天爷的公道。

讲清楚以上这些问题之后，我们再专门来说说学者散文，也许就会比较顺当了，我们挺一挺学者散文，也许就不会有较多的顾虑了。那么，学者散文有哪些地方可以挺一挺呢？

近几年来，我多多少少给人以"力挺学者散文"的印象。是的，我也的确是有目的地在"力挺学者散文"，这是因为我自己涂鸦涂鸦出来的散文，也被人归入学者散文之列，我自己当然也不敢妄自菲薄，这是我自己基于对文学史和文学实际状况的认知。

从文学史的发展来看，无论是中外，散文这一古老的文学物种，一开始就不是出于一种唯美的追求，甚至不是出于一种对愉悦感的追求；也不是为了纯粹抒情性、审美性的需要，而往往是由于实用的目的、认知的目的。中国最古老的散文往往是出于祭祀、记述历史，甚至是发布公告等社会生活的需要，如果不是带有很大的实用性，就是带有很大的启示性、宣告性。

在这里，请容许我扯虎皮当大旗，且把中国最早的散文文集《左传》也列为学者散文型类，来为拙说张本。《左传》中的散文几乎都是叙事：记载历史、总结经验、表示见解，而最后呈现出心智的结晶。如《曹刿论战》，从叙述历史背景到描写战争形式以及战役的过程，颇花了一些笔墨，最终就是要说明一个道理："夫战，勇气也。一鼓作气、再而衰、三而竭。"我不敢说曹刿就是个学者，或者是陆逊式的书生，但至少是个儒将。同样，《子产论政宽猛》也是叙述了历史背景、政治形势之后，致力于宣传这一高级形态的政治主张："政宽则民慢、慢则纠之以猛、猛则民残、残则施之以宽。宽以济猛、猛之济宽、政是以和。"此一政治智慧乃出自仲尼之口，想必不会有人怀疑仲尼不是学者，而记述这一段历史事实与政治智慧的《左传》的作者，不论是传说中的左丘明也好，还是妄猜中的杜预、刘歆也罢，这三人无一不是学者，而且就是儒家学者。

再看外国的文学史，我们遵照大政治家、大学者、大诗人毛泽东先生的不要"言必称希腊"遗训，且不谈柏拉图与亚里士多德，仅从近代"文艺复兴"的曙光开始照射这个世界的历史时期说起，以欧美散文的祖师爷、开拓者，并实际上开辟了一个辉煌的散文时代的几位大师为例，英国的培根，法国的蒙田，以及美国的爱默生，无一不是纯粹而又纯粹的学者。说他们仅是"学者散文"的祖师爷是不够的，他们干脆就是近代整个散文的祖师爷，几乎世界所有的散文作者都是在步他们的后尘。只是后来由于各种复杂的历史原因，到了我们的现实生活里，才有艺术散文与学者散文的不同支流与风格。

这几位近代散文的开山祖师爷，他们写作散文的目的都很明确，不是为了抒情，不是为了休闲，不是为了自得其乐，而都是致力于说明问题、促进认知。培根与蒙田都是生活在欧洲历史的转变期、转型期，社会矛盾重重，现实状态极其复杂。在思想领域里，以宗教世界观为主体的传统意识形态已经逐渐失去其权威，"文艺复兴"的人文主义思潮与宗教改革的要求，正冲击着旧的意识形态体系，推动着历史的发展。他们都是以破旧立新的思想者的姿态出现的，他们的目标很明确，都是力图修正与改造旧思想观念，复兴人类人文主义的历史传统，建立全新的认知与知识体系。培根打破偶像，破除教条，颠覆经院哲学思想，提倡对客观世界的直接观察与以实验为基础的科学方法，他的散文几乎无不致力于说明与阐释，致力于改变人们的认知角度、认知方法，充实人们的认知内容，提高人们的认知水平。仅从其散文名篇的标题，即可看出其思想性、学术性与文化性，如《论真理》《论学习》《论革新》《论消费》《论友谊》《论死亡》《论人之本心》《论美》《说园林》《论愤怒》《论虚荣》，等等。他所表述所宣示的都是出自他自我深刻体会、深刻认知的真知灼见，而且，凝聚结晶为语言精练、意蕴隽永、脍炙人口的格言警句，这便是培根警句式、格言式的散文形式与风格。

蒙田的整个散文写作，也几乎是完全围绕着"认知"这个问题打转，他致力于打开"认知"这道门、开辟"认知"这一条路，提供方方面面、林林总总的"认知"的真知灼见。他把"认知"这个问题强调到这样一种高度，似乎"认知"就是人存在的最大必要性，最主要的存在内容，最首要的存在需求。他提出了一个警句式的名言："我知道什么呢？"在法文中，这句话只有三个字，如此简短，但含义无穷无尽。他以怀疑主义的态度提出了一个对自我来说带有根本意义的问题：对自我"知"的有无，对自我"知"的广度、深度和力度，提出了根本性的质疑；对自我"知"的满足，对自我"知"的权威，对自我"知"的武断、专横、粗暴、强加于人，提出了文质彬彬、谦逊礼让，但坚韧无比、尖锐异常的挑战。如果认为这种质疑和挑战只是针对自我的、个人的蒙昧无知、混沌愚蠢、武断粗暴的话，那就太小看蒙田了，他的终极指向是占统治地位的宗教世界观、经院哲学，以及一切陈旧的意识形态。如此发力，可见法国人的智慧、机灵、巧妙、幽默、软里带硬、灵气十足，这样一个软绵绵的、谦让的姿态，在当时，实际上是颠覆旧时代意识形态权威的一种宣示、一种口号，对以后几个世纪，则是对人类求知启蒙的启示与推动。直到 20 世纪，"Que sais - je"这三个简单的法文字，仍然带有号召求知的寓意，在法国就被一套很有名的、以传播知识为宗旨的丛书，当作自己的旗号与标示。

　　在散文写作上，蒙田如果与培根有所不同，就在于他是把散文写作归依为"我知道什么呢？"这样一个哲理命题，收归在这面怀疑主义的大旗下，而不像培根旗帜鲜明地以打破偶像、破除教条为旗帜，以极力提倡一种直观世界、以科学实验为基础的认知论。但两人的不同，实际上不过是殊途同归而已，两人的"同"则是主要的、第一位的。致力于"认知"，提倡"认知"便是他们散文创作态度的根本相同点。值得注意的是，在他们的笔下，散文无一不是写身边琐事，花木鱼虫、风花雪月、游山玩水，以及种种生活现象；无一不是"说""论""谈"。而谈说的对象则是客观现实、社会事态、生活习俗、历史史实，以及学问、哲理、文化、艺术、人性、人情、处世、行事、心理、趣味、时尚等，是自我审视、自我剖析、自我表述，只不过在把所有这些认知转化为散文形式的时候，培根的特点是警句格言化，而蒙田的方式是论说与语态的哲理化。

从中外文学史最早的散文经典不难看出，散文写作的最初宗旨，就是认识、认知。这种散文只可能出自学者之手，只可能出自有学养的人之手。如果这是学者散文在写作者的主观条件方面所必有的特点的话，那么学者散文作为成品、作为产物，其最根本的本质特点、存在形态是什么呢？简而言之，就是"言之有物"，而不是"言之无物"。这个"物"就是值得表现的内容，而不是不值得表现的内容，或者表现价值不多的内容，更不是那种不知愁滋味而强说愁的虚无。总之，这"物"该是实而不虚、真而不假、厚而不浅、力而不弱，是感受的结晶，是认知的精髓，是人生的积淀，是客观世界、历史过程、社会生活的至理。

既然我们把"言之有物"视为学者散文基本的存在形态，那就不能不对"言之有物"做更多一点的说明。特别应该说明的是，"言之有物"不是偏狭的概念，而是有广容性的概念；这里的"物"，不是指单一的具体事物或单一的具体事件，它绝非具体、偏狭、单一的，而是容量巨大、范围延伸的：

就客观现实而言，"言之有物"，既可是现实生活内容，也可是历史的真实；

就具体感受而言，"言之有物"，是言之由具象引发出来的实感，是渗透着主体个性的实感，是情境交融的实感，特定际遇中的实感，有丰富内涵的实感，有独特角度的实感，真切动人的实感，足以产生共鸣的实感；

就主体的情感反应而言，"言之有物"，是言之有真挚之情，哪怕是原始的生发之情。是朴素实在之情，而不是粉饰、装点、美化、拔高之情；

就主体的认知而言，"言之有物"，首先是所言、所关注的对象无限定、无疆界、无禁区，凡社会百业、人间万物，无一不可关注，无一不应关注，一切都在审视与表述的范围之内。这一点固然重要，但更为重要的是，对关注与表述的对象所持的认知依据与标准尺度，是符合客观实际的，是遵循科学方法的。更更重要的是，要有独特而合理的视角，要有认知的深度与广度，有证实的力度与相对的真理性，有耐久的磨损力，有持久的影响力。这种要求的确不低，因为言者是科学至上的学者，而不是感情用事的人；

就感受认知的质量与水平而言，"言之有物"，是要言出真知灼见、独特见解，而非人云亦云、套话假话连篇。"言之有物"，是要言出耐回味、有嚼头、有智慧灵光一闪、有思想火光一亮的"硬货"，经久隽永的"硬货"；

就精神内涵而言，"言之有物"，要言之有正气，言之有大气，言之有底气，言之有骨气。总的来说，言之有精、气、神；

最后，"言之有物"，还要言得有章法、文采、情趣、风度……你是在写文章，而文章毕竟是要耐读的"千古事"！

以上就是我对"言之有物"的具体理解，也是我对学者散文的存在实质、存在形态的理念。

我们所力挺的散文，是"言之有物"的散文，是朴实自然、真实贴切、素面朝天、真情实感、本色人格、思想隽永、见识卓绝的散文。

我们之所以要力挺这样一种散文，并非为了标新立异、另立旗号，而是因为在当今遍地开花的散文中，艳丽的、娇美的东西已经不少了；轻松的、欢快的、飘浮的东西已经不少了；完美的、理想的东西已经不少了……"凡是存在的，必然是合理的"，请不要误会，我不是讲这些东西要不得，我完全尊重所有这些的存在权，我只是说"多了一点"。在我看来，这些东西少一点是无伤大雅、无损胜景、无碍热闹欢腾的。

然而相对来说，我们更需要明智的认知与坚持的定力，而这种生活态度，这种人格力量，只可能来自真实、自然、朴素、扎实、真挚、诚意、见识、学养、隽永、深刻、力度、广博、卓绝、独特、知性、学识等精神素质，而这些精神素质，正是学者散文所心仪的，所乐于承载的。

2016 年 9 月 20 日完稿

人物篇

尼山的月光

　　——一读孔子 ……………………………………… 2

天下一轮春秋月

　　——再读孔子 ……………………………………… 12

徐霞客为什么是科学家 ……………………………… 22

徐霞客科学精神的人文支撑 ………………………… 36

两个人的战争（上）………………………………… 50

两个人的战争（下）………………………………… 59

曾国藩之累 …………………………………………… 69

曾国藩之势 …………………………………………… 83

文化篇

汉字的力量 ·················· 96

汉语的革命 ·················· 108

飞扬的诗词　文化的乡愁 ·········· 131

文化的颜色 ·················· 147

文化的力量 ·················· 166

面对玛雅象形文字的断想 ·········· 170

读书的境界 ·················· 185

高举起珞珈精神的旗帜

　　——致武大新闻学院之三十而立 ····· 200

不能忘却的记忆 ··············· 214

野菊花开 ··················· 239

乡愁篇

乡愁万里 ··················· 254

过　年 ···················· 263

故乡的花开 ·················· 281

落地的鹰 ┄┄┄┄┄┄┄┄┄┄┄┄┄┄┄┄┄┄┄ 286

看　星 ┄┄┄┄┄┄┄┄┄┄┄┄┄┄┄┄┄┄┄┄┄┄ 292

陆水湖的沙 ┄┄┄┄┄┄┄┄┄┄┄┄┄┄┄┄┄┄ 296

山村教师 ┄┄┄┄┄┄┄┄┄┄┄┄┄┄┄┄┄┄┄┄ 300

蛇　缘 ┄┄┄┄┄┄┄┄┄┄┄┄┄┄┄┄┄┄┄┄┄┄ 303

抽　笋 ┄┄┄┄┄┄┄┄┄┄┄┄┄┄┄┄┄┄┄┄┄┄ 308

心　恋 ┄┄┄┄┄┄┄┄┄┄┄┄┄┄┄┄┄┄┄┄┄┄ 310

乡村的文化生活 ┄┄┄┄┄┄┄┄┄┄┄┄┄┄┄ 312

万古堂纪事 ┄┄┄┄┄┄┄┄┄┄┄┄┄┄┄┄┄┄ 319

人物篇

尼山的月光

—— 一读孔子

山不在高，有仙则名。

尼山静卧在山东曲阜城外约 30 公里处，朴素得像真理一样。虽然奇不过三山，险不过五岳，高不过 340 多米，却是中华文化乃至世界文明景观的制高点。因为尼山，诞生了孔子。

尼山脚下，默默地淌着古老的泗水。波澜不兴，却声震长河，因为孔子的临川一叹"逝者如斯夫，不舍昼夜"，与古希腊先哲赫拉克利特的"人不能两次踏进同一条河流"一样深邃，使潺潺小河泛起了哲学的波光。

仁者乐山，智者乐水，是孔子选择了这片神山圣水。

孔子生活在公元前 551 年—前 479 年的春秋时期，是中国古代，也是人类最伟大的思想家、政治家、教育家、军事家、史学家和文学家。有汉以来，历代帝王仕儒向他敬奉了无数桂冠，如"大成至圣""至圣先师""万世师表""天下文官祖，历代帝王师"。堪当此誉的，中国历史上仅此一人。

有一种存在，叫隽永。譬如，尼山冬夜的月光。

穿越2560年风云的华光，如浴如洗，纤尘不染，圣洁、高贵地悬在我的额顶，宁静而温婉。

千江有水千江月，万里无云万里天
孔子如月，辉映中华民族思想的耿耿长河

孔子是为思想而生的。

他建筑了一座思想的宫殿，嵯峨雄伟，金碧辉煌，政治学、经济学、文学、管理学、民族学、教育学、心理学、史学、美学、伦理学、语言学、档案学、艺术学、军事学、医学等多门学问蕴涵其间，思维廊腰缦回，灵感流光溢彩。他以仁、义、礼、智、信为基，忠、德、宽、恕、勇为栋，以孝、廉、恭、俭、敏为梁，和合、中庸、教化、六艺为檩，以《诗》《书》《礼》《乐》《易》《春秋》为椽，以畏天命、明天理、敬天道为脊，高耸起中华民族最初的人文精神大厦。一部《论语》，大道至简，要言不烦，是孔子的微博，是天下最好的教科书，中华民族一读两千年，百读不厌，百思不尽，百行不至。

譬如，治政思想。"仁"是孔子思想的第一块基石，儒家文明的第一个圆点。仁者爱人，仁者无敌。孔子对奋斗者

说，"仁者先难而后获，可谓仁矣"，先有奋斗才会有收获；对成功者说，"夫仁者，己欲立而立人，己欲达而达人"；对当政者说，"克己复礼，天下归仁焉"；对君子说，"非礼勿视，非礼勿听，非礼勿言，非礼勿动"；对普通人说，要恭敬、宽厚、诚信、积极、恩惠。以仁生义，由仁及德，孔子推崇为政以德，"譬如北辰，居其所而众星共之"，既敦促当政者"身正"，又教化民众向善去恶、尊德守法。孔子的仁政观、德政观，构成古代最早的政治观。

譬如，民本思想。孔子"民以君为心，君以民为本""君以民存，亦以民亡"的"君民观"，既是对上古民本思潮的继承，也是对奴隶社会以来君本思想的批判，开启了"君轻民贵"思想的先河，代表那个时代先进文化的前进方向。孔子从《尚书》中整理出"民为邦本，本固邦宁"的理念，对今天以人为本的执政思想起到奠基性作用和做出历史性贡献。

譬如，教育思想。以道育人、以德化人、以术授人，是孔子教育思想的三个层次。他设坛开讲、诲人不倦，试图教化群氓有所皈依，让社会走向有序；他注重对人心性、品格的培育，试图把仁、义、道、德等关键词揉成泥、烧成砖、砌成墙，搭建精神的庄园；他主张"有教无类"，像一位勤奋的泥瓦匠，试图用知识的泥浆抹平人世间的贫富、贵贱、智愚、善恶、孝逆、雅俗的砖缝；他主张"师道尊严"，试图让混沌社会迷茫人性亮起文明的曙色。

孔子是为政治而生的。

从思想者走向实践者、从政治家走向思想家，他是有抱负的文化人、有思想的官员。他创立的儒家思想是为统治阶级服务的，他的国家观、社会观、人民观建立在国富民强、长治久安的目标基础上，无论是处在主流地位还是支流地位、支配位置还是从属位置，属性从未改变。春秋以降的400多位帝王，大多是孔子思想的践行者和注释者，得之者治，不得者乱。

秦始皇打天下、得天下的战略思想是成功的，但守天下、治天下的指导思想是失败的。显然他意识到儒生们借古非今的祸害、统一思想的必要，但"焚书坑儒"至少暴露了仓促之间的他不懂得如何用道德教化而非暴力的方式来处理社会问题，因而埋下了祸根，二世而亡。历史，没有给他足够的时间。

但刘邦不同。这位汉高祖一开始也是有打江山之勇、无坐江山之策，不好读书、怠慢仕儒。但他有两位儒生幕僚，一位是陆贾，一位是叔孙通。陆贾经常借念书给皇帝听的机会，灌输应以秦为鉴，以儒安邦。被洗脑的刘邦终于若有所悟，让陆贾撰写秦始皇之得失的文章读给他听。叔孙通则负责用儒家礼仪规范朝廷百官，如此这般地训练出了一个等级森严、秩序井然的大汉朝廷。公元前195年，刘邦专门到曲阜，成为中国历史上第一个祭祀孔子的皇帝。两个儒生，改变了一个皇帝。

而汉武帝更不同。公元前136年，汉武帝接受大儒董仲舒"罢黜百家，独尊儒术"的建议，用儒学思想统治民心，缓和了阶级矛盾，推进了社会的和谐稳定。汉武帝深知，以一种先进的价值观统领四分五裂的社会何其重要！他是孔子思想的成功践行者，是第一个使儒家学说登上中国古代思想史顶峰的帝王。一个大儒，帮扶了一个朝代。大汉王朝前后历时长达400余年之久，与孔子思想垫底不无关系，此所谓"秦行霸道而亡，汉行王道而兴"。

孔子是中国古代社会核心价值体系的缔造者。他的政治主张、国家政策、文化观念、哲学思想、社会理论、道德倡议，从国家、社会、个体三个层面，锤炼出讲仁爱、重民本、守诚信、崇正义、尚和合、求大同的特质，以强大的内聚力、稳固性和认同感，奠定了中华文化最初的基因，引领了中华民族最早的梦想。孔子，是雄踞古代中国思想皇宫的帝王。

千江有水千江月，万里无云万里天。孔子如月，辉映中华民族思想的耿耿长河。

月在月光中走，风在风天里行
孔子如月，是中华民族的精神之光

孔子是一位勤勉而孤独的摆渡人。

——他奔忙于两个社会之间。奴隶社会寿终正寝、封建社会方兴未艾，孔子见证了新旧制度的更替。旧有的被摧毁、新生的还稚嫩，传统的被解构、重构的没认同，生产关系不适应生产力的发展。礼崩乐坏、天下大乱，孔子破船载酒泛中流，试图借回周礼以整饬社会，用儒家思想推动腐朽不堪的统治机器。但他像古希腊神话里那位徒劳而疲惫的西绪福斯，又像西班牙作家塞万提斯笔下那位满脑子理想、持长矛与风车搏斗的堂吉诃德。他的渡船上，没有乘客。

——他尴尬于两个阶级之间。孔子是新兴地主阶级的发言人、封建统治的维护者，又是没落贵族的代言人、平民百姓的接访者。他有"内圣外王"的境界，既想读圣贤之书，又想操统驭之术。他从"重民""安民""富民""教民""为民""爱民"出发，主张宽政于民、德政于民、仁政于民、藏富于民、施教于民，但统治者责怪他偏袒贱民，老百姓奚落他是丧家之犬，两边都不让他的船靠岸。

——他踟蹰于两个角色之间。作为思想家，注定是先行者，也是孤独者；作为政治家，必然在现实的泥淖中挣扎。白天上朝满眼污秽一身脏臭，晚上回家沐浴焚香读书沉思，孔子在理想与现实之间、凡人与圣人之间奔突，窘迫而痛苦。把正确的思想建立在不适宜的年代，把远大的抱负寄望于不值得的君王，是孔子的失误。但无可逃脱、无法选择，他的漏船找不到系缆桩。

尼采说："我的时间尚未来到，有些人要在死后诞生。"孔子何尝不是这样！

纵然如是，孔子仍然是一座人文精神的高山，耸立在中国历史如铁的长风中。

——他是一个理想坚定忠于使命的人。孔子官拜鲁国司空、大司寇，辅佐过多国君主，有机会部分地施展他的理想抱负。他居庙堂则爱其民，处荒野则忧其君，忠君当尽职尽责，爱民则尽心尽力。他忠于政治使命、文化使命，表现出优秀的政治品格、高尚的家国情怀和积极的文化担当。他在奴隶制度和封建制度的旧窠新巢中，顽强地张扬个体的价值，兑现着对国家的诺言、社会的关切，对君王的忠诚、苍生的体恤。孔子一生命运坎坷，幼年亡父、少年丧母，晚年失妻丧子，生活清贫，颠沛流离。既受过座上宾的礼遇，也有过丧家犬的狼狈，吃闭门羹、受冤枉气、遭误抓错打，被撵得到处跑，被骂得满心伤；君王的将信将疑、半用半弃、若即若离让孔子尴尬，同僚的排挤、陷害、嫉妒、诽谤让孔子愤懑。但是人生目标一旦确定，便如日月经天，前行不辍，以"三军可夺帅也，匹夫不可夺志"的坚韧，独守心中的理想与责任。公元前484年，已是68岁老人的孔子结束长达14年的流浪生活回到鲁国，想辅佐君王但忠谏屡不被纳，受尊而不被用。即便这样，孔子以古稀之年转向研磨古籍经典，居则在席、行则在囊，"发愤忘食，乐以忘忧，不知老之将至"，连编系竹简的牛皮绳都断了好多回。这需要怎样的意志！

——他是一个人格高贵道德完美的人。思想的圣洁源自灵魂的高洁，思想的力量基于道德的力量。孔子从皋陶的论述中提炼出为政"九德"："宽而栗，柔而立，愿而恭，乱而敬，扰而毅，直而温，简而廉，刚而塞，强而义"。选择就是态度，关注就是肯定。他主张做人讲诚信、守规矩、有约束、怀仁爱；他尊重劳动，崇尚勤俭，反对淫逸，主张克勤于邦、克俭于家；他确立自重自律自警自强的君子品格，赞赏舍生取义、杀身成仁的义利观，为天下人标出了道义的制高点和欲望的底线；他宁受劳顿之苦，决不苟且偷生，想借力济世，但不攀龙附凤、摧眉折腰；他意趣高洁，欣赏"一箪食，一瓢饮，在陋巷"而不改其乐的道德境界；他是有七情六欲的普通人，温和、良善、恭敬、检点、谦让使他德馨飘远，四海弥漫。无怪乎司马迁顿笔发出"高山仰止……可谓至圣"的千古一叹。

——他是一个追求真理勇于创新的人。春秋乱世，注定要诞生英雄人物。谁能够发现人类的发展规律谁就能成为伟大的思想家，谁能够把握社会的运动规律谁就能成为伟大的政治家。社会变革纷繁迭变，政治力量此消彼长，现实对理论发出了呼唤。从真经中发现真理，在理论中构建理想，孔子孜孜以求。他捕捉到"重人事、轻鬼神"的思想火花，用以点燃人的主观能动性，这在君权神授的春秋时期是需要勇气的。他本不是守旧之人，他的"川上曰"是运动的观点、发展的思维。他的旧识新解、旧闻新知、旧说新语，他的真知灼见、新知新见，既博大精深、自成体系，又融会贯通、能学管用。他的"温故而知新"倡导知识的更新，更包括对思想与实践的创新。他创立的开放式学术体系，为中华文化的吐故纳新、绵延不绝奠定先天的品质。

——他是一个善于学习勇于实践的人。孔子是天下人的老师，更是天下人的学生。他初学周朝礼仪，遵从鲁国礼乐，苦读上古经典，掌握了礼、乐、射、御、书、数等六艺，融汇了社会科学和自然知识。孔子学而有道，概括出"好学、擅学、博学、为学、倡学"的方法论；主张"学而时习之""教学相长""见贤思齐""三人行，必有我师焉""学而不思则罔，思而不学则殆""博学之，审问之，慎思之，明辨之，笃行之"的学习观。他拜圣者为师，向能者学艺，先后向师襄学抚琴，向郯子学为官，向老子学周礼，向苌弘学音乐，在齐国学习古典乐舞《韶》而"三月不知肉味"。他向贤达学习，也向基层学习，周游四方的经历就是深入实际、贴近生活、走进民众的过程；他不是"两耳不闻窗外事、一心只读圣贤书"的"夫子"，"四体不勤、五谷不分"的"呆子"。他剑不离手，射御之术高超，奔跑速度追得上郊外的野兔。公元前 500 年鲁齐两国的夹谷会盟，正是因为孔子"有文事者必有武备"的预判，才挫败了齐国的阴谋。孔子重实践、讲习行，重实干、不空谈，走出了中国古代知识分子知行合一的成长之路。

月在月光中走，风在风天里行。孔子如月，是中华民族的精神之光。

（原载于 2014 年 2 月 13 日《人民日报》）

天下一轮春秋月

——再读孔子

　　当今世界，乱云飞渡，危机四伏，人类仿佛在踢一场找不到球门的球赛。怅然回首，那一瀑穿越了两千多年混沌、彷徨与苍凉的月华，从孔子诞生地尼山的上空静静地流淌下来，几分清朗，几分暖意。

　　人类历史，以老为尊。世界文明，以稀为贵。2560多岁的孔子老得像一尊雕塑、一门学说，拱手静候在思想隧道的最幽深处。他比苏格拉底年长82岁，比苏格拉底的学生柏拉图年长124岁，比柏拉图的学生亚里士多德年长167岁。这意味着，中国的孔子以领先西方思想源头"古希腊三贤"的脚步，接举了人类文明的圣火。

　　孔子是中国的，也是世界的。

孔子是人类的慧根，是世界的福根

　　与孔子一同生活在公元前500年前后的伟大思想家，

除了古希腊的先哲，还有以色列的犹太教先知、古印度的佛祖、古波斯的先知等。可以想象，在那段岁月，人类思想的天空同时绽放那么绚丽的光华，世界文明的舞台同时回旋那么优美的旋律，该是怎样的文化盛景！

孔子，让世界生辉。

"和"是孔子思想的核心之一，"和谐社会""太平盛世""大同世界"，是历代儒家的共同理想，是中国梦的滥觞。以"和"为媒，中华文化圈、东亚儒家文明圈、世界儒家文明渐次形成，中华文明与其他文明友好接驳，这一过程只有和风细雨，没有古希腊文明进程中希波战争、伯罗奔尼撒战争的暴风骤雨，没有罗马天主教十字军东征的腥风血雨，也没有欧洲"五月花号"的凄风苦雨；以"和"为旗，儒家主张平等，反对使用武力，中华帝国曾成为调停纷争、震慑强梁，维护世界和平的力量；以"和"为舟，张骞出使西域，鉴真东渡扶桑，郑和七下西洋，海上丝路、唐蕃古道、丝绸之路、茶马古道，海上生明月，儒香传万里；以"和"为灯，中华文明雄峙瀚海，引渡异域文明的夜航，马可·波罗、利玛窦、遣唐使踏浪而来。"协和万邦"是共性的"最大公约数"，"和而不同"是个性的"最小公倍数"，如何求"和"，我们今天仍然要向孔子叩教。

孔子是人类的慧根。他指点了中华文明的共有圆心，也开辟了世界文明的东方原点。孔子师先儒而有独创，集大成而有深造，尊古但不守旧，坚守却能应变，创新与包容的禀赋优势成就了儒学的博大精深。孔子以后，孟子、荀子以及汉代经学、唐代经学、两宋程朱理学、宋明陆王心学、清儒，以及现代新儒的加入，使儒家文明蔚为大观；南北朝、元朝、清朝北方民族策马中原，促进了游牧文化与儒家文化的融合。诸子百家的合理成分被儒家兼收并蓄，儒家的仁爱忠恕与墨家的兼爱非攻、道家的道法自然、佛家的慈悲为怀、宋明理学家的民胞物与，一同构成中华传统文化的博大胸怀和深沉情感；儒家文明一路向东，传播到朝鲜、日本、越南、马来半岛等地；在中国西部地区与佛教文明、伊斯兰文明和谐共处相生相荣，大约400年前，《论语》等儒家经典就以法文、德文、英文、拉丁文出现在欧洲，影响过莱布尼茨、孟德斯鸠、伏尔泰、魁奈、康德、卢梭、马克思等一大批西方思想家；儒家思想与本土道教一道，在与外来佛教、基督宗教的碰撞中借鉴吸收，变而不化，刚而不散，走而不失，以超强的内敛能力、消化能力、同化能力和愈合能力，守住了中华文化的主流主体，为形成和接续世界文明做出了卓越贡献。"有朋自远方来，不亦乐乎"是交友之道，更是对外来文化的态度。儒家文明是中华文明的宝贵结晶，是世界文明的共同产物，是人类文明的共有财富。

器宇轩昂的东方圣人伫立尼山远眺西方，西方人也在翘首东望。近年来，西方一些机构评选"十大思想家""100位影响历史的人物"等，中国的孔子每次都名列前茅甚至位居第一。一些国家矗立起孔子雕像，建立了儒学研究机构。作为公平正义的象征，孔子与犹太人先知摩西、古希腊政治家梭伦的雕像并列镶嵌在美国联邦最高法院的东门上方。美国有关方面还曾通过一项纪念中国孔子的提案，赞扬孔子思想对全球的贡献。美国学者赫伯特·芬格莱特说，孔子发现的是"人类兄弟之情以及公共之美"。引用孔子的名言成为不少外国政要的时尚；几十位诺贝尔奖获得者曾聚首巴黎，呼吁"以中国孔子的智慧帮助全人类应对21世纪的挑战"。宗教界人士甚至提出用孔子的"己所不欲，勿施于人"消除种族、国家、宗教之间的隔阂。

面对差异与分歧、冲突与动荡，面对霸权主义和恐怖主义灾难频仍、人道主义危机红灯频闪，孔子的自由、公平、博爱、和谐理念，能否成为人类的普世价值？60年前中国政府基于"以和为贵"提出"和平共处五项基本原则"，富国贫国同样尊重，大国小国同等待遇，远亲近邻互不干涉，这能否成为国际大家庭的游戏规则？

如今 440 所孔子学院和 646 个孔子课堂散布在 120 个国家和地区，蓊郁的儒家文明之树能否让躁动的心灵找到安栖的枝头？

人在囧途，孔子是世界的福根。

公平评价孔子　正确对待儒学
孔子是中华民族的"床前明月"

孔子是世界的，但首先是中国的。

先秦时期的儒家学说只是受到某些统治者的青睐，孔子也只是因为个人才干卓越而受到器重，他的主张并没有成为当时的统治思想。他只是一勾新月，孤独地发着清辉，甚至是一炳烛光，只能照亮近处，温暖周围。

但是，光芒自有光芒的力量，哪怕微弱。历代仕儒们坚韧不拔、锲而不舍，以微风细雨滋心润物的方式点化冥顽、教化苍生，"为天地立心、为生民立命、为往圣继绝学、为万世开太平"，入世有为、经天纬地、厚德载物、自强不息，凝成古代君子品格，塑成中华民族的性格，如长风浩荡，如丰碑凛凛。

千淘万漉，千锤百炼，时光打磨机用两千多年的时间打造出仁、义、礼、孝、德、中、和等诸多儒家元素，写进我们的课本，嵌入我们的名字，镌刻在广袤神州楼阁宅院的门联匾额上，约定在古老国度的家训族规乡风民俗中，一直流进我们的血液，是我们民族道德星空的北斗七星。"己欲立而立人，己欲达而达人"的仁爱观；"见利思义"的义利观；"道之以德，齐之以礼"的礼教观；"百行孝为先，百善孝为首"的孝行观；"仁义忠信，乐善不倦"的道德观；"执两用中"、不罔不殆、不狂不狷的中庸观；"和实生物，同则不继"的和谐观等，使中华民族的精神家园绿叶葱茏片片向上。

但是，有光必有影，丰碑的背后有影随形，我们当以马克思主义观点来审视儒家思想。

孔子对周礼的尊崇导致了后人对复古循旧的固守，儒家对官本位、权力等级意识的强调禁锢了人的能动性；极端的愚忠愚孝愚贞观念造成对人性的束缚和扼杀；"爱亲"之仁与"利国"之仁往往存在矛盾，以德治国与依法治国常常出现两难；秦朝的焚书坑儒使仁政退幕、闻儒色变，而汉代对儒家经典的过度尊崇，又使经书、经师、经学为举国追捧，导致崇拜和迷信，以及对经学的烦琐注释和离经叛道。孔子编经，秦人灭经，汉人尊经，唐人注经，宋人疑经，从德性伦理到威权思想，从被焚毁、被打倒到被尊奉、被扬弃，儒家学说命运多舛一波三折。许多要素被发扬光大，一些精华被毁灭殆尽，不少糟粕被渲染放大，各种唯心成分如杂草丛生。譬如，僵化教条阻碍了思想解放，繁文缛节降低了社会效率，家族观念产生了裙带关系；譬如，强调整体而忽视个体，强调德治而懈怠法治，强调教化而放松刑罚，强调仁治而忽略制度；譬如，重精神世界而轻物质世界，重清谈理想而轻身体力行，重读书做官而轻奇艺巧技，重文事礼数而轻武备事功，重人文哲学而轻自然科学，重辩证思维而轻推理分析，重知识积累而轻能力提升；譬如，对现实的急功近利导致对穷尽真理的忽视，实证意识、理性主义、科学精神相对薄弱；对现代文明感知迟钝，对侵略文化抗争不力，对西学东渐应对乏策，旧衣蔽体破帽遮颜，任凭雨打风吹去；对纲常关系的绝对遵从滋生怯懦奴性，革命精神和批判意识相对短缺，等等。中国文化的缺陷，都能从儒家学说的流变中找到病灶和根源。经过两千年的长途旅行，接受过辛亥革命和五四运动洗礼的古老儒学，仍然需要"洗洗澡""治治病"，一掸陈年的积垢与痼疾。

儒学是人学不是神学，儒教是教化不是宗教。儒家是思想舞台的要角，但不是政治舞台的主角，更不是历史舞台的长角，许多文化责任不能由儒家独担，更不能让孔子全部买单。

　　孔子思想是儒家思想的核心但不是全部，儒家文明是中华文明的主体但不是全体。只有去伪存真、正本清源，才能还原真实的孔子。譬如，后世儒家将"天理"与"人欲"对立而导致"礼教吃人"，把责任归咎于礼教本身，是不客观的；譬如，"君为臣纲、父为子纲、夫为妻纲"这"三纲"固然不能死守，但在孔子主张基础上董仲舒提炼的仁、义、礼、智、信这"五常"哪一个能抛弃？朱熹提炼的孝、悌、忠、信、礼、义、廉、耻这"八德"哪一个能不要？不能因为后世有统治者以儒治国时软弱无能甚至丧权灭国，而忽视孔子对刚毅猛政、整肃纲纪的提倡；在宣示孔子的仁政观时，不要回避孔子对管仲、子产等法家人物思想的肯定，宽猛相济、刚柔结合才是孔子的主张。不能把孔子所倡导的、本属于人类社会发展的共同规律，孔子所揭示的、本属于人类文明进步的共性价值，视为封建糟粕；不能把后世儒家的奇谈怪论、歪理邪说，以及孔子所不齿的"怪力乱神"等文化垃圾扣在孔子头上；不能把对孔子思想的误读与浅读、误解与肢解，甚至出于政治目的而制造的歪曲与中伤，当作孔子思想的本意、本原和本真。孔子的学生，以及孟子、荀子、董仲舒、韩愈、程颐、朱熹、陆九渊、王阳明等，对孔子思想有忠诚的继承，也有自由的发挥，就像英国著名学者肯尼思·麦克利什所指出的："某些孔子本人可能会斥责的东西现在也被归附于孔子的名下。"对孔子的不公平，是对历史的不负责任。孔子是人不是神，评价孔子既不能丑化、妖魔化，也不必美化、神化，可供之庙堂不可束之高阁，应该让孔子告别神坛高寒处，回到温暖的人间。

中国是孔子的故园、儒家的摇篮，马克思主义中国化的历程，就是与中国文化融合的过程；当代中国所遵循的创新理论之所以生机勃勃，是因为其中国文化底蕴深厚，这就是中国特色。如何在波澜壮阔的科技浪潮中绽放思想的光芒，在此起彼伏的战争狼烟中发出文明的信号，在纷繁的市场竞争中确立道德的标杆，在全球化进程中建立起精神的里程碑与灵魂的红绿灯，这是儒家的新担当。儒学的现代化绝不等于全盘西化，更不等于欧化、美化；要弃旧图新，吸收一切文明成果，但决不能更弦易辙失去民族之魂。文过饰非与吹毛求疵，都是历史虚无主义的表现。如果把孔子思想从我们的血管、骨骼中抽空，中华民族就会思想贫血、精神缺钙，中华文明就没有了生命的底色，关关雎鸠何处栖息，苍苍蒹葭毛将焉附？日暮乡关何处是，烟波江上使人愁！

人类揖别猿类走到今天，并非一切都比过去先进、比前人文明。高精武器的尖啸不绝于耳，使这个地球血色斑斓、腥风突起，何谈文明？中外先哲对天人关系的深沉思考、对和谐世界的蓝图描摹，几人能及？孔子等古代先儒对道德精神的建树与自律，谁能超越？

孔子是唯一能让炎黄子孙天下归心的集结号，是中华儿女血气相通的文化脐带，是中国社会核心价值的"定盘星"，是中华民族的"床前明月"。

青史不泯，经典不老。中国是《诗经》的故乡、《论语》的讲坛，我们应该高声吟诵民族的经典，就像基督徒读《圣经》、穆斯林背《古兰经》。一个心中没有神圣的民族是没有尊严的民族，一个不珍视自己经典的民族是没有力量的民族。如果我们连自己的先贤都不敢礼敬，还能有怎样的文化自信与自豪？一个民族不能退让到连自己情感底线都守不住的地步！

揣一本《论语》在胸口，人在长河中行进，心在长天里漂洗。累了困了，寂寞了失落了，愁眼遥望尼山月，心便打烊回家了。

回头看月，淡云轻拂，那玉盘上分明写着四个字：光而不耀。

（原载于 2014 年 2 月 20 日
《人民日报》，原题为《春秋有月读千年》）

徐霞客为什么是科学家

公元 1607 年的春天，中国明代的徐霞客（1587—1641）挥别莺飞草长的家乡江阴，开始了长达 30 多年的科考之旅，他先后到过相当于今天 21 个省份的 100 多座城市，探险过的岩洞达 500 多个，游记中提及的"桥"1000 多处。现存《徐霞客游记》的第一篇游记是 5 月 19 日所作，因此这一天被确定为"中国旅游日"。

2017 年是徐霞客诞辰 430 周年。

徐霞客是一位旅行家，但把他仅仅当"游圣"来供奉，是一种误读；徐霞客是一位文学家，但把《徐霞客游记》只是当作文学作品来欣赏，是一种浅读。

徐霞客首先是一位科学家，一位在地质学、地理学、生态学有独特发现、突出贡献的，有着哲学思想和哲学实践的专家。百科全书式的《徐霞客游记》内容涉及文化、历史、地理、地貌、地质、气象、水文、动物、植物、物产、地名、民族、风俗、经济等多个领域，既是文学著作，更是科学著作、哲学著作，一部绽放出中国古代思想光辉的巨著。徐霞客是中国古代科学精神的集大成者，也是中华传统文化精神标高的确立者。

让我们推近镜头，找到 400 多年前的崇山峻岭之间，那个孤独而伟岸的身影，定格那个身影所凝成的科学精神。

今天我们游览黄山，不应该忘记先行者徐霞客。

公元 1616 年、1618 年，徐霞客两次游历黄山。是他最早发现并记录了光明顶、鳌鱼背等处是黄山最高处的古夷平地，是他考证出黄山是长江水系和钱塘江水系的分水岭；是他第一个详细、系统勘测并记录下天都峰、莲花峰、光明顶、飞来峰等诸多标志点地形地貌状态的。为比较出天都峰、莲花峰的高度，他反复攀爬，实地对比。登顶天都峰，徐霞客描述道："万峰无不下伏，独莲花与抗耳"，等到终于爬上莲花峰顶，才发现"其巅廓然，四望空碧，即天都亦俯首矣""峰居黄山之中，独出诸峰上"，因而得出莲花峰是黄山最高峰的结论。这一伟大发现令今天的地质专家和测绘专家们都啧啧称奇，因为现代化的测高技术勘定，莲花峰海拔为 1864 米、天都峰海拔为 1810 米，两峰相差 54 米，这山望得那山高，一般人是很难通过目测发现这一差距的。徐霞客不但标注出自然山峰的高度，也创立了中国古代科学精神的高度。

徐霞客是中外历史上第一个系统考察丹霞地貌的学者。他深入考察了湖南茶陵"灵岩八景"、浙江天台赤城山、福建武夷山接笋峰、江西余江马祖岩层、广西容县都峤山等，涉及6个省份的25处红层盆地丹霞地貌的形态、构造、岩性和形成原因，对山川地貌、火山溶洞、动植物生长、村落形成及变迁等做了仔细考证和详细记录。他还是最早考察研究喀斯特地貌的专家，通过深入岩洞，分析喀斯特地貌的成因、特征、类型、分布、比较性差异，得出岩洞是由于"水冲刷浸蚀"而成，而洞中那些奇形怪状的钟乳石是由含钙质高的水滴蒸发凝聚而成的结论，等等。外国学家认为，中国地质学家徐霞客是世界上研究喀斯特地貌的先驱，他关于岩溶地貌的考察描述、分类著述，比欧洲科学家要早150到200年；法国洞穴联盟专家让·皮埃尔·巴赫巴瑞说，"徐霞客是早期真正的喀斯特学家和洞穴学家"，美国科学家甚至以"近代岩溶地貌之父""最卓越的地理地质学奠基者"来赞誉徐霞客；英国专家玛斯威婷认为，徐霞客是"第一位对华南地区的喀斯特地貌和洞穴进行实质性科学研究的""世界上第一个讨论喀斯特问题，描述华南地区不同的景色的人"。

不仅如此，徐霞客还通过实地考察，证明长江的源头是金沙江，而不是《尚书·禹贡》中关于"岷山导江"的说法；辨明了左江、右江、大盈江、澜沧江等多条水道的源流，勘正了一些资料的差谬；他对沿途所经过的地方都有植被生态的详尽记录，如云南曲靖"崖南峡中，箐木森郁，微霜乍染，标黄叠紫，错翠铺丹，令人恍然置身丹碧中"，"粤西之山，有纯石者，有间石者，各自分行独挺，不相混杂。滇南之山，皆土峰缭绕，间有缀石，亦十不一二，故环洼为多。黔南之山，则界于二者之间，独以逼耸见奇，滇山惟多土，故多壅流成海，而流多浑浊。惟抚仙湖最清。粤山惟石，故多穿穴之流，而水悉澄清。而黔流亦界于二者之间"。阅读《徐霞客游记》，如研读地理学、地质学、地形图、水文学、植物学、国土资源调查报告。梁启超说，中国实地调查的地理书当以《徐霞客游记》为第一部。

综观徐霞客的科学实践、科学成果，可以将他的科学精神归纳为实证意识、科学态度、批判思维、创新理念等四个方面。

实证意识是科学精神的基础。如果说屈原的《天问》是对神秘世界的追问、叩问，唐代柳宗元的《天对》是试图站在自然哲学立场的科学回答，那么徐霞客则力图在自然世界、客观存在中寻找求证、实解。实证要求亲眼所见、现场目击，注重直接经验，强调掌握第一手材料。每到一地，徐霞客在广泛了解的基础上确定调查重点，无论是目测山的高度、丈量洞的深度，还是探究江河的源头、地形的走势，他都必到实地勘察，名山必登，名川必访。登就登顶，"从石簪丛错中攀跻山顶"，到就到底，"直进东底，深峻不可下"，做到"峰峰手摩足抉"。追本溯源找到依据，脚踏实地探索真相，徐霞客三十年一以贯之，实证意识奠定了他从事科学考察的全部价值和科学精神的坚实基础。

科学态度是科学精神的前提。徐霞客有着严谨的科学态度，他的科考线路选择正确合理，求证方法细致周全，分析判断科学准确，表现出科学家最优秀的素质和品格。他三次出行都有设计，第一次以家乡为圆心，按照就近原则展开，范围渐次扩大；第二次考察半径最大，包括浙、苏、闽、皖、赣、豫、粤、津、冀、京、晋等地，内容最丰富；第三次向西南方向展开，考察范围包括江浙赣、两湖、两广、云贵川等地，西南方向最远到达腾越（今云南腾冲），以考察江河走向和地形地貌为重点，专业性更突出。这三次线路基本涵盖到中国地理地质的主要特征。从最初的风光旅行到向科学考察转变，徐霞客的实践主题在升华，体现了与时俱进的态度。考察路径设计需要严谨，既要防止错失标志性地点、关键性实证，又要避免重复奔波、做无用功，有时为了准确探明山的高程和洞的深度，他不辞劳苦反复攀爬比较，体现了实事求是的态度。攀高探险需要技巧，徐霞客凭着经验和聪明才智，发明制作了一些探险器材，如布带、铁杖等。他爬冰坡、翻雪岭、攀危崖、钻深洞，走无人走过的路、走没人敢走的路，连长年深居山崖的僧人都认为他是一个奇人。无论多累、多晚、多艰苦，他每天都坚持把考察所得整理成日记，细致、精确、明晰，体现了严、细、深、实的态度。他通过实地踏勘、观察比较两条溪流的速度，用朴素的地下水压力原理，得出"程愈迫则流愈急"的结论；虽然没有测量仪器，但他对桂林七星岩各个洞口的记载"一山凡得十五洞云"，大体符合今天的实地勘测，尤其是他对丹霞地貌、喀斯特地貌的研究，记录详全、合理，有比较、有归类、有分析，具有永恒的科学价值。《徐霞客游记》堪称科学方法的宝典、科学态度的典范。

批判思维是科学精神的品质。没有批判思想的武器没有力量，没有批判能力的学科不是科学。徐霞客在思辨中培养了一种批判思维，他走出书斋，选择了一条反叛传统的道路，就是批判精神的初显。他尊重经典，但不迷信于典籍，敢于批判、订正《禹贡》《大明一统志》等权威典籍，认为"山川面目多为图经志籍所蒙"；他尊重事实，但不满足于定论，考辨长江正源，对沿用一千多年的"岷山导江"提出质疑，所撰写的《江源考》《盘江考》等专著起到正本清源的作用；他尊重权威，但不屈于权势，对官方出版的著作、官员做出的结论敢于质疑，得出独立、科学的结论；他敬畏生灵，但不迷信神灵，对被封建迷信色彩包裹的自然现象进行探证解释，敢于登山入洞惊动"神龙精怪"。他不唯古、不唯书、不唯上、只唯实，开创了实证新学风，是对泥古学风的批判；他把科学、哲学、文学有机融合在一起，又辨章学术、考镜源流，把自然科学的研究从社会科学研究中分离出来，发展成为独立学科，形成基本框架，并分蘖出诸多研究方向，使之专业化、门类化、系统化，对相关学科体系建设奠定了基础。考证意味勘正，确定亦是否定，重构建于解构。批判是需要勇气的，这种牺牲精神并不亚于伽利略、哥白尼、布鲁诺等科学先烈。这是作为科学家的最伟大的人格力量。

创新理念是科学精神的灵魂。不墨守成规，不闭门死读，不坐而论道，而是选择新的人生道路，实现新的人生价值，是徐霞客最大的创新。求新求异，履新履奇，不拘泥于旧知陈规，追求新知真知，是徐霞客一生的追求。实践出真知，创新获新知，只要听说新的高峰、新的险境、新的奇洞，他必定前往，一些考察点连当地人都不曾涉足、不敢问津，甚至闻所未闻。探前人之未探，见前人之未见，徐霞客的笔下没有重复的字、重复的景，令人处处耳目一新，时时期待下一个亮色。创新意味着要挑战艰难与风险，意味着要面对牺牲与失败，也是一种英雄的壮举。他严谨的治学态度，创新了务实求是的学风；他倡导的认识论、方法论开启了实践性学科和实用型专业的理论创新，绽放出朴素唯物主义思想的光芒，为中国古代哲学思想注入一股清流；他创立了人文科学与自然科学既融为一体，又双向互通的经典范式。创新理念有如凌空的光芒，始终照耀着徐霞客漫长而艰险的探险之路。

格物方能致知，穷理方能求真。徐霞客科考实践是中华文明史上的一个片段、一个切片；他所表现出的实证意识、科学方法、批判思维、创新理念铸成崇高的科学精神，是中国精神史上不能或缺的一个章节、一个方面。没有它，中华文明会黯然失色；没有它，中国思想会缺章少页；没有它，中国精神会缺筋少骨肌无力。忽视、漠视、无视徐霞客的科学思想而自哀于中华民族缺乏科学精神，是一种盲目自卑、妄自菲薄。我们应该以国家的名义、以民族的名义，恭奉徐霞客一尊中华民族伟大科学家的桂冠。

徐霞客为什么会出现在那个年代？他的科学精神源何而来？

首先，让我们从几千年的中国科技史中来寻找历史的纵坐标——

中国是一个科技成果丰富、科技巨擘众多的国度，古代四大发明无疑是人类智慧和科技成果的高峰。除此之外，在最古老的典籍及四书五经等先秦经典中，有大量关于天象、物候、农时等科技知识的表述，许多科技成果和科学思想领先于世界各国。比方说，战国时期墨子的《墨经》包括《经上》《经下》《经说上》《经说下》《大取》《小取》6篇论述，通过对自然科学、逻辑学和认识论论述，建立起中国古代早期比较完整的逻辑体系，成为当时的显学，而墨子比古希腊时期西方形式逻辑学鼻祖亚里士多德要年长84岁。《墨经》中汇集了丰富的力学、数学、声学、光学知识，其中阐述的光影现象、小孔成像、平面镜、凹凸镜等"《墨经》光学八条"，比古希腊科学家欧几里得的光学记载要早100多年。20世纪研究中国科技史的英国著名学者李约瑟博士说："当希腊人和印度人很早就仔细地考虑形式逻辑的时候，中国人则一直倾向于发展辩证逻辑。与此相应，在希腊人和印度人发展原子论的时候，中国人则发展了有机宇宙的哲学，在这方面，西方是初等的，而中国是高深的。"这些科学思辨、科学方法表明了中华民族对自然世界的认知，领跑了人类文明。

譬如，在天文学方面，春秋时期有关对哈雷彗星的描述是人类的首次记录，比欧洲早600多年，春秋时期形成的历法系统、原则比西方早160年；战国时期出现了世界上最早的天文学著作《甘石星经》；两汉时期的历书《太初历》《三统历》系统描述了日月星辰的运行规律，其原理至今还在沿用。最早关于太阳黑子的记录得到世界公认；张衡最早解释月食现象并发明制作了监测地震的地动仪，比欧洲早1700多年；唐朝制定的《大衍历》最早反映了太阳的运行规律，这一时期还发明了测量地球子午线长度的科学方法；元代编定的《授时历》比现行公历早300年。《乾象历》《皇极历》《崇祯历书》《时宪历》等还在被中外科学家们研究和应用。

譬如，在数学、物理学方面，除了《墨经》之外还有丰富的成果。两汉时期的《九章算术》是世界上最早叙述分数运算的数学著作，《算经十书》中的《周髀算经》提到的勾股定理要早于公元前5世纪的古希腊数学家毕达哥拉斯的发现。魏晋南北朝时期数学家刘徽、祖冲之对圆周率的推算成果比外国早近 1000 年。

譬如，在医学、农学方面，战国时期的医学家扁鹊被称为"脉学之宗"，发明的"望""闻""问""切"四诊法至今还在沿用；东汉神医华佗成为医术高明、医德高尚的形象代表。两汉时期编定的《黄帝内经》《神农本草经》《伤寒杂病论》，南北朝时期的《本草经注》，唐代的《千金方》《四部医典》《唐本草》，明代李时珍的《本草纲目》等医药学著作都是医药科技成就的高峰。北魏时期贾思勰的《齐民要术》，明代徐光启的《农政全书》、宋应星的《天工开物》代表着中国古代最高的农学成果。

譬如，在建筑学方面，先秦时期就开始修建的万里长城、都江堰、大运河等，都是人类文明史上的恢宏巨构。隋朝建造的赵州桥是世界上最早的石拱桥，唐朝建成的长安城世界规模最大，北宋李诫编写的《营造法式》是我国最早的建筑学著作。辽代建成木结构的河北蓟县独乐寺、山西应县木塔至今有着重要的研究价值和实用价值。明朝建设的北京城、紫禁城更是世界建筑史上的奇观。

辉煌的科技成果背后，是伟大的科学家群体。先秦时期的物理学家、数学家墨子，东汉造纸术的发明家蔡伦，东汉天文学家、地理学家、数学家张衡，东汉医学家张仲景，东汉地图学家裴秀，北魏农学家贾思勰，东晋医药学家葛洪，南北朝医药学家陶弘景、数学家祖冲之、地理学家郦道元，唐代医药学家孙思邈，唐代天文学家僧一行，北宋活字印刷术的发明家毕昇，北宋天文学家、医药学家苏颂，北宋数学家、物理学家、化学家、天文学家、地理学家、水利学家、医药学家沈括，南宋数学家秦九韶、杨辉，元代天文学家、数学家、水利学家郭守敬，元代农学家王祯，明代医药学家李时珍，明代数学家、天文学家、水利学家徐光启，明代天文学家、农学家、生物学家、物理学家、化学家宋应星，明代地质学家、地理学家徐霞客，等等，他们不光是中国古代科学巨擘，也是世界科学史上的高峰。

从总体上看，中国古代自然科学发展形成过三次高峰。第一次高峰出现在魏晋南北朝时期；第二次高峰出现在宋元时期；最后一个高峰则出现在晚明，以李时珍、徐光启、宋应星、徐霞客等四位最伟大科学家的出现为标志。徐霞客是中国晚明社会思想中一道奇异的科学之光，是经过数千年长途跋涉之后，风尘仆仆的中华民族绽放的一道亮丽霞光。

让我们再回到徐霞客所处的晚明社会，聚焦现实的横坐标——

中国晚明社会文化环境相对开放，西学东渐之风渐成气候，科学因子激活开明文化，科学文化是进步文化的内驱力和外引力。1582年，意大利耶稣会传教士、学者利玛窦（1552—1610）进入中国传播天主教。1598年6月，利玛窦到达江苏南京，建立天主教堂，传播教义的同时也传播科学知识。这一年，徐霞客12岁。

由于明朝采取海禁政策，利玛窦苦于打不开局面，先是小心翼翼地传教，但很快找到突破口——用科学的力量打开中国之门。他发现中国有很丰富的自然科学知识和科学思想，而且中国人很渴望与西方人进行科技知识交流，于是他采取了两个策略：一是在南京与中国思想家、科学家徐光启和李贽等人交往，并与徐光启合作翻译出版了欧几里得的《几何原本》；二是在精心准备之后，与大报恩寺的大和尚诗僧雪浪展开了一场关于科学思想的激烈辩论，一时间影响力大增。与此同时，利玛窦向中国上层社会广泛展示他带来的自鸣钟、三棱镜、地球仪、日晷、《坤舆万国全图》等稀奇物品，广为介绍西方的天文、地理、历算、建筑、造船、机械原理和地图测绘等知识，迅速引起了中国政界、学界的关注。中西文化的交流碰撞，为徐霞客洞开了一扇思想之门。

另一方面，徐霞客时期，沿袭多年的程朱理学已显露出陈腐僵化之势，源于王阳明心学派别的泰州学派，因其生动灵活、不囿于圣贤经书和理学教条，反对"空言之弊"，"不贵空谈而贵实行"，反对圣贤偶像和摒弃封建礼教束缚的进步思想，深受学人仕子追捧，渐渐成为当时中国社会的主流哲学思想之一。距徐霞客家乡仅一箭之遥的东林书院十分活跃，以顾宪成为首的东林党人抨击朝政、针砭时弊，反对阉党集团专权，反对空幻虚无、谈空说玄，对王阳明"心学"及王学末流在道德修养和认识论方面宣扬的种种虚、空、玄的主张和说教进行猛烈的抨击和批判，影响力日盛。虽然他们主张"非君""抑尊"、制约皇权，却又抱着愚忠思想不放，行为近乎迂腐、软弱、愚顽，在残酷的现实斗争中不堪一击、终遭戕害，但是东林党人的思想对徐霞客产生了深刻影响。他经常参加他们的活动，与钱谦益、缪昌期、高攀龙、文震孟交往密切，相互之间常有诗词唱和、题跋赠予。东林党人开创和倡导的经世致用的求实学风、崇实黜虚的实证思想、知行合一的哲学理念启发了他，尤其是东林党人对理想的追求和敢于牺牲的精神，给了徐霞客力量。就是在这样的社会背景和文化环境下，徐霞客迈出了具有科学意义的第一步。

历史与现实的云卷云舒，为英雄的出场铺垫好了时空，架设了纵横两个方向的坐标，只等徐霞客用自己的双脚来定位了。

徐霞客科学精神的人文支撑

仰望徐霞客科学精神的丰碑，我们会发现它有三个坚实的支撑：奋斗意志、人文情怀和哲学实践。

坚定的奋斗意志铸造了徐霞客科学精神的本质——

为理想而奋斗是儒家的终极任务。徐霞客幼读诗书、饱览史志，深受儒家思想的浸染。他立足于格物、致知，专注于诚意、正心，有志于修身、齐家，虽然没有"治国"之心，却有走天下之志。20岁左右开启科考探险之旅，26岁到46岁完成第二阶段长途跋涉；49岁开始第三阶段也是人生的最后一次出发，历时4年，直到因"两足俱废"而东归，一年后在家乡去世。徐霞客一辈子只做了一件事情，而且是一件特立独行的事情。

实现理想需要坚强信念，战胜困难需要坚定意志。捧读《徐霞客游记》，能时时感悟到他那不故作呻吟的艰辛，感受到他生命承受的无以复加之重。

徐霞客实际上是一位野外地质调查科学家，但是他没有必要的野外安全保障、野外作业装备和测量手段，缺乏足够的野外生存训练、救援能力、防险避险知识和野外防治疾病保障，但他置生死于度外，奋然前进。在攀登黄山时，他遭遇过"路棘雪迷，行甚艰"，无路可走；在云南腾冲考察宝峰山攀登悬崖猢狲梯时，"阔仅尺余，凿级其中，仰之直若天梯倒"，其形甚危；在广西柳州考察岩林，"其坳皆悬石层嵌，藤刺交络，陷身没顶，手足莫施，如倾荡洪涛中，汩汩终无出理"，灾可灭顶。多少次在电闪雷鸣的雨夜丛林中，衣衫褴褛的他靠野果充腹，盼风歇雨停；多少次在风雨如磐的断路绝壁前，瘦骨嶙峋的他咬紧牙关，胼手胝足而行。他一不怕苦、二不怕死，逢险必探，遇洞必入，在湖南株洲附近往往洞深水湍，不知走向，"归途莫辨"，连当地人都不敢前往，"无肯为前驱者""无敢导者"，但徐霞客亲自"解衣伏水，蛇行以进。……身伏水中，手擎火炬，平出水上，乃得入。……匍匐水中，必口鼻俱濡水，且以炬探之，贴隙顶而入，犹半为水渍"。他到过老虎出没、"月伤数人"的浙江天台山梁隍山；深入过"豺虎昼游，山田尽芜""从来烧采之夫俱不敢入"，众人皆劝他莫入的湖南茶陵云嵝山"虎窟"；在河南嵩山"忽见虎迹大如升"、湖北武当山"且闻虎暴"；闯荡过"十人去，九不还"的广西北流"鬼门关"；穿越过"瘴疠甚毒""有黑龙毒甚，见者无不毙""江边恶瘴，行者不敢伫足"的云南澜沧江畔；在广西柳州真仙洞，他举烛进入一个深洞，猛然发现"石下有巨蛇横卧，以火烛之，不见首尾，然伏而不动。逾而入，复逾而出，竟如故也"，何等惊悚！

他一路上经过了不少盗贼出没横行之地，曾五次遭遇劫匪。"楚游日记"中有这样一段记载，公元1637年2月初的深夜，在湘江舟中搦管写诗曰"箫管孤舟悲赤壁，琵琶两袖湿青衫。滩惊回雁天方一，月叫杜鹃更已三"的徐霞客，忽然隐约听到岸上传来像小孩又像女子的啼哭声，但舟中人害怕是盗贼之诈，心善的静闻和尚搭跳板离船上岸察看，发现是一个小男童在哭泣，便好心安抚，没想到他刚一回船，"群盗喊杀入舟，火炬刀剑交丛而下"，徐霞客方知果真是盗匪施诈来抢劫，赶紧将盘缠扔进水里。盗贼们"前后刀戟乱戳""贼戳不已"，多人受刀伤，徐霞客不得不"掀篷入水"跳水逃命，"先及江底，耳鼻灌水一口""水浸寒甚"，而他们乘坐的小船被盗贼们一把火烧了，"火光赫然"，所幸徐霞客本人在"乱刃交戟之下，赤身其间，独一创不及，此实天幸"，毛发未伤，但静闻和尚为了保护经书和徐霞客的手稿等，受了两处致命重伤。不知道当此情形下的徐霞客，远看火光冲天时的那份沮丧、凄苦和心痛。像这样的场景，徐霞客虽然经历过多次，但大多寥寥数语一笔带过。

无数次履险临危，徐霞客都大难不死、死里逃生，愈挫弥坚。旅途被偷遭劫，一路穷困潦倒，食宿没有保障，游记里留下多处"无可奈何"的感叹。在贵州安顺一个荒凉的村落，主仆二人借宿不成，只好蜷在茅草屋的角落度夜，"茅茨陋甚，而卧处与猪畜同秽"；即使是历尽苦辛，但只要能安顿下来，徐霞客都要找到一处与山水独语、与往圣对话的幽境，秉烛夜记，写下一天的观感见闻。野寺孤旅，残灯如豆，徐霞客于惊心动魄后静若止水，收万千丘壑于笔端砚前。

由于长期过着"足泥衣垢""煨湿薪，卧湿草""夜则铺茅以卧""衣湿难行""无茅无饭而卧"的生活，受到"疮寒体惫""足痛未痊""膝肿痛不能升""夜卧发热""病寒未痊"的折磨，徐霞客疲惫不堪、伤痕累累。在过箐箐瘴地时还不幸皮肤中毒，苦不堪言。在江西宜黄城登玉泉山时，他突感"膝以早行，忽肿痛不能升"，"足痛不及登峦"，不得已"是晚宿寺中"。时人评价其"途穷不忧，行误不悔。暝则寝树石之间，饥则啖草木之实。不避风雨，不惮虎狼，不计程期，不求伴侣。亘古以来，一人而已"。公元 1639 年 8 月 29 日，在云南大理的悉檀寺，徐霞客在日记里写下"久涉瘴地，头面四肢俱发疹块，累累丛肤理间，左耳左足，时时有蠕动状。半月前以为虱也，索之无有。至是知为风，而苦于无药"，切身之痛，彰然纸面。凭此数语，我们可以判断他实际上已患病不轻。正是由于长年跋涉劳累，腿部关节磨损和风湿病严重，导致了他最终的两腿伤残。

但是，只要一听说某地有新奇险景，徐霞客立即"攀历忘苦"，精神焕发、兴致勃勃。尽管步履蹇涩，但始终乐观向上，瞄准新的高峰。在最沮丧的时刻，徐霞客探访到贵州著名的黄果树瀑布，"闻声如雷，余意又奇景至矣"，又精神抖擞起来，只见"路左一溪悬捣，万练飞空，溪上石如莲叶下覆，中剜三门，水由叶上漫顶而下，如鲛绡万幅，横罩门外，直下者不可以丈数计。捣珠崩玉，飞沫反涌，如烟雾腾空，势甚雄厉"，这些富于雄健笔力的文字，让我们读到一种意志的力量、精神的力量。

走前人未走之路，走无人敢走之路，走根本不是路的路，才能看到别人见不到的风景。徐霞客的坚定信念、坚强意志、坚毅性格凝成了奋斗精神，为他的科学精神注入不竭的动力。

深厚的人文情怀培育了徐霞客科学精神的本质——

科学精神不能没有人文滋养。三十功名，万里遐征，广博而深厚的人文情怀是徐霞客最原始的精神底蕴、最本真的情感底色，这种原始与本真体现在他对人与自我、人与自然、人与社会三大矛盾关系的处理中。

人与自我的关系，是徐霞客人文情怀的起点。 徐霞客的先祖是东汉高士，北宋末期从开封南迁到江浙一带，最后落户江阴。南宋覆灭后，徐家拒绝做元朝的官员，归隐乡野田间，保持了"读书不仕""不染势利"，"务农为本""耕读传家"的高士祖风，几百年来家族殷实丰盈平安。徐霞客继承了父亲的"志行纯洁"、母亲的"勤勉达观"，15岁就身藏祖遗"绛云楼"，遍览四书五经，尤好典籍经书、方志图经。他遍访家乡名儒和过往贤人，与钱谦益、陈函辉、文震孟、陈继儒、陈锡仁、缪昌期等文坛名流交往甚密，经常与东林党人推杯换盏对诗唱和，交流学思收获，探讨国事政事。与贤德为友，以高洁为伍，注定了徐霞客的人生不落俗套、不沾市侩，这是徐霞客对自己人生的设计。

超然尘世的念想造就了徐霞客卓然不群的境界，他开启一场说走就走的人生模式，行囊书生背包客，浪迹天涯寻胜迹。但他不是茕茕孑立、踽踽独行，而是有目的地寻找，兴致勃勃地行走，任性自由，创造了那个时代知识分子的新活法。他不囿于蓬蒿之间而志在天下，这种自由如同庄子的"逍遥游"、列子的"御风而行"，他是逍遥之鹏、物化之蝶，蹁然于万水千山人间仙境。古往今来，浩繁卷帙，没有哪一个文字比徐霞客的文字更绿色，没有哪一颗文心比徐霞客的文心更纯洁。

读《徐霞客游记》，能悟出一种孤独的高贵和高贵的孤独。静心、专心、尽心做一件事情，不为物动，不为世惑，徐霞客在自然世界找到了一种平衡内心的方法。文字是心灵的镜像，心灵是文字的枝头，美好的心灵才能栖得住优美的文字。抓狂的心态、浮躁的心理、尘染的心灵只要过一遭徐霞客文字的筛网，立刻变得绿油油、青葱葱的了。在清泉叮咚、山鸟啁啾的大自然，在不染纤尘、不闻市声的桃花源，在满眼是跳跃因子、满耳是生动音符的境界里，徐霞客做到了完全无我、彻底物化了。这是人正视自身、善待自己的最高境界。

人与自然的关系，是徐霞客人文精神的亮点。翻读《徐霞客游记》，犹如参照生态样本。在这个生动的样本中，我们看到一个鲜活的徐霞客。他"赤足跳草莽中，揉木缘崖"，舞之蹈之，"几不欲卧""喜不成寐"；他的笔下，是一幅幅精美的工笔画，崖壁皆骨骼，丛林皆毛发，川流皆血脉，是明代版的《富春山居图》《溪山行旅图》《芥子园画谱》；他用生命的元素，描绘了传世巨制，点染了自然的灿烂。一部游记，遍地开花，菊花桂花桃花梅花兰花玉兰花山茶花山鹃花；满篇文字，到处生绿，山绿水绿树绿草绿崖绿山寨绿田野绿青苔绿。他用了最精妙的文字，描摹了最精美的世界，表达了最炽热的情怀。尊重天人关系，追求文化意蕴，崇尚自然法则，遵从客观规律，成为徐霞客一直在寻找和遵循的某种轨迹。无论是顺风顺水、依步借势，还是滞涩难行、困顿疲倦，他一直没有放弃对真、善、美的追求。顺自然而不违天时，爱自然而不睽人伦，钟情山水，礼敬自然，善待苍生，在人与自然之间结成了一条生机盎然的绿色纽带。

人与社会的关系，是徐霞客人文精神的高点。《徐霞客游记》是科学巨著，更是今天的观感美文、报告文学、调研日记、采访见闻，记录了社会场景和众生百相，宛如一幅明朝版的《清明上河图》，荡漾着浓郁的人文情怀。

徐霞客有佛缘圣心，与江阴城里唐代古刹迎福寺的高僧莲舟法师、静闻和尚，天台山国清寺的云峰和尚，雁荡山云静庵的卧云法师等，都是好朋友。他有仙风道骨、僧形佛心，入佛出道、出佛入道，行走在儒、释、道之间，儒心禅意满满。既有儒家的仁爱，又有释家的智慧，更有道家的天性，他融正气、清气、和气为一体，是精通儒释道之渊微的高学之士。

30多年的浪迹生涯，徐霞客到过佛教圣地少林寺、五台山等，道教名山武当山等，几乎都与僧为伴、以寺为居，寺、庙、观、斋、庵是他的栖身地。每每极度疲劳和艰难，他也曾心生退意造庵结庐于山林间，但神明总是在安顿其身心的同时注入新的心灵动力，让他停歇不得、欲罢不能。无论是风雨孤旅，还是临危涉险，始终有僧侣相济，佛光灵现，总有无需报答的惠与。现存《徐霞客游记》中叙及最多的人物是僧侣道人，可数的达150多位。"寺"一词出现1100多次，提到的寺名达到205个；徐霞客到过的、提到的庵名有230多个，庙名120多个。

最让人动容的，是徐霞客与静闻和尚的友谊。《徐霞客游记》中240多次写到静闻和尚，可见他在徐霞客心目中的分量。静闻和尚跟随徐霞客从老家江阴出发，一路西行，既是旅伴、向导，还是仆人、保安，圣心相吸，情谊弥深，是生死相托的挚友。《粤西游日记三》中真实记载了他与静闻和尚痛别的情景。静闻和尚因长期劳累，加上在湘江遇盗时，为保护经籍受了刀伤，到达南宁后一病不起。二人相约，徐霞客继续前行，静闻和尚在南宁等候，不愿拖累徐霞客。临行前徐霞客专往崇善寺惜别，本已十分拮据的他留了些钱，嘱寺里僧人照顾好静闻和尚等他返回。静闻自知来日无多，恐一去生死永诀，便讨得徐霞客的布鞋、茶叶等留作纪念。75
天后徐霞客返回崇善寺，方知就在他们分别的第二天，静闻
和尚即已长辞人世，临终只有徐霞客的赠物相伴。徐霞客悲
痛难已，"拜而哭之"，一连写下六首《哭静闻禅侣》，"含泪
痛君仍自痛，存亡分影不分关""黄菊泪分千里道，白茅魂断
五花烟""幻聚幻离俱幻相，好将生死梦同参"，可谓痛断肝
肠泪长流。徐霞客遵从静闻和尚的遗愿，将他的骨灰匣子背
在身上，历时一年送到静闻生前向往的云南鸡足山悉檀寺安
放。正是因为一路上有高僧为伍，徐霞客始终游走在"物我
两忘""不觉俗仙""与太虚同游"的仙境，养成宁静致远、
清高致深的"出尘之胸襟"。

　　不仅如此，徐霞客还对少数民族地区的文化十分钟爱。
徐霞客第三次远行，考察了湘、桂、黔、滇四地十多个少数
民族，对西南民族地区的衣食住行及民情民俗有深入考察、
记录，开创了我国民族学实地调查之先例。现存 63.9 万字的
《徐霞客游记》中，多篇涉及少数民族地区内容，仅"粤西
游日记""黔游日记""滇游日记"等就有 48.7 万字之多，
占总篇幅的 76.2%。云南丽江纳西族首领木增十分尊重汉文
化，与一些汉族知识分子有深交，他从好友陈继儒那里得知
江南名士徐霞客将前来考察，早早地派翻译在昆明恭候。公

元1639年农历正月，这位纳西族首领在丽江以最隆重的礼仪欢迎徐霞客。两人相见恨晚，朝夕促膝交谈，纵论天下人物时势。木增请徐霞客为他的作品写序、标注、点评，并留徐霞客修志，徐霞客不却盛情，花了三个月时间修成《鸡足山志》共4卷。在徐霞客因腿疾加重卧床不起时，木增派人用滑竿花了150天，护送徐霞客至楚江，请湖北黄冈知府派人送回江阴，这份民族友谊、兄弟感情令人感叹！没有对少数民族风情风貌的考察，《徐霞客游记》就会黯然失色；没有少数民族地区的接力援手，就没有徐霞客科考之旅的延续跟进；没有少数民族兄弟的帮助，他甚至可能回不到家乡！

人文情怀的支撑，使他的科考之旅一路葱茏风光无限。

丰富的哲学实践锻造了徐霞客科学精神的品质——

科学的最高境界是哲学，科学家往往也是哲学家。

实践出真知。读《徐霞客游记》，你能感受到文字背后的思想之重，感受到科学深处的哲学思想，感受到徐霞客行走在哲学的王国。

徐霞客虽然没有哲学专著，但他的哲学思想体现在实践中、游记里。他试图在有形的自然世界中、山形地貌的本原中，发现特殊的东西、寻找共同的因素，从多样性中提炼同一性，是一个"求是"的过程。脚踏实地，实事求是，这是哲学的任务。徐霞客的这些实践特征，符合恩格斯对朴素唯物主义的描述，具有一定的进步性。从这个意义上说，徐霞客是中国古代朴素唯物主义的代表者，他的科考成果也是哲学成果，是实践哲学的生动表达。徐霞客是中国明代的泰勒斯。公元前 7—前 6 世纪的古希腊科学家、哲学家泰勒斯被誉为"科学和哲学之祖"，是西方思想史上第一个有名字留下来的思想家。他是一位钟情山水的行走者，足迹遍布地中海，到过东方许多国家，"万物皆有灵"是他的哲学思想。徐霞客与泰勒斯有着跨越两千年时空的感应，都是古代朴素唯物主义思想。

实践是检验真理的标准。徐霞客的科考之旅揭示了世界的本原是物质，而非超物质、超自然神力所创造的这一真理；揭示了世界是运动的结果、变化的产物，静止是相对的、运动是绝对的这一规律，具有朴素的辩证法思想。

徐霞客远离社会并非远离现实，而是超越现实的思想者、实践哲学的探索者。客观世界本来是和谐有序存亡有法的，伴随新物种的出现，旧的平衡被打破，新的平衡在建立。儒家认为"天"是一切道德观念和处世原则的本原，而"人"则因为受到名利欲望的蒙蔽，需要修行才能找到和回归本原，达到天人合一的境界。天人合一就是平衡，徐霞客行走的过程就是寻找平衡的过程，具有实践哲学的特征。

徐霞客的行游就是修行。佛教禅宗认为，人性本来就是佛性，只要祛除世俗的观念、欲望，就能达到成佛的状态，进入自然境界，这叫"见性成佛"，即"识自本心，见自本性"。徐霞客在漫长的跋涉中过着苦行僧一般的生活，苦行是一种自我节制、自我磨炼，需要拒绝一切诱惑，从这个意义上讲，徐霞客与古印度身背行囊、蓬头垢面、衣衫褴褛地行走在深山里的苦行僧没有太大的区别，但苦行僧讲求的是自我心灵痛苦的摆脱，而徐霞客追求的是人与自我、人与自然的契合统一，这是一种宏阔的胸怀。道家认为，天地乃万物之父母，天之道在于"始万物"，地之道在于"生万物"，而人之道在于"成万物"，徐霞客寻"道"于山水之间，以求达到"天地与我并生，而万物与我为一"的境界。儒、释、道关于天人关系的哲学思想，在徐霞客身上得到了完美的统一。

徐霞客是实事求是、知行合一的践行者。徐霞客一改中国传统知识分子的人生道路，不做"藩中雉、辕下驹"，志在"朝碧海而暮苍梧"。他把生命付与神山圣水，边知边行、知中有行、行中有知、知行相长，走出了知行合一的新路。徐霞客的知行实践也深深地影响了中国历代知识分子，向他们展示了一条天开地阔的人生道路。1937年，为纪念徐霞客诞辰350周年，西南联大曾组织过一支有300多人的"湘黔滇旅行团"，沿着当年徐霞客考察西南的路径，跋涉3500公里，历时69天，不但留下大量珍贵的考察日记，还走出了一大批如著名学者任继愈、火箭专家屠守锷、化学家唐敖庆、物理学家洪朝生、地质学家宋叔和、计算机专家陈力为等数十位中国社会科学和自然科学领域的泰斗级人物，他们是徐霞客科学精神的继承者。

一个没有思想的民族走不远，一个没有精神的民族立不住。当我们历数先贤的时候，不应该忘记作为科学家的徐霞客，不能忽略了徐霞客的格物致知、穷理求真的科学思想，坚定信念、追求理想的奋斗精神，善利万物、天人相谐的人文情怀，实事求是、知行合一的哲学实践，徐霞客的科学精神是中华民族精神的重要内容，源远流长。

回眸430年的时空，当遥祭万山丛中那一尊精神的丰碑，让徐霞客的科学精神霞映长天、照耀星空，是我们的文化自信。

两个人的战争（上）

千百年来，中国有两位英雄豪杰一直为人们念念不忘津津乐道，永远有说不完的题材。他们生活在同一个时代，先是为着共同的目标携手奋斗，后来又为争夺同一个位置厮杀争斗。他们最后的结局都很精彩：一个终于登上皇帝宝座，成为中国历史上第一个由农民身份上位的开国皇帝，开创了一个前后长达 420 多年的朝代；一个最终壮志未酬，含恨自刎江边，但烈士英名流芳千古，让后世唏嘘不尽。

他们都胸怀大略又性格迥异，既联手合力又彼此征伐，既惺惺相惜又恩怨交加。他们相互映衬，成为中国历史天空上的一对夺目的双子星座；他们相互成就，联袂出演了中国历史上波澜壮阔的帝王争夺战中的精彩剧目，留下的千古绝唱史无前例，亦无后例。

是的，一个是刘邦，一个是项羽。

公元前 223 年，秦灭楚国，当时就有人说，"楚虽三户，灭秦必楚"。此话果真灵验，一同推翻秦朝政权的刘邦和项羽，都是楚国后人。

西汉史官司马迁在《史记》的《项羽本纪》和《高祖本纪》，以及其他一些史料中，对这两位英雄有生动的记载，为我们留下丰富的素材。

先说项羽。与刘邦相比，项羽年少时候的名声似乎要好一些。公元前232年项羽出身于楚将世家，是楚国名将项燕的孙子、项超的儿子、项梁项伯的侄子。他年少时不好学文，爱好剑术但"略知其意，又不肯学"，不过从他沉迷于兵法战术来看，他还是少有所思的。他说"剑一人敌，不足学，学万人敌"，让他的叔父项梁大喜过望，觉得孺子可教，于是全心教他用兵布阵，以培养他的军事才能。公元前210年，秦始皇巡游过会稽（郡治吴县，今江苏苏州），20岁出头的项羽夹在人群中观望，秦始皇的气派、阵势让项羽惊羡不已，他脱口而出："彼可取而代之。"这说明项羽骨子里早已种下帝王的梦想，从小即有高远之志向和英雄霸王之豪气。当初陈胜吴广起义之后，会稽太守想约项羽一同起兵反秦，并说了先发制人的种种好处，没想到项羽一刀先杀了太守，降了太守的全部人马，举起了反秦大旗，显示了项羽胆识过人、做事果敢，又展示了他作为贵族之后不甘人下的心气，以及心狠手辣的处事方法。项羽是打仗的一把好手，骁勇善战，有一股子不怕死的英雄气概，令敌军闻风丧胆。公元前208年，项羽与秦国大将章邯鏖战于巨鹿，为达到置之死地而后生的效果，项羽率军队渡漳河后干脆一不做二不休，"皆沉船，破釜甑，烧庐舍，持三日粮，以示士卒必死，无一还心"，"楚战士无不以一当十"。正是凭借这种"破釜沉舟、以一当十"的勇气，项羽彻底击败秦军、大获全胜，巨鹿之战成为中国战史上的经典案例。

项羽武功盖世，叱咤风云，但也有诸多"软肋"，像希腊神话中的阿喀琉斯之踵，最终夺去了这位希腊军中最伟大、最勇猛勇士的性命。

"软肋"之一是心软。秦国被项羽、刘邦合力推翻后，天下只剩这两位楚汉枭雄，此刻刘邦驻兵霸上，项羽率领强于刘邦四倍之军峙立关中，本来这是围歼刘邦以除心头之患的极好时机，谋士范增也数次力谏项羽不能手软，但项羽生了仁心，执意不听。他更没有想到他的帐下也演起了"潜伏"的谍战片。他的叔叔项伯与刘邦的谋士张良串通一气，张良约项伯秘密来见刘邦，刘邦口是心非地在项伯面前说，我刘某人本来就是一个农民，一个无所事事、连父母都瞧不起的混混儿，能有今天这个样子就心满意足了，不像您家项王，本是贵族之后代，在反秦斗争中又立下显赫战功，天下非他莫属，让项王放心，我没那个野心。您要是看得上我寒门刘家，我愿意与您结成儿女亲家。项伯听信了刘邦的表白，回来跟项羽鼓噪一番，项羽果然放松了警惕，放弃了攻打刘邦的计划。不但如此，项羽还在距离刘邦屯兵仅几十里的鸿门请刘邦喝庆功酒。心中有数的刘邦大摇大摆地赴宴来了。酒酣耳热之际，谋士范增几次示意项羽杀掉刘邦，还召来项羽的堂弟项庄以舞剑助兴之名趁机干掉刘邦。这就是成语"项庄舞剑，意在沛公"的由来。但项羽佯装不知，犹豫不决。范增此意，"内贼"项伯也看出来了，他拔剑起舞保护他的未来亲家刘邦。这一切当然更是被刘邦的谋臣张良看在眼里，他赶紧喊来大力士樊哙，这个卫士一手操剑一手执盾，逼退林立的警卫，旁若无人地进入宴会厅保护沛公。项羽一见樊哙的气势，吓了一跳，更是不敢加害刘邦。刘邦借口说要上厕所屁滚尿流地逃出鸿门，惊出一身冷汗。这一次，项羽心一软，放走了最终葬送自己性命的对手，铸成大恨。一席"鸿门宴"，蕴藏着多少惊心动魄与风云际会！这场堪称最精彩、最经典，改写了中国历史的盛宴，也让刘邦摸到了项羽的软肋。

"软肋"之二是虚荣。秦灭后，项羽杀入咸阳，有谋臣说关中地带山势险峻、川流阻隔，难攻易守，而且这里土地肥美，完全可以作为您霸王的立都之地啊。但项羽不屑一顾地说，我富贵发达了不衣锦还乡显摆一下，就像穿着绫罗绸缎走夜路，哪个能看得见我！虚荣心烧烤着称王称霸的他，当那个谋臣犯颜进谏说，霸王您这样做不是真正的英雄，不过是沐猴而冠而已，我蔑视你。项羽勃然大怒，真把这人给煮了。所以当刘邦派张良通过项伯给项羽送来"霸王您放心，我不会跟您争天下"的"迷魂汤"时，这个傻大个儿竟感觉良好地一饮而尽了。垓下之战，是项羽领兵以来第一次败仗，也是他人生的最后一次战役，刘邦以数十万大军压境，而项羽只有十万之军抵抗，最后项羽只带了二十几人杀开一条血路逃至乌江，渔夫划船来救，部下劝他上船，项羽却自感"无颜见江东父老"，别姬自刎。历史虽然不能假设，但假设一下也无妨。走到穷途末路的项羽当时不过31岁，而刘邦时已55岁，留得青山在不怕没柴烧啊。放下"无颜"的面子观，项羽未必没有东山再起的机会。倘若如此，司马迁的《史记》将是另一番表述了。当然，项羽留给后世的形象也要稍逊色一些。

"软肋"之三是残暴。仁慈者无敌，残暴者无友，暴者无朋。项羽一生打了七十多场仗，除了最后一仗，几乎战无不胜。勇猛是凶残的代名词，他的行径不亚于被他推翻的暴秦，让人胆战心惊。襄城屠城，坑杀全城平民；城阳之战，对居民实行"三光"政策；新安之战，把秦军降兵二十多万人全部活埋；攻入咸阳，滥杀平民百姓，像当年秦人一样"伏尸百万，流血漂橹"；项羽一炬，阿房宫大火连烧三月，一把焦土。虎狼之师所向披靡，但仁义之师更能天下无敌，项羽大概没有悟出这个道理，他对弱者、降者和无辜者的残暴成性，使他失去了道义，失去了民心，也就失去了执政的基础。

"软肋"之四是多疑。猜疑与多心之人必定没有朋友。刘邦身边文有张良、萧何、陈平，武有韩信、樊哙、彭越，谋臣猛将的辅佐使刘邦如虎添翼，而项羽全凭单打独斗，身边仅有谋士范增和那个吃里爬外的项伯。刘邦用陈平的离间计，利用项羽的狐疑心理挑拨他与范增的关系，项羽果真上当，逼走了忠心耿耿的范增，使范增"行未至彭城，疽发背而死"。分析项羽的多疑，部分地来自他的贵族血统，对既得利益与地位的患得患失，使他终日惶恐不安，这种精神状态必然导致狭隘、阴暗、狐疑多端、睚眦必报的心理。不相信任何人，必然导致众叛亲离、孤家寡人的结果。垓下一战，项羽十万人被刘邦亲率韩信、彭越、英布等四路大军的数十万兵力围追堵截死捶烂打，关键时候孤立无援，无人可求，最后只带了二十几个随从仓皇东逃。从这个意义上说，项羽是孤独英雄。

"软肋"之五是自大。少有宏志固然好，但少不读书就会城府不深、胸无韬略，导致判断能力和思维能力的欠缺与人文精神的亏空。刘邦是政治家，有着必需的深谋远虑和谨小慎微，而项羽只能算作军事家，鼠目寸光。项羽的屡战屡胜在为他赢得巨大声誉的同时，也带来严重的负面效果，他的刚愎自用、独断专行、狂妄自大常常发挥到极致。自古骄兵必败，项羽是这句话最经典的例证。

项羽的这五根"软肋"被刘邦捏在手里，动哪一根都致命。人体的硬肋不过七八根，如此看来，项羽是一个残疾英雄，一个悲剧英雄，还真不是刘邦的对手。

尽管如此，我们还应该给项羽一个客观公正的评价。无论从哪个角度讲，项羽都是一个精神价值极其丰富的人，他胸怀独霸天下的远大抱负和大丈夫当成伟业的雄心壮志，具有"力拔山兮气盖世"的英雄气概，但也英勇善战，奋勇当先，有着不畏艰险敢于拼搏的精神与行动。既叱咤风云又儿女情长，既坦荡直率又爱慕虚荣，聚合着许多精神元素，深深地融入中国传统英雄主义的血脉。项羽以降，世间英雄豪杰大都能从他身上找到自己的影子。

这就是项羽，一个长处与短处都十分鲜明、血肉丰满的战士。

说项羽，必说刘邦。

与项羽相比，刘邦出身微贱。他与项羽一样，也是少时就胸怀大志的人，他也见过秦始皇巡游，发出"大丈夫当如此也！"的感叹。这种感觉，比项羽所说的"彼可取而代之也"略显谦逊一分。"及壮，试为吏，为泗水亭长"，他相貌"隆准而龙颜，美须髯，左股有七十二黑子"，既仪表堂堂又奇人异相。他生性"仁而爱人，喜施，意豁如也。常有大度"，不是那种专嗜杀伐的草莽英雄，不拘小节，与民同乐，亲和力强，有着很好的群众基础，具备领袖人物的先天条件。当亭长时，刘邦执行往骊山押解囚徒的任务，因逃跑的人太多，干脆一不做二不休把囚徒都放走，自己带领十几个不愿离开的壮士逃亡于芒砀山中。当陈胜率兵逼近，沛县县令想对抗但又害怕，县衙主吏萧何、典狱曹参主张约刘邦的数十百人加入，县令始而同意继而反悔，还要杀萧何、曹参。此二人翻墙逃至城外刘邦营中，刘邦向城里射箭携书鼓动城里的老百姓反了，早有怨气的百姓们积极响应，一举杀掉县令，开门迎接刘邦，从此沛县成为刘邦的早期革命根据地。这一年，刘邦已48岁。随后，刘邦奋力抗秦，南征北战，攻入关中，生擒秦王子婴，为推翻秦王朝立下大功。51岁时被封为汉王，率汉军与项羽相持日久、"中分天下"，最后决战垓下，全歼楚兵，逼得一代枭雄项羽殒命乌江边。56岁那年，刘邦登上帝位一统天下。

与项羽相比，刘邦有何能何德可以称帝？这是古今之人常常议论的话题。

刘邦与项羽一样，年少时都是不读不耕之流、不安分守己之徒，与项羽出身贵族世家相比，刘邦没有一个好的出身、好的家庭环境、好的社会地位，40多岁才谋了个亭长的差事，大约相当于现在的股级干部，起步太晚。

但是，时势造英雄，乱世出豪杰，陈胜吴广起义风起云涌，急剧动荡和社会变革为刘邦、项羽提供了舞台。这两人都是呼之而出的风云人物，英雄相逢，好戏连台，中国历史因此而精彩纷呈。

（原载于 2017 年第 4 期《美文》杂志）

两个人的战争（下）

《史记》对刘邦、项羽的记载，争斗多于合作，这可能是历史的真实。尤其是楚汉相争，既是双方政治实力、经济实力、军事实力的展示与比较，更是两人谋略智慧和人格魅力的较量。纵观刘邦，自有过人之术，是项羽比不上的，譬如：

一是用人术。这是刘邦的第一大本事。取得天下后，刘邦在洛阳南宫设宴与群臣相庆，酒酣兴至，问左右："吾所以有天下者何？项氏之所以失天下者何？"左右纷说，似都有理，但没有人搔着刘邦的痒处。他终于憋不住了："夫运筹帷幄之中，决胜于千里之外，吾不如子房（张良）。镇国家，抚百姓，给馈饷，不绝粮道，吾不如萧何。连百万之军，战必胜，攻必取，吾不如韩信。此三者，皆人杰也，吾能用之，此吾所以取天下也。项羽有一范增而不能用，此其所以为我擒也。"这一段自白相当深刻、精辟和经典，给历代政治家们以深刻启示。谋士陈平、武将韩信过去也都是项羽手下的人，但不受重用、颇受轻慢，才投奔了刘邦，韩信还要了项羽的小命。将这些人中骄子拢在自己麾下，刘邦的驭人之术不可谓不高明。

二是怀仁术。当初刘邦决定违抗官命放走囚徒时，一些人深受感动，不走反留，成了刘邦的追随者，刘邦可谓起于"仁"。当秦兵以强势逐北，楚怀王想派兵入关，并颁令谁先定关，就封谁为关中王。项羽非常想去，但是多位老将军向怀王进谏说："项羽为人剽悍猾贼……皆坑之，诸所过无不残灭。……今不可遣。独沛公素宽大长者，可遣。"刘邦的"仁"使他赢得了机会，可谓成于"仁"。刘邦每略一地，一定打开牢狱大赦罪犯，安抚当地父老。这些动作，为他赚得了仁义之名。汉元年（公元前 206 年）十月，刘邦率先攻下霸上，"秦王子婴素车白马，系颈以组，封皇帝玺符节，降轵道旁"，多位将领建议杀掉子婴，但刘邦说不，人家都降服我了，还杀他作甚？而后来，子婴被项羽毫不留情地杀了。刘邦的仁心，反衬了项羽的残暴。他虽然没读什么书，但敬重和尊崇儒学，是第一位亲赴山东曲阜孔府祭孔的君王。刘邦的仁心，一开始就有，登上帝位后仍然保持，实属难得。他登基之后采取的休养生息、轻徭薄赋、释放奴婢、招贤纳谏、孝治天下等国策，都是以人为本、从"仁"出发的。有人说刘邦的"仁"是虚情假意，但如果一个人能假装仁义一辈子，那他就是真仁义了。

三是取义术。先有仁而后有义，仁守内而义主外。刘邦怀仁取义，把自己的军队打造成正义之师。在楚汉久持未决之际，刘邦亲赴阵前搦战，面数项羽十大罪状："始与项羽俱受命怀王，曰先入定关中者王之，项羽负约，王我于蜀汉，罪一。项羽矫杀卿子冠军而自尊，罪二。项羽已救赵，当还报，而擅劫诸侯兵入关，罪三。怀王约入秦无暴掠，项羽烧秦宫室，掘始皇帝冢，私收其财物，罪四。又强杀秦降王子婴，罪五。诈坑秦子弟新安二十万，王其将，罪六。项羽皆王诸将善地，而徙逐故主，令臣下争叛逆，罪七。项羽出逐义帝彭城，自都之，夺韩王地，并王梁、楚，多自予，罪八。项羽使人阴弑义帝江南，罪九。夫为人臣而弑其主，杀已降，为不平，主约不信，天下所不容，大逆无道，罪十也。"此番檄文，可谓字字如匕、句句如枪，戳到了痛处，激怒了项羽，同时也宣告了自己率领的汉军是在为正义而战。刘邦的举义旗、挥义师，为他获得了现实与历史的评判。

四是用法术。刘邦重视制订法律军规，主张以法治军、以法治民。每略一地，他警告军队不得侵害当地百姓，不得恣抢财物。占领霸上后，他召集各县要人说："吾与父老约法三章耳：杀人者死，伤人及盗抵罪。"对普通百姓来说，我管你哪个君王当朝，对我好就行。刘邦严明的号令整肃了军纪，安顿了民心，树立了自己的威信，于是出现"秦人大喜，争持牛羊酒食献飨军士"的场面。当上皇帝后，刘邦更是颁布诸多法令，大力推行依法治国，保证了大汉王朝的长治久安。

五是隐忍术。刘邦能成帝王之业，与他的能忍有极大关系。"忍"中最经典的一幕，当是鸿门宴。明知凶险环生，但愿意屈尊前往，说明了刘邦是能忍之人。为什么能忍？因为敌众我寡，养精蓄锐、调兵遣将，尚需时日，此时硬拼那还不吃大亏？为独得天下，小不忍则乱大谋。心字头上一把刀，刀在心上。一个"忍"字，点石成金啊。但刘邦也不是一味地忍、忍而无度。他的忍而不发，是在等待时机，阵前宣战、垓下决战，都是大爆发。

六是神化术。刘邦的身世就让人觉得不凡，《史记》曰："父曰太公，母曰刘媪。其先刘媪尝息大泽之陂，梦与神遇。是时雷电晦冥，太公往视，则见蛟龙于其上。已而有身，遂产高祖。"相信这些神话是刘邦自己编造的。刘邦"好酒及色，常从王媪、武负赊酒。醉卧，武负、王媪见其上常有龙，怪之"。"高祖被酒，夜径泽中，令一人行前。行前者还报曰：'前有大蛇当径，愿还。'高祖醉，曰：'壮士行，何畏！'乃前，拔剑击斩蛇。蛇遂分为两。……有一老妪夜哭。人问何哭，妪曰：'人杀吾子，故哭之。'人曰：'妪子何为见杀？'妪曰：'吾子，白帝子也，化为蛇，当道，今为赤帝子斩之，故哭。'人乃以妪为不诚，欲笞之，妪因忽不见。"这位老妪是不是刘邦派人找的"托儿"，不得而知，但把他暗示为赤帝之子，却是起到了一呼百应的效果。刘邦聚义之初，没有什么资本，常常藏匿于芒砀山中。夫人吕雉给他送饭，一找一个准儿。刘邦自己也觉得奇怪，就问她，吕雉说，夫君您虽然藏在山里，但您头顶的上方常有祥云紫气，我就能找到您啊。吕雉当"托儿"的结果是："沛中子弟或闻之，多欲附者矣。"古代帝王惯用的这些手法，目的是以此表明自己命系天赐、君权神授，让天下人臣服。相信这些小把戏也都是刘邦的暗使。

七是施巧术。奸诈巧取是刘邦的一大才能，他本来就有流氓的一面。早在当亭长时，吕公寄宿在沛县县令家中，县里贵族纷纷到县令家里道贺，管事按送礼轻重排席位。刘邦明知自己没那个财力和地位，便诈称"贺钱万"，骗得吕公亲自到门口迎接，其实刘邦一分钱也没带，他是想用这种方式得到吕公的注意。果然，喜欢相面的吕公一眼就发现刘邦器宇不凡，不但引为座上宾，还把女儿嫁给了他。可谓施诈成功。俗话说"兵不厌诈"，在与秦兵、与项羽的争战中，刘邦施诈术运用得相当娴熟、相当频繁。不光施诈，刘邦还擅长巧取。灭秦战进入最后阶段，项羽指挥千军万马展开巨鹿之战，打得非常惨烈，这是一场决定乾坤的朝代更替之战，项羽赢得胜利，堪称历史的功臣。项羽入驻关中也是势在必得，但是刘邦精兵快骑，直取秦王，夺得秦之传国玉玺，算是先入关者。此举导致了项羽的不服气。刘邦的巧，表现了他高超的谋略与智慧。

八是谋略术。较之二人，虽然都是杰出的军事家，但项羽是以征服对手为目的，而刘邦是以征服天下为目的。项羽本人"长八尺余，力能扛鼎，才气过人，虽吴中子弟皆已惮籍矣"，攻城略地、杀人如麻，强悍的秦兵主要是被项羽打下来的，几乎从无败绩，而且特别得意于"诸将皆慑服，莫敢枝梧""召见诸侯将，入辕门，无不膝行而前，莫敢仰视""所当者破，所击者服，未尝败北"。项羽嗜战如命，"今日固决死，愿为诸君快战"，这个"快"，不是速战速决，而是淋漓畅快，所以项羽的仗打得都很漂亮。有人赞曰："羽之神勇，千古无二"；而刘邦仅有打下咸阳、受降秦王之功，但他擅长从长远谋划，从战争一开场就筹划好了过程与结局。在与项羽的斗智斗勇中，总是以项羽之勇克己之难，以己之长制项羽之短，虽然不道德，却符合兵法，是军事家、战略家的谋略。一个年轻气盛，一个老谋深算，年龄就是资历，项羽搞不过长他24岁的刘邦，似乎也合乎常理。从立功上说，项羽是一位豪情万丈的伟丈夫，而刘邦是一位心怀天下的大丈夫；从立德上说，项羽做事力求惊世骇俗、做人力求功德圆满，而刘邦是以能否得天下来衡量人生价值的。在对与错、赢与输、胜与负、成与败这四个层面上，项羽看重前面两个，刘邦则看重后面两个，境界不同，城府当然就不一样了。

毛泽东说，刘邦是"封建皇帝里边最厉害的一个"。

项羽虽然没有刘邦的深谋远虑，却品格似乎比刘邦高洁，这也是后世敬重项羽的主要原因之一。司马迁刻画人物是立体的，并无单纯的好与坏，对刘邦亦如此。《史记》记载："（项羽率兵）又追击（刘邦）至灵璧东睢水上。汉军却，为楚所挤，多杀，汉卒十余万人皆入睢水，睢水为之不流。……楚军大乱，坏散，而汉王乃得与数十骑遁去。……楚骑追汉王，汉王急，推堕孝惠（儿子）、鲁元（女儿）车下，……"揭露了刘邦逃亡途中只顾自己活命不惜几次把自己的子女推下车的恶行。还有，诸如为报复嫂子当年对他不好而迟迟不封侄子；对有些功臣不善待；好色无赖，拥戚姬而骑周昌的脖子等类似的记载，说明刘邦虽有仁义之名，但也有复杂的性格。公元前206年，刘邦与项羽对峙于广武，派彭越数次堵截项羽的援粮，"项王患之，为高俎，置太公其上，告汉王曰：'今不急下，吾烹太公。'汉王曰：'吾与项羽俱北面而受命怀王，曰'约为兄弟'，吾翁即若翁。必欲烹而翁，则幸分我一杯羹"。项羽以仁义之心度刘邦之腹，而刘邦不但不急，反以流氓嘴脸应对，两个人的心理素质和品质泾渭分明。如果说二人都有流氓习性的话，项羽充其量是一个小流氓，而刘邦则是一个大流氓，是一个政治流氓。相比之下，项羽既刚烈勇武，又柔情似水，情意缠绵。宁可壮烈牺牲，也不苟且偷生，不为一己之活路而愧对江东父老。直到生命的终结，还不忘将自己的头颅赠送故人。这种"无颜见江东父老"的羞愧感表明了项羽内心之高贵与高洁。项羽战争的全部目的，在乎人格功德，活得潇洒与率性、尽情与坦荡。刘邦和项羽都曾以诗言志。刘邦歌曰："大风起兮云飞扬，威加海内兮归故乡，安得猛士兮守四方！"项羽被刘邦困于垓下，夜间闻四面楚歌，场景凄凉，自觉末日将临，望着宠姬虞氏，泣歌一首："力拔山兮气盖世，时不利兮骓不逝，骓不逝兮可奈何？虞兮虞兮奈若何？"两首诗赋都有气势，但刘诗是起势、开势，心气高涨；而项诗是收势、颓势，其势有衰，其鸣也哀，多少有些匹夫之勇和儿女之情，能赚足女人的眼泪，但时运不济、气数已尽。因此，在中国传统正史和野史中，项羽是一个具有崇高精神和人格魅力的汉子，西楚霸王，成为英雄题材永远的主角，不无道理。

捧读《史记》，常叹司马迁的伟大。他有一双洞察人类社会发展规律的眼睛，让我们看到了以项羽为代表的贵族阶级的没落与以刘邦为代表的农民阶级的崛起。同样是推翻暴秦，项羽是为贵族阶级利益而战，项氏集团领导的是一场六国贵族阶级的复国战争，而刘邦是为农民阶级利益而战，不同的群众基础早就决定了战争的性质、军力的多寡和最终的结局，尽管后来刘邦也形成了新的地主集团。项羽的本性，暴露了他作为贵族阶级的软弱性和不彻底性，刘邦的战略眼光反映了无产者的无畏和对社会本质的认知，看到了历史的走向。

这也难怪，项羽战亡，年仅 31 岁；7 年后刘邦驾崩，享年 62 岁。老将克新锐，应验了古训"姜还是老的辣"。

老到的刘邦是真正统一天下的第一个皇帝，秦始皇不算，因为秦灭六国，六国虽不存但人心并不归秦，逐秦之浪潮此起彼伏，秦始皇在位仅 11 年，秦二世而亡，整个秦朝也不过 15 年，但刘邦一举平定天下，开创了两汉延续 420 多年的基业，为大汉帝国与罗马帝国一同跻身世界强国奠定了物质基础和文化条件。

两个人的战争激浪翻滚，惊尘蔽天，历史的涛声不绝于耳，余韵绵长，尘埃未定。

（原载于 2017 年第 4 期《美文》杂志）

曾国藩之累

　　纵观春秋以降两千多年来的风流人物，无一不是深植于中华传统文化沃土之中的。政界领袖也好，学界巨擘也罢，商界巨子也好，军界强人也罢，一个共同特点，是饱读诗书，谙熟孔孟，通晓术道。得其要者成其业，得其真者成其事，得其精者成其功。厚度决定高度，营养决定长势，底蕴决定韬略。判断一个人的势，研究他的史，看其功底。比较两个人的优劣胜负高下，得看他的文化素养、知识积累、思想准备。"山间竹笋""墙上芦苇"只能被当作教人的反面例子，注定是成不了大器的。

　　被誉为晚清社会"第一名臣"的湘人曾国藩（1811年11月26日—1872年3月12日），受到许多不同时期、不同阶级、不同意识形态的精英们的推崇，他们对这位"千古完人""官场楷模"有很高的评价。早在湘乡读书时，毛泽东就熟读《曾文正公全集》，他批阅过的书还保留在韶山纪念馆，谈话写信时多次引用曾国藩的例子，年轻时发出过"愚于近人，独服曾文正"的感叹，晚年时也时常念叨曾国藩，可见受其影响之深。毛泽东的对手蒋介石对曾国藩更是敬佩有加、顶礼膜拜，认为曾国藩"足为吾人之师资"，把《曾胡治兵语录》《曾国藩家书》常置案旁、阅研不辍。中国社会缔造了两党两军截然不同理念的两位领袖这样高度评价同一个人，不能不承认其文化价值。

这位出生于嘉庆、学用于道光、建功于咸丰、落寞于同治的一介书生，走出了近代中国知识分子治学经国之路、知行合一之路、修齐治平之路，无疑是一位成功的失败者，失败的成功者。之所以说他失败，是因为他无论怎样自律自省抗争，都无法摆脱走向低沉的命运；之所以说他成功，是因为以"立功""立德""立言"昭著于世，作为著名的岳麓书院的学人弟子，他继承了以儒学纲常名教为核心的传统文化，师崇程朱理学，倡导湖湘文化，又身体力行"师夷长技以制夷"，成为中国近代洋务运动的先驱。他的身上，附着了厚重的封建礼教色彩和传统道德观念，是一位集传统人生观、价值观、世界观之大成的代表人物。看曾国藩，不能忌言他的文化色彩和文化价值。

作为竭力维护封建专制统治的重臣，他脸上的烙印是铣削不掉的。作为镇压太平天国农民起义的刽子手，他杀人如麻尸山血海，满手腥秽是洗刷不掉的。说中国传统文化，不能忽略其代表人物，即使是有定论者。

曾国藩出身于寻常的耕读之家。从圣人曾参排下来，他是第70代，残香余火，不甚旺盛。这意味着曾国藩的起点并不高，但也有遗风可袭。24岁那年，曾国藩到京师会试，一试不中，再试又爽。28岁及第，在翰林院谋一抄抄写写的小职。位卑言轻，谨小慎微，官运未曾腾达。生活有些窘迫和局促，常常不得不央人到扬州去买廉价书。进京七年之后想回家看看，但囊中羞涩，且心忧人走茶凉，饭碗没了。拮据与艰难，落寞与飘零，从他的一首诗中可管窥："好栽修竹一千亩，更抵人间万户侯。"虽有诗意和情调，却不难读出他的失落与凄凉。栽竹不成的曾国藩并不寂寞，他遍览史书，学识精进，还结交了不少皇亲国戚、重臣显贵、名学硕儒、文人士子，尤其是拜理学大家倭仁、唐鉴为师，令他终身受益，为日后的建功立业和逢凶化吉建立了广泛的支持系统和人际网络。

1852年，曾国藩官拜兵部左侍郎，算是事业告成了。不久，他外放江西任乡试正考官。不料在赴任途中接到丧母的噩耗，赶紧掉转马头回家守制。这也让好不容易爬到一个高处的他滑了下来，并就地转了一个圈。走长江、入洞庭，千里奔丧之路颠沛流离，出惊入险，让他威风丧尽，斯文扫地。威风也好，斯文也罢，都是需要背景衬托的，一旦少了权杖的支撑和风雅的附庸，谁都不过是一介江湖浪子或凡尘俗人。但从庙堂到江湖的位置转换，让他既忧其君，且忧其民。

求学求官，从文从武，注定曾国藩一辈子都要趴在悬梯上，上上下下疲惫不堪。只有在荷叶塘为母亲守制的日子，是他一生中片刻的宁静。虽然哀肠百转，但这位曾氏家族的光彩人在给全家带来荣耀的同时，在天地万物亲情之间找到了身心的憩园，远离官场竞斗和繁文缛节，摈弃市声嘈杂和往来应酬，亦无案牍之劳形。儿时玩耍的场景，读书时的记忆，亲伦的缠绕，辣呵呵的湘菜，乡野村舍里的腐儒学究，倾慕已久的圣贤遗作，都让他经脉松弛，神游八极。但是，一朝为臣者不可能有一颗真正意义上的平静心，曾国藩笃定成不了闲云野鹤。回乡不久，揭竿于中国西南部阡陌之间的农民起义，如狂飙烈焰席卷到湖南，清廷地方政权败势如摧枯拉朽。曾国藩尽管孝义在身，但在朝廷的敦促和众人的苦谏下，不得不移忠作孝，墨绖出山，与太平军作起战来。

受命于危难之中的曾国藩办起了团练。这本是一群只会薅草插秧拖竹排的乌合之众，还不如当今的民兵组织，顶多不过是预备役部队。但是在曾国藩的调教训练下，迅速形成原发的、有组织的战斗力。其锐力逼人，不逊于正规部队的精锐之师，让绿营旗兵等官军相形见绌。更让人吃惊的是，从曾国藩以下绝大部分军官竟是一帮读经吟诗，连刀都没摸过的文人书生！咸丰四年（1854年）二月，湘军倾巢出动，曾国藩发表了《讨粤匪檄》。在这篇檄文里，他声称太平天国运动是"荼毒生灵"，"举中国数千年礼义人伦诗书典则，一旦扫地荡尽。此岂独我大清之奇变，乃开辟以来名教之奇变，我孔子、孟子之所痛哭于九泉"，接着号召"凡读书识字者，又乌可袖手安坐，不思一为之所也"，其站在了道德的制高点，故动员了当时广大的知识分子参与到对太平军的斗争当中，为日后的胜利打下了坚实的基础。但正是文人以柔克刚的韧性、以谋制勇的韬略，铸就其锐气与胆识。从团练初办之日起，曾国藩的政治前途和身家性命就与湘军命运相连，荣损与共。当团练壮大成湘军，从犬牙交错的急流险滩中拼杀出来，控制了长江沿线，立即被朝廷视为救命的刀把子，挥杀冲刺，不惜锋卷刃折。曾国藩本应轻装上阵策马挥戈，但是官场上的昏聩、贪婪、腐败、无能、虚伪、嫉妒、掣肘、陷害，使他不得不疲于应付内耗，练兵习武和统兵打仗的精力十不及一！正是在这种砥砺中，他坚忍不拔，意志如磐，有一股咬定青山不放松的精神。每遇困厄屈辱、劣势惨境，每遇损兵折将甚至牺牲了亲人、爱将，曾国藩总是咬牙立志："好汉打脱牙，和血吞。"声声见泣见恨，字字斩钉截铁。

曾国藩与太平军作战，初战即败，再战又败，狼狈不堪，两次跳江亡命。即使是在战绩辉煌之时，粮草、军饷、辎重、奖赏，仍事事时时牵制他，随时都会因触及地方官僚的利益和败露一些人的劣迹而举步维艰、前功尽弃。朝廷的狐疑和责难，满蒙皇亲的排汉势力和恐惧心理，使他身边线人密布，暗哨林立。危楼既倒，一木难支，心力交瘁的曾国藩时常感到自己是戴着镣铐跳舞。封建体制的弊端丛生，帝国王朝的行将坍塌，外忧内患，民不聊生，祸害四伏，举步维艰，国势走向衰微的末端，一场革命的暴风骤雨正酿起于青萍之末。

曾国藩具有极其复杂的多面、多层性格，具有多重价值标准和价值取向，但无论位居两江总督，还是官至直隶总督，曾国藩总是性情不改，矢志不移。对朝廷，他肝胆涂地忠昭日月；对朋友，他诚实守信义薄云天；对家人，他老老幼幼孝感阴阳。论文，他才高八斗满腹经纶；论武，他挥兵点将纵横捭阖。做人，他力奉圣贤；做事，他克勤克俭。论谋略，他能掐善断，胸藏万千丘壑；论相人识才，他驭人有术，不拘一格广纳群贤，善听谏言忠告，身边谋士密友如云。用人善从其优，顺我者以长补短、以功掩过，逆我者用其所长、以过克功。对忠勇壮士，他烈马佩金鞍，宝刀赠英雄。对儒道贤达，他以奇文共赏，珍品相送；对爱财之徒，他散尽千金，慷慨大方。他治军练兵，力奉封建礼教思想，以"忠义血性"育人，训练出一支能吃苦不怕死的湘军。他整饬吏治，奖掖忠勇，团结了一批德才之人。正是曾国藩身上的这些闪光点，在他的势力范围内形成了一套道德规范，局部地、暂时地、浅层次地制止了晚清颓废风气的急剧恶化，晚清中兴之业，曾国藩功不可没。相比之下，太平天国正缺少了一位像曾国藩这样自省自律的儒将，缺少了坐天下守江山的思想理念和人文精神。他在道德修养方面提炼的理念，如闻过则改、戒骄戒躁、勤俭刻苦等，融入并形成了湖湘文化，对包括毛泽东、蔡和森等人在内的三湘学人产生了深刻影响。驾驭权术，曾国藩以文对文，以武压武，以文降武，以武制文，文武之道机关算尽。他一方面尊圣内省廉洁自律，一方面又厚饷养兵，默认甚至纵容部下打家劫舍滥取豪夺，一场恶战下来，湘勇们沿长江送回湖南老家的金银财宝绫罗绸缎如山如海。为巴结讨好朝廷要员，他不惜以珍品重金行贿。他奸诈多疑，诡计多端，阴气逼人，杀人如麻，枉戮无辜，有"曾剃头"之绰号。他力图把每一件事都做到极致，把自己的每一个角色都扮演得淋漓尽致，但又深知水满则溢、月盈乃亏的天常，心存"求阙""惜福"意识。这种欲舒却卷、且展还藏的心态，焉能不累？

他大概厌倦了官场险恶宦海诡谲，骨子里想做一个"道德完人"。考究了历代宦官之家兴衰史之后，曾国藩精心营造一种滋润子嗣、泽被后世的家庭家族文化。他语重心长地嘱咐子侄们，勤俭持家，不可骄奢淫逸，当以"考、宝、早、扫、书、蔬、鱼、猪"八字为本，"慎独则心安，主敬则身强，求仁则人悦，习劳则神钦"，意思是说，即使一人独处，也要严格要求小心谨慎，不妄取妄为；要有一种敬重严肃的生活态度和精神状态；要有一副仁爱慈善之心；要靠勤勉劳作、不懒惰获得社会地位；"读书以训诂为本，诗文以声调为本，事亲以得欢心为本，养生以少恼怒为本，立身以不妄语为本，居家以不晏起为本，居官以不要钱为本，行军以不扰民为本"。这"八字""八本"，是曾国藩自己遵从也要求子女们遵从的一根根墨绳，如今仍闪烁着理性和人性的光芒。他既是四方学人的楷模，也是家庭家族的楷模。自曾氏兄弟以下，先后出过外交家、数学家、翰林、诗人、画家、教育家、考古学家、化学家、女革命家、中科院院士、新中国的高级领导干部。一个家族盛及五代，在历史上是不多见的，这与曾氏的家训严明不无关联。

曾国藩终生手不释卷，枕书而眠，为后世留下1500万字的文字，尤以散文创作成就著称。他的文人学者情结甚重，终身追求炉火纯青的千古美文和流芳百世的道德文章。他给家人写了1400多封家书，坚持记日记达200多万字，著多篇经典范文，可谓字字珠玑，直到临终的前一天才搁笔。他还编纂了《经史百家杂钞》《十八家诗钞》等书籍。即使后来在率军赴山东剿灭捻军的激烈战斗中，他还不忘主持整理《王船山遗书》，将320卷完稿交给了金陵书局出版。他对书法、绘画、诗文、收藏等多方面有精深的造诣和见地，其书论、画论、文论、书评等精当深刻，为后世效摹。难能可贵的是，曾国藩的这些咬文嚼字多在风声鹤唳的军营中、颠沛流离的车轿里、危机四伏的城墙边、军旗猎猎的战船上进行，多在夜深人静时、灯火阑珊处进行。疆土的扩展与精神的爬高，都耗人心智、苦人筋骨，一点点地熬干他心灯的油。

曾国藩是一位心思很重的人，一生都处在谨小慎微、惊恐万状之中。他为自己在刀丛火海之上支了一条钢丝绳，"寸心兢兢，且愧且慎"地踩在上面，"不敢片刻疏懈"，感言"余忧患之余，每闻危险之事，寸心如沸汤浇灼"。他白昼为鬼，入夜做人，时而君子，时而屠夫。角色的频繁冲突与转换，令曾国藩痛苦地挣扎在官民之间，文武之间，生死之间，君子与小人之间，佛道与鬼魅之间，坦荡与诡道之间，痛快与痛苦之间，谨言慎行，惧蹈危机。

但是，这一切都被曾国藩用一个字化解——忍。曾国藩外藏内敛的百忍之道，至今为后人叹服。1857年，47岁的曾国藩因父丧，第二次回荷花塘守制，这正是他兵事不利、处境尴尬的时候，但也是他反思自忖最深刻，对"忍经"琢磨最多的时候，为他的再次复出，一崛而起奠定了扎实的心理基础。"吾服官多年，亦常在耐劳忍气四字上做工夫也"，这是他的心得。在收敛低调中做人，在挫折屈辱中做事，在巧与周旋中攀升，"让一让，六尺巷"，退一步海阔天空，大丈夫能忍难忍之事，这就是曾国藩。但是，他的"忍"并不是一味地强忍，而是善忍、会忍，当忍则忍，不该忍则不忍。对皇上、太后，以及满蒙亲贵的猜疑、排挤、冷落、出尔反尔和种种不公，曾国藩一忍再忍，一忍到底，但对误国误军、贪婪无度而又加害于他的人，则"是可忍，孰不可忍"，或拍案而起参人一本，或拔剑而起势不两立。他的一生有起有落、有荣有辱，但没有抟扶摇直上九霄，也没有一失足掉进深渊。虽然没有片段的精彩，却有整体的绚烂，总能启动平抑机能，在高潮时削去波峰，在低潮时填平谷底。在这亦忍亦纵、忍多纵少的人生波涛中，曾国藩颠簸了一辈子。

曾国藩节俭自律，不事奢靡，生活简朴，克己甚严，有时到了苛刻的地步。身为声名显赫的两江总督，曾国藩始终保持一介寒士之风。床上铺草席、盖土布，衣服上常有补丁，一只竹藤箱伴他转战多年。30岁时做了一件青缎马褂，只是每逢喜庆之时穿一次，30年后依然如新。他身体长期虚弱，年轻时得肺病，常咯血，晚年得心血管病，头晕目眩耳鸣，视力极差，辨字识人都困难。牛皮癣伴随终身，心情一不好就奇痒难耐，夜不成寐。肝、肾不好，还患有疝气，可谓百病缠身苦不堪言。曾国藩一辈子争斗在三条战线：官场、战场和病魔，唯有第三条战线他从来没有赢过。荣华富贵、锦衣玉食不曾充分享受，倒是凡人百姓的贫寒痛楚他都没能逃脱。

曾国藩的大女儿、三女儿分别嫁给富贵之家，但两个女婿却是纨绔子弟，恶习甚重。即使这样，这位位高权重的为人父者仍然训诫生活得极不幸福的女儿们"君虽不仁，臣不可以不忠；父虽不慈，子不可以不孝；夫虽不贤，妻不可以不顺"。告诫女儿们要"忍耐顺受"，"耐劳忍气为要"。这位"三纲五常"的忠实信徒，以成就君子之德，最终葬送了女儿们的幸福。

1870 年的曾国藩已病态残状，日薄西山。但是这轮正黯然西坠的残阳仍无可逃避地被一团乌云裹挟和掩噬。这团乌云，便是中国近代史上震惊中外的天津教案。1870 年四五月间，在封建主义和帝国主义双重压迫下的天津，民不聊生，怨声载道，像一座一触即发的火药库。这时连续发生婴幼儿失踪案，人们把怀疑的焦点投在望海楼法国天主教堂，这桩必然发生的偶然事件，导致了天津人民对洋人洋教和帝国主义的愤怒，他们焚烧了包括法国、美国、英国、俄国人的教堂。朝野震惊，异邦盛怒，七国公使联名向清总理衙门抗议，甚至还把军舰开到天津威胁。百姓群情激奋，部分朝廷官员主张与洋人一战到底，中外兵争之势如箭在弦。已是直隶总督的曾国藩明知处置这桩涉外事件艰难险重，左右为难里外不是人，但义无选择，不得不奉旨行事。他写好遗嘱，拖着残弱之躯上路了。从保定到天津，近在咫尺，花甲之年的曾国藩却走了他一生中最难走，也几乎是最后的一段路。畏难与感伤情绪淤积在肠排解不开，他迷惘地对孩子们说，如果一死，请孩子们将他的遗体从运河沿长江送回湘乡老家，"沿途谢绝一切，概不收礼，但水陆略求兵勇护送而已"。他甚至对历年奏折、所作古文家书都做了交代，不必刻印送人，只留儿孙观览。而且还放心不下子孙们的教育成长，留下眷眷拳拳的家训感言。天津，是曾国藩人生的滑铁卢。走完这一段路的结果，是广大民众把一顶帽子扣在他的头顶："卖国贼。"海内声讨一片，他为京师湖南长郡会馆题写的匾额被愤怒的国子监学子们砸烂。处理天津教案之前，曾国藩不是不知道跟法国人及其他帝国主义"和"与"战"利害，自引其咎，得到丁日昌的同情。曾国藩背负骂名，病情加重，一代名臣，落得如此落寞、如此凄凉的晚景，虽属个人宦海沉浮、声望起落，却也是一个朝代的投影、历史的必然。

处理天津教案不久，曾国藩又奉旨回到两江总督的位置。不知是圣意还是天意使然，曾国藩人生的坐标，又一次回落长江。不过，这轮黯淡失色的长河落日，仍然发出了最后一缕回光——1872 年 2 月，他领衔上奏朝廷获准，与李鸿章、丁日昌等人一道，把包括詹天佑等在内的第一批 30 名中国幼童，派往美国留学。这是中国历史上第一次向海外派遣公费留学生，这项前所未有、功在后世的创举把近代中国的洋务运动推进了一大步。几天之后，曾国藩便一病不起。

1872 年 3 月 12 日，一直深陷朝野唾骂，"外惭清议，内疚神明"的曾国藩病逝南京寓中，终年 62 岁。一代晚清中兴名臣沉重而劳累的一生，终于谢幕了。大江浩荡，巨浪淘沙，淹没了在长江上厮杀驰骋了半辈子的一代枭雄。

展开历史的画卷，定格曾国藩的一生，他既是中国传统文化酿造的精英，也是封建腐朽文化孵出的恶果。他成帝王之业，修自己之德，既有忠君爱民之心，也有成全一己之德的私心；有诚实守信的一面，也有虚伪奸诈的一面；既有扼断长江占山为王的赳赳霸气、匪气和豪气，也有文人腐儒特有的怯懦、自卑和心虚；他既可以把道德文章作得冠冕堂皇让人心悦诚服地奉为圭臬，又可以翻覆云雨杀人不眨眼。历史的局限、时代的局限、社会的局限，成为曾国藩人性的枷锁。

拂却纷繁缭绕的历史烟云，我看到一具爬行在封建文化悬梯上，疲惫不堪的骷髅。

曾国藩之势

  《曾国藩之累》凝聚了我对曾国藩的些许感情。研究一个人物，包括历史人物，肯定要走进其心灵世界，触摸其感情的神经和毛须。评价曾国藩，更不能忌言他的文化色彩和文化价值。

  文章首发在《青年文学》杂志，收入我的《午夜的阳光》一书，后来被颇有影响的《书摘》杂志等刊登，一些网民还参与了探讨，赞同我对曾国藩评价的人不少。对曾国藩，很多人有话想说，但分寸拿捏上须费一番思量。掩卷而思之，一个"累"字概括了曾国藩的一生，窃以为。

  但是我总感觉，对曾国藩，还有些话没说完，于是就有了这一续篇，谈曾国藩之势。

  曾国藩有过人之绩，必有过人之能。"能"即"势"也，便是他长袖善舞，长于"运势"。从"谋势""顺势""进势""蓄势""退势""文势"等几个方面，可以管窥曾国藩的人生起伏和心路历程。

　　谋势。善弈者谋势,谋势之重当居所有势中之首。曾国藩对自己人生道路的设计,都是从大处着眼,胸有成竹。他常说,室中所见有限,登楼则所见远矣,登山则所见更远矣。从政、带兵、弄墨,谋篇布局,排兵布阵,人生的每一着棋他都登高望远,落子大气、沉着、妥当,走一步看三步,步步为营。起势之初,守制在家的曾国藩受命于危难办团练。他审时度势,清楚地看到太平军政治主张的社会基础,看到太平军草莽之师的武力威猛,看到了清军的虚妄与羸弱,意识到要维护封建政权必须有一支坚不可摧的铁军;作为一介书生起兵的他也清醒地知道,在军阀混战兵戈相刃的乱世,他要出人头地,军权在手、拥兵自重是何等的重要!他需要一支自己能掌控的铁军,这是他今后发言的政治资本。既然最高层把这盘棋交给他,何不用好、用活、用足?于是,曾国藩苦下功夫训练军队,把乡规民约、乡情礼仪和军法管制结合起来,使一群只会薅草插秧拖竹排的乌合之众,焕发出原发的、有组织的战斗力,锐力逼人!在这种武道兵法中,曾国藩大量地灌入人文理念,建立起独有的、强有力的思想政治工作体系。正是这种自成系统的建军思想、文人以柔克刚的韧性、以谋制勇的韬略,铸就曾国藩的锐气与胆识。当团练壮大成湘军,从湖南、湖北一路血战到江西、江苏，控制住三千里长江沿线，发展成近二十万人、势如破竹的赫赫铁军，为清廷平定了半壁江山，曾国藩的地位也随之如日中天，令朝廷高眼相看！这就是曾国藩为自己谋的大势。即使在人生最后的时光里，他作为封建重臣，仍在谋国之大势。曾国藩在近代中国首先发起并推动以"师夷长技以制夷"为目的，以"自强""求富"为口号的洋务运动。处理天津教案不久，曾国藩顶着卖国贼的帽子奉旨回到两江总督的位置。在这里，他建立起近代中国第一个兵工厂、第一个翻译局，推动中国学习外国先进科学技术，为近代中国革命埋下伏笔。1872年2月，这轮黯淡失色的落日发出了生命的最后一丝回光，也是中华民族近代史上一缕耀眼的曙光——他领衔上奏朝廷获准，与李鸿章、丁日昌等人一道，把包括詹天佑等在内的第一批30名中国幼童，派往美国留学。这是中国历史上第一次向海外派遣公费留学生，这项前所未有、功在后世的创举把近代中国的洋务运动推进了一大步。一个月之后，一代晚清名臣曾国藩溘然长逝，成为兴于斯、衰于斯，成亦然、败亦然的长江上一轮被大江波涛淹没的落阳。盖棺定论，曾国藩人生的起幅和落幅时的两次大势，不能不说是他人生之幕上的两道精彩之笔。

顺势。曾国藩是封建纲常的践行者和维护者，他的一切道理规矩、一切出师之名、一切文韬武略和格物致知，有潜在的深层次的，而且是一以贯之的规则支配，这个规则是他的内势。他认为，"三纲之道，君为臣纲，父为子纲，夫为妻纲，是地维所赖以立，天柱所赖以尊"，是构建社会秩序的本根。如果"居心不循天理，则畏天怒；做事不顺人情，则畏人言"，告诫同僚及子嗣"可畏天知命，不可怨天尤人"，要顺从纲纪、依从天命。即使是论及养生治病之道，曾国藩也主张"顺其自然"，不可"妄施攻伐强求发汗"。可见曾国藩的骨子里，遵从和维护封建制度统治的自觉意识非常深厚，形成了封建专制的力量，也成为阻滞历史前进的力量和社会革新的痼疾。从发展趋势上看，顺既有之势，便是逆潮流而动。

进势。在曾国藩看来，天下断无易处之境遇，人间哪有空闲的光阴，没有积极进取之心，不会成就英雄之业。凡是盛世创业垂统之英雄，以襟怀豁达为第一义；本世扶危救难之英雄，以心力劳苦为第一义。一个人如果一日无进境，则日日渐退。尽管军政事务繁忙，但曾国藩文心不乱，日思进取不怠。每每兵营熄灯之后，这位军政首领便青灯读史，展纸调墨，"以一缕精心，运用于幽微之境"，进德修业之事，哪怕是有一日懈怠，曾国藩都觉得后来补救则难，精神越用越振作，阳气越提越旺盛，如果溺爱自己，就难成大事。曾国藩说："勤则寿，逸则夭，勤则有材而见用，逸则无能而见弃。"无论是建功立业，还是赋诗作文，都要保持"倔强"二字，也就是孔子所说的"贞固"，孟子所说的"至刚"。勤奋须"存倔强以励志，则日进无疆矣"。"极俭以奉身而极勤以救民"，曾国藩始终以勤、俭自律，保持着永无止境的进势。

蓄势。曾国藩为官有一个很大的特点，就是以静制动、以逸待劳、蓄势待发。要蓄势，首先要持势、守势、敛势，都是养内势。他认为，"寡言养气，寡视养神，寡欲养精"，看似养生之道，实为养志之诀。他主张人须有知惧之心、畏命之心，当时时知惧、不惧则骄，当畏天命、畏人言、畏君父，五尺之上必有神明。只有心存敬畏，才能慎独自持。内势怎么蓄？曾国藩在《过隙集》中说，"凡日间过恶，身过、心过、口过，皆记出，终身不间断"，以图改过自新。修己治人之道，勤于邦、俭于家、言忠信、行笃敬。他如是对己，也如是待人。"劳、谦"二字屡屡被曾国藩引用来教弟训子，因为"劳所以戒惰也，谦所以戒傲也"，遵从不僭则受用终身。他常教育孩子们说，别看我身为将相，但所有的衣服加起来不足三百金，希望你们保持节俭朴素之风，这也是"惜福"之道啊。身为直隶总督的曾国藩奉命赴天津处理天津教案时已病入膏肓，自知此一去难返，便给两个儿子曾纪泽、曾纪鸿留下带有遗嘱性质的信，仍然念念不忘以德教子。他说："余生平略涉儒先之书，见圣贤教人修身，千言万语，而要以不忮（zhì，嫉妒）不求为重。"忮者，嫉贤害能，妒功争宠，譬如懒惰之人自己不能修业，却害怕、嫉妒别人修。求者，贪利贪名，患得患失。嫉妒之心，往往容易出现在功名、业绩、地位相当的人之间，而趋名趋利之心，则往往容易出现在升官进财的时候。因此，"将欲造福，先去忮心，将欲立品，先去求心。忮不去，满怀皆是荆棘；求不去，满腔日即卑污"。"知足天地宽，贪得宇宙隘。芬馨比椒兰，磐固方泰岱"，这才是德馨望重的谦谦君子们终身所追求的人生意境。争强好胜是常人之举，但曾国藩认为"在自修处求强则可，在胜人处求强则不可"，内心力量的强大才是真正的强大，君子不必处处争胜、时时好强，即使靠强横野蛮取胜，也是为君子所不齿的。要蓄势，也须从小处着手，曾国藩认为，古之成大业者，多自克勤小物而来，"百尺之楼，基于平地，千丈之帛，一尺一寸之所积也，万石之钟，一铢一两之所累也"。为人处世要力举"谦、谨"二字，力戒"傲、惰"二字。貌贵温恭，心贵谦下，为人收敛检点。心以收敛而细，气以收敛而静。如此这般，才能蓄得一股浩然之气、刚固之气。这种势因不犯克而不受损，因不形骸而聚敛，凝成无坚不摧之力，才能做人刚毅、做事稳固。

退势。曾国藩人生的履历一直在前进，但研究他的心理，会发现实际上他一直在准备着抽身隐退。家运昌隆，名声在外，让曾国藩常常惊惶不已。他扪心自问：何必占天下第一之美名呢？他总在告诫自己，天道忌盈，盛时常想衰时，上场当念下场。在人心险恶的官场和血光刀影的战场，他总揣着一颗退心。他的思想里，总在用孔孟程朱之学与老庄之道相糅杂，既有功名利禄，又不求功名利禄以养恬淡之心，既攻势逼人，又柔退谦让协调上下左右的关系，常告诫自己"终身让人道，曾不失寸步。终身祝人善，曾不损尺布。消除嫉妒心，普天零甘露"。功成身退、韬光养晦是曾国藩最惯常的招数。由于镇压太平天国有功，曾国藩被朝廷封侯，但此刻他想到更多的则是历史上诸多功高震主却不知隐退，最后落得个血淋淋下场的教训。九弟曾国荃浴血奋战攻下金陵，曾国藩即告诫弟弟：吾兄弟誓拼命报国，然须常存避名之念，总从冷处着笔，积劳而使人不知其劳，"富贵功名皆人世浮荣，惟胸次浩大是真正受用"，但这还不够，曾国藩进一步要求弟弟再加上"谦退""俭约"才是尽善尽美，赶紧功成即隐，其标志性的事情有三件：一是立即盖贡院举行乡试，取用江南人士；二是建旗兵营房，请北京派兵来驻防；

三是自裁湘军四万人。曾国藩的这一系列举动，逐渐消弭了朝野人士对他们兄弟二人的猜忌、嫉妒、疑虑，更向皇上表明，曾某人并没有拥兵自重，谋取权势的野心。这种退势，变被动为主动，使曾国藩兄弟又一次躲过血光之灾，这是一般人想不到也做不到的。曾国藩进而思退，退而思进，进退自若，这是自身修炼的一种境界，但是在中国封建社会的官场，曾国藩要做到这一点，并不容易，常常陷入自己的进退观与政治社会的势力两厢不可调和的矛盾中，进退维谷。久在官场、沙场鏖战，曾国藩颇感心力交瘁，多次有放下屠刀解甲归田的念头。他在给夫人的信中说："居官不过偶然之事，居家乃是长久之计，能从勤俭耕读上做出好规模，虽一旦罢官，尚不失兴旺气象。若贪图衙门之热闹，不立家乡之基业，则罢官之后，便气象萧索。"家乡、家族、家庭、家人，一直是曾国藩赖以松弛精神的后花园，也是他褪尽人生虚华返璞归真最后的底线。他的为文为武为官为人之道，心血湍湍，通过遥迢家书路全部流进了荷叶塘。荷叶塘，一直是曾国藩盼望的归宿。在这一点上，曾国藩比不上仅距他百里山路的晚辈同乡——熟研曾氏家书、叹称"愚于近人，独服曾文正"的毛泽东。韶山冲毛泽东的老屋门前，也有一口塘，也有一塘拥拥聚聚田田的荷叶，但是毛泽东走出韶山冲三十二年后才回来。他心里装的不仅仅是一口荷叶塘，而是风云际会的天下大势，是廓清乱世重振河山舍我其谁的英雄豪气。曾国藩骨子里是文人，器宇远逊于革命家毛泽东，常以书文教育子孙尚文尚书，不要为官从军，退出血雨腥风的竞斗场和是非地。子孙后嗣也恪遵训导，除长子曾纪泽在其父死后才承荫出仕任外交官外，其余人大多是教科文领域的著名人士。考察曾国藩的人生环境，他的退势是一种必然之策和万全之策。

文人立言，多见于文字，曾国藩文章的字里行间贯穿着一股特有的文势。他认为行文之法，以行气为第一义，气盛则言之短长与声之高下皆宜。遣词造句，则以珠圆玉润为最佳境界。文章的谋篇布局，讲究有千岩万壑重峦复嶂之奇观，笔走龙蛇，有波属云委官止而神行之象。曾国藩谈到为文之道说，"雄奇以行气为上，造句次之，选字又次之。然未有字不古雅而句能古雅，句不古雅而气能古雅者；亦未有字不雄奇而句能雄奇，句不雄奇而气能雄奇者。是文章之雄奇，其精处在行气，其粗处全在造句选字也。写文章须在气势上下功夫"，"气能挟理以行，而后虽言理而不灰"，"文章之道，以气象光明俊伟为最难而可贵"。一如久雨初晴，登高山而望旷野，二如登高楼俯瞰大江东去，独坐明窗净几之下而远眺，三如英雄侠士褐裘而来，绝无龌龊猥鄙之态，这是做文的三种气象。曾国藩提出古文的八字诀和四象说，八字诀是指以雄、直、怪、丽为阳刚美之特征，以茹、远、洁、适为阴柔美之特征；四象，是指太阳为气势，气势中又分喷薄之势、跌宕之势；少阳为趣味，趣味中又有诙诡之趣、闲适之趣；太阴为识度，识度有阔阔之度、含蓄之度；少阴即情韵，情韵中又有沉雄之韵、凄恻之韵。曾国藩的为文之道，实为做人之道，他的整个人生，便是一篇精致的美文，势如行云，精辟透彻，令后世奉为圭臬。

无论是谋势、顺势、进势，还是蓄势、退势、文势，都是曾国藩本人苦修而成。没有顺势，就不会有进势；要想有进势，须先有蓄势；有了进势，还须想好退势；文人须有文势，文势成就雄文。顺、蓄并重，进、退自如，可以谋大势、成大业。但是这一切都只是曾国藩个人之内势，中国历史和社会现状才是外势。曾国藩孜孜以求内势外势的平衡，以求得心安神静，但每每这种平衡被打破，内势大于外势，则痛苦不已，外势大于内势，则惶恐不已，这使得他一生都在追求中，一生都在痛苦中。

曾国藩内势强盛，但受传统绳索束缚羁绊极甚。有忠君敬上之愚心，无拯国救民之胸怀，顾小节，弃大义，常常自警德追孔孟，文近韩欧，武比郭（郭子仪）李（李光弼），自铸绝代忠臣形象。但由于眼界不高襟怀不阔，他德如洞中残烛，于黑暗里有几丝光亮，却不足以普照众冥；文可把玩品味，也有不少锦绣，但很难以兼济苍生，以民为本不曾有大的建树，倒是武功盖世，最终杀伐成性，用滴血的刀尖儿支撑起清政府统治的舞台，使天下之人莫不噤若寒蝉。曾国藩是完全有能力改写中国历史的人，他挥师沿长江东下，攻长沙、战武昌、打九江、围安庆、取金陵时，已集二十万之众，朝野瞩目，威震天下，只要他挥戈北上，清政权在顷刻间土崩瓦解便成定局。满朝文武莫不惊慌，满人看到了这一点，汉人也看到了这一点，权贵们看到了这一点，曾国藩的幕僚们、武夫们，连为兄长出生入死浴血奋战的一介武夫九弟曾国荃也看到了这一点，无不拥戴、怂恿、力促他振臂一呼以成帝业，唯独一向洞明世事的曾国藩"没有看到"这一点。最可怕的是，帘幕后的慈禧太后看到了这一点。这个足不出户、心深似海、保养极好的漂亮寡妇，挥动几根足有三寸半长的纤纤玉指，以援军的名义，调集几支铁杆，或者与曾氏有隙的劲旅，悄悄地对铁桶般包围太平军的湘军展开围攻之势。黄雀在后，螳螂奈何？最后，纤纤玉指用几顶"一等勇毅侯"之类的帽子，换取了湘军血性的筋骨，让抽了骨骸的历史仍然匍匐在原先的泥路上前行。从这一点说，正是曾国藩过盛的内势，阻碍了历史的脚步。

但是，历史是不可假设的，假设也不是真实。曾国藩之势无论多强，终究挽救不了也摆脱不了封建专制行将灭亡的颓势，违抗不了走向民主、走向共和的天下大势。大势所趋，回天无力。这就是一代枭雄、晚清名臣曾国藩的悲剧。

文化篇

汉字的力量

　　中央电视台举办的中国汉字听写大会节目万众瞩目，考的是孩子们，汗颜的却是我们这些成年人，我相信很多人像我一样，提笔忘字。对这个节目的持续关注，使我产生了写这篇文章的念头。但当我提笔写下这个标题时，忽然觉得有必要说一下什么是"汉字"这样一个简单的问题。

　　一些人认为，汉字之所以叫"汉字"，是因为它是汉族人使用的文字。其实这个说法不准确，取名"汉字"一个重要原因在于汉朝对中国文字的贡献。在秦朝统一文字的基础上，汉朝对文字的整理、规范、检索、革新达到中国历史上的第一个高峰，隶、楷、行、草或发轫于斯或勃兴于斯，这一时期是汉字的形成期、成熟期、发展期。汉朝（西汉与东汉）先后历时400多年，是中国进入封建社会后历时最长的朝代，也是中华民族历史上第二个大一统王朝，汉武帝时的大汉帝国是世界上最强大的王朝，与当时的罗马帝国同享辉煌与荣光。社会进步是文化发展的充分必要条件，汉朝为各种文化元素的自由生长提供了沃土，为汉字成为中国文化的主要载体奠定了坚实的基础。当然，不光汉字兴盛于此，汉人也兴旺于此，人口数量、质量和社会地位迅速上升，为形成汉民族奠定了庞大的基础。所以说，汉字的成长与汉族的发展，是汉朝的两个文化硕果。

文字是人类的足迹。从5400年前两河流域苏美尔人刻写在软泥板上的楔形文字、5000年前古代埃及人刻写在神庙石碑上的神文圣书，再到3300多年前古代中国人创造的甲骨文，文字推动了历史，也记录了历史。但甲骨文还不一定是中国最早的文字——可能已经是汉字的童年，因为有专家认为这个时间节点可以再往前推。

中国上古神话里即有仓颉造字之说，《世本》里记载仓颉是黄帝的史官，史官当以文字为生，那么意味着在仓颉之前已有文字出现，他使用的究竟是什么文字，现在尚无定论，但我们知道黄帝时代距今约5000年。

除此之外，中国文字还有更遥远的年代可考吗？答案也应该是肯定的。距今约6000年的大汶口文化遗址、距今约7000年的仰韶文化遗址、距今约8000年的贾湖文化遗址，都相继发现了刻画字符，一些专家认为这都是中国的原始文字。我曾沉醉于宁夏贺兰山腹地的岩画，那成千上万个神秘奇异而意象深远的图形，仿佛穿越千年万年注视着暌离已久的人类，无语地等待着我们的辨析。说是岩画，其实是当今人们的指称，有专家认为那是中国北方最早的游牧民族最初的象形文字或者字符，无论是其简洁而形象的造型，还是直观且鲜明的语意，都表达出对山势地貌天地鬼神的膜拜，应该是中国文字的始祖和滥觞。考古专家们认定它们应当诞生于旧石器时代，如果这一结论成立，意味着这些象征着中华文明曙光的字符至少有 10000 岁了。从这个意义上说，中国文字是世界上最早的文字之一，这个判断是有谱的，只是需要等待考古进一步的挖掘。

深挖的是汉字，寻找的却是历史。甲骨文是中国文化的活化石，它与古埃及象形文字、古巴比伦楔形文字、古印度哈拉巴文字一样，各自在自己的环境中独立诞生，但传承 3000 年以上的唯有汉字。1928 年对河南安阳小屯村甲骨文出土地的甄别确认，使得风蚀雨侵中消失 3000 多年的商朝殷都被发现，打破了国际上关于中国夏商王朝只是一个传说的推测，使中国历史有了从传说时代进入信史时代的断代依据。数万枚方寸甲骨抖落满身风尘，组合成一副轮廓分明的脊梁，驮起一个古老民族厚重历史的明证。

我在黔东南苗族地区见过一种叫刻道或者刻木的字符

棒，长约一尺，呈长方体或三棱柱体，以枫木制成，上面刻有各种象形文字，是苗族风俗中开亲歌的目录，开亲时由歌师执棒而歌，歌词大意是索要聘礼，如"三两三钱白银送妈妈""三百张绣花布"等，内容具体而富于情调。在黔东南州首府凯里的博物馆中，我见到一块残碑，碑文有十多个文字符号，酷似汉字，被当地人称为"雷公山天书"，那些字一笔一画似楷似隶，遒劲而端庄，应该是秦以后某个时期的文字，但千百年来无人能识读。

但是，不管是哪个时代、哪个国家的文字，也无论你认识还是不认识，它们都是经过智慧熔炉精炼的晶体，是时光筛网过滤的留存，是人类之瑰宝、世间之精华，是人类自己一脚一脚踩出来的印记，我们不能不心存敬畏。沉沉重重的时光巨磐，打磨出这一个个灵动鲜活的勾连字符，浩浩汤汤的历史长河，淘漉出这一摊摊斑驳陆离的点横撇捺，晾晒在那里，像一道道几何题，在拷问我们的智商。

汉字是中国故事的总集。中国是汉字的故乡，有多少个汉字就有多少个故事。浏览词典、泛舟辞海、徜徉碑林，穷经探源于典籍史册，千姿百态和意趣横生的汉字让你沉迷其中，天长日久便变得经纶满腹文儒雅致起来。万物皆入字，一字一幅画，世界上能将日月星辰、风霜雨雪、山林川流、人物鸟兽、天时地理，农技工具、纲常伦理形象成字的，唯有我泱泱中国；因为字形的特立独行和仪态万千，而使书写方法成为书法理论的，唯有我谦谦中国。那样的"点如山颓，滴如雨骤，纤如丝毫，轻如云雾"，那样的"飘若浮云，矫若惊龙""风行雨散，润色开花"，那样的"魄力雄强，意态奇逸"，排列组合出独一无二的中国想象、中国意境、中国特色。字有繁简神采、开合气势，由篆而隶，由隶而楷，从纵向取势到横向取势，再到翩然灵动，汉字翻卷腾挪着历史的风云；音有平仄神韵、抑扬曼妙，青灯寒帐，沐浴焚香，吟咏诵读，那抑扬顿挫一波三折，流变切换着时光的幻影。秦汉魏晋南北朝、唐宋元明到如今的中国故事，尽在字串字排字堆字库之中了。

汉字是中国文化的画卷。汉字让岁月留影，我们才能捧文读字，翻阅中华民族5000年的长卷浩帙，凝视盘古、女娲、伏羲、常羲、炎帝、黄帝，一直到尧、舜、禹等古老先祖的丰碑一尊尊，回放那开天辟地、化生万物，抟土造人、炼石补天，鞭草识药、移山填海，射日奔月、造字画卦、养蚕治水、钻木取火的情景一幕幕；汉字力若千钧，我们才能在品读博大精深蔚为大观的儒释道法诸子百家的经典中掂量思想之重，才能拂却殷墟、长城、颐和园，故宫、秦俑、赵州桥，以及布达拉宫、高句丽王城的尘埃光影掂量文化之重，才能在欣赏河姆渡稻谷、仰韶彩陶、良渚玉器、大足石刻、马王堆帛书、曾侯乙编钟和莫高窟壁画时，感触中华文化的脉动；汉字组成的语言音韵绵长、回味无穷，我们才能在欣赏京剧越剧豫剧徽剧、昆曲秦腔长调评弹，以及黄梅戏、马头琴、木卡姆的绕梁余音中，享受词与腔的美妙意境，才能一借宣纸湖笔恣意挥洒，在书院楼阁中修心养性，才能临水倚栏，凭风远眺，看那秋水长天一色中，由《山海经》《论语》《永乐大典》《四库全书》等排成的经典帆影如阵，以及老庄孔孟等文化纤夫们的背影如弓。

汉字是中国性格的显示。古代中国人从儿童时就开始捉笔写字，练习的是书法，打造的却是性格与魂魄。下笔如落步，收墨如合掌，南拳北腿浓缩于一字，尺幅之间尽显太极八卦连环掌、形意武当少林风；起笔收锋如一招一势，既单刀径取飞瀑直下，又峰回路转意蕴柔曼。汉字的间架结构紧而不拘，繁而不赘，宽而不松，方正圆润，启承呼应，巧妙之间敛气凝神聚魂。横平竖直的浑厚刚劲，蚕头燕尾的生动潇洒，笔走龙蛇，墨洒天下，有包裹四海之气象、驰骋古今之豪迈。黑白相对、虚实相衬、动静相宜、庄谐相映，深深地涵养着中国古代哲学思想。纸上兴风雨，笔底起波澜，那端庄、厚重与质朴，那灵秀、洒脱与率性，铸成鲜明的东方思维和中国性格。文字的坚挺反映出文明的刚强，端庄方正的汉字在风霜雨雪中形不销、神不散，浴火淬打，百炼成钢，走向坚固、走向永恒，走出中华文明顽强坚韧的特质和葳蕤芳菲的仪态。强大的汉字系统和丰富的汉语表意，构成中国文化的博大精深。语言基于文字，音可以不同，但意一定相通，丰富多彩的方言因统一的语意而和谐共处，不至于因歧义而分裂。相同的语言文字把相同的人群凝聚在一起，相通的语言文字把不同的人们团结在一起，一方汉字，成为亿万中华儿女的心与根。

汉字是中华文明的基因。每一个汉字都是劳动成果的具象、思维活动的表达，是古代中国人对大自然的理解和描摹。汉字刻录下一道道历史的履痕，让文明的碎片排列成优美的图谱，在不断地推陈出新和去粗取精中优化、整合和升华。一部汉语词典，就是一个海量信息光盘，蕴藏着中华文明丰富而神秘的密码，遗传着文化精神坚固而完整的信息。正是因了汉字，我们才能解读到古代先祖的生存环境和生命形态，才能探析中华文明的内核，传承优秀的品质。正是有了汉字的聚合力量、传递力量，中华民族才能对外有森森的战斗力、对内有拳拳的凝聚力，迸发出泼辣辣的生命力。中华文明不曾断裂与失落的内因之一在于汉字的力量。中国历史之所以有案可稽，一个重要原因就是，几千年来不同朝代、不同政权的代表人物们用同一种语言文字书写着各自的辉煌与落寞，即使不断地改写甚至刻意篡毁前朝他国的历史，也从没有想到刨断自己共同的根，都是甲骨文的后代。中国历史乃"百国之和"，千流同源、万木同根，这个"源"和"根"就是文字。文字是文化的根，是文明的形，失去文字的文化是脆弱的。一个没有文字的民族很难找到自己历史的链条，一个没有文化链条的民族终将溃散零落。

汉字还是中华文化的黏合剂。汉字在漫长的成长过程中，不仅体现了汉民族的劳动，还吸收了各民族、各朝代、各封建国家，即使是生存期很短的政治势力、军事集团所创造的语言文字。比方说，中国的巴蜀文字、契丹文字、西夏文字、突厥文字、女真文字虽然没能延续使用，但这些文字对汉字的形、音、义的形成提供了参考，为汉字的传播提供了空间和路桥，成为解读中华民族那一页页历史切片的密码。融合、继承、创造、发展，是汉字的生命历程，也是中华文化的旅程。如今，一代又一代的文化工作者仍然在荒漠野地残垣断壁里刨挖着一个个文字图案，历史的谜团因而被拉出一缕缕线头。

说中国文字的贡献者，我们不能忘记几个人。

第一个人当然是秦始皇。秦始皇的贡献无疑是巨大的，他的统一战争、集权统治、经济举措、法制构想奠定了中国几千年的国家形态和政权结构，但他最基本的功绩之一是文化建设。他大力推行"书同文"的政策，使小篆这一字体畅行全国，结束了春秋战国500多年来"言语异声，文字异形"的历史。国家意志和统一文化，凝成了天下归一的相同文化心理和共同思想基础，不同的部落、不同的阶级、不同的民族试图用同样的文字谱写各自的精彩。如果没有秦朝文字的统一，就没有汉朝文字的兴盛。单就这一点，秦始皇就是中华民族的功臣，功不可没。"暴君""暴政"是对秦始皇以偏概全的评价，是对自己先祖的妄自菲薄和对中国文化的不自信，是有意否定推动历史车轮前进的英雄，更是一种历史虚无主义的表现。刀光远去，尘埃落定，2200多年后的我们，是不是应该有这样的洒脱与理性？但是，我们也应该看到，中国文字发展的第一个鼎盛期是汉朝而不是秦朝，是因为秦始皇有统一天下的能力，看到了语言文字对收服人心、整饬民意，建立大同文化对政权和社会稳定的重要性，但繁重的治乱维稳任务使他没有足够的精力和时间以文治国，而且他面临知识阶层的挑战与反叛，也不会采取以文兴国的政策，甚至不得不采取了焚书坑儒的权宜之策。

中国文字，在等待汉朝的到来。

汉高祖刘邦，是要说的第二个人。他虽然先称王后称帝，但这位年轻时不读书、无约束的帝王旧习不改，轻视儒生，无视学问。他灭掉秦国、干掉项羽之后有些洋洋得意，但不久之后对治国理政的力不从心使他有些惶恐，生怕重蹈秦国的覆辙。这时，他的近臣陆贾改变了他。这位饱学之士每每见到刘邦，都要冒着挨骂的风险，言必称《诗经》《书经》，渐渐驯服了不可一世的刘皇帝。刘邦接受了文化的熏陶，命陆贾写分析秦始皇失败原因的政论文给他看，读书识字，使他懂得了马上得天下焉能马上治天下的道理。随后，刘邦建造了规模宏大的国家级图书馆——天禄阁、石渠阁，并亲自前往曲阜孔府，成为中国历史上第一位祭孔的皇帝。他所开创的政治、经济、文化格局为后来的"文景之治""汉武盛世"奠定了基础，所以刘邦被誉为"汉高祖""汉始皇"，也为后来诞生"汉赋"、《汉书》、《史记》、造纸术等准备了温床。所以说，刘邦是汉民族和汉文化的开拓者、奠基人。

要说的第三个人，是东汉著名学者许慎。他编写了中国历史上第一部字典《说文解字》，把当时出现过的 10000 个左右的方块汉字，进行了形、音、义的整理和修订，按540个部首归类，建立了科学的汉字检索系统。以许慎为旗帜，一大批汉代儒生们皓首穷经，以字为生，把一地散沙般的文字建成一个如金字塔般稳定而规范的文字系统，这是中国历史上第一次对自己语言文字所进行的学科建设。统一不了语言文字就统一不了人心，终究建立不了长久的统一国家。许慎们的"国家汉字工程"，使汉朝获得了天下认同的民心基础和文化基础，是汉朝文化建设的高峰。

还有一个不能不说的人，就是孝文帝。4世纪时，中国古老的北方民族鲜卑统一了北方，建立了北魏政权，随后，这个善骑长射刀闪寒光的游牧民族挥师中原，把汉族政权赶到淮河、秦岭以南。此时的中国，北方势力以鲜卑语言为官话，称"北语"，南方政权讲汉语。孝文帝本名叫拓跋宏，是北魏第六位皇帝。这位5岁即位、深受汉文化影响的君王很有作为，他看见了游牧文明落后于农耕文明，以战略家的眼光和改革家的勇气，决定全面推行汉制改革。公元495年，孝文帝命令迁都洛阳，在一片反对声中拉开了改革的序幕。这位有统一之雄才大略的皇帝选择的改革突破口就是语言文字，他要求所有鲜卑贵族一律禁用"北语"，改用汉话汉字，并推广易汉服、改汉姓、通汉婚、办汉学、改汉籍的政策，他甚至将自己原来的"拓跋"姓改为"元"姓，大名为"元宏"。当然，孝文帝的改革是要遇到阻力的，但他做出了一个惊人之举：以一碗毒酒赐杀了自己既不愿改姓又不愿意学汉话、年仅15岁的儿子。改革的结果，使这个过去只会挥刀驰骋的政权在民族文化的融合中迎来了全面的繁荣。孝文帝以太子之头祭汉制改革之旗，他的大义灭亲催生了民族文化的融合与发展，让我们肃然起敬。当然，孝文帝只是众多重视汉字的非汉族帝王、领袖人物的代表。所以说，汉字是中华民族共同的母语。

中华文化长河源远流长、浩浩汤汤，汉字是河中的浪、水中的波，是长河上悠扬的船夫曲、高扬的云中帆。汉字是国家的根、民族的魂，字字相连、句句相扣，串连起中华文化的共同体，结成凝聚全体中华儿女的纽带。汉字如阵，华语如鼓，中华文明前行的脚步一路尘土飞扬，从不踌躇。

（原文载于2013年11月7日《人民日报》）

汉语的革命

如果把人类文明比作浩渺而深邃的海，那么语言文字则是奇幻的浪、流变的云、嶙峋的礁，那种铺陈与席卷的豪迈，那种撞击与融合的气势，那种攻陷与坚守的勇猛，让你不得不感叹语言文字的力量。

非洲埃塞俄比亚国家博物馆陈展的古人类化石"露西小姐"表明，人类文明的历史至少有 320 万年了。这漫长的人类史中，出现过多少种语言，永远无法统计，相信像原始森林那青黄荣枯自生自灭的枝叶一样繁多且无人知晓。语言专家估算说目前人类正在使用的语言有 6000 多种，绝大多数集中在非洲，并且以每两星期消失一种的速度在递减。每一种语言的消亡都是一种智慧的归零，要完全搞清楚人类语言的起源和衍变过程，其难度不亚于对物种进化的研究。

亨廷顿说，任何文化和文明的主要因素都是语言和宗教。人类应当知晓自己语言文字的发展脉络。

从杭育嗨嗬的号子、比画的手势到象形文字、拼音文字，语言文字是劳动的产物。语言是文字的母亲，文字是语言的儿子。没有语言，就不会有文字；没有文字，语言难以为继，语言与文字密不可分，互为本根。它像水，像空气，像阳光，是人类不可或缺的滋养。

英语的血腥扩张与汉语的友好传播

印欧语系和汉藏语系，是当今世界最大的两个语系，分属这两大语系的英语和汉语，是目前最有代表性的两大语种，使用人口加起来占全球总人数的三分之一以上。回望它们的发展历程，我们能感受语言文字的曲折而斑斓的历史。

今天的西方人应该铭记生活在公元前 13 世纪到公元前 11 世纪的腓尼基人。这群游荡在地中海东岸叙利亚、黎巴嫩一带的先民，出于海上商贸活动的需要，借鉴古埃及人的象形文字和苏美尔人的楔形文字，把几千个字符提炼成 22 个有音有形的拉丁字母。大约在 3000 年前，这一连串写在羊皮卷上的字母渡过爱琴海登陆古希腊，古希腊人将其添加几个字母后沿地中海传递给意大利。随着古罗马帝国的扩张，这 26 个字母兄弟离开故乡，一路颠沛流离穿过中欧直达不列颠诸岛，一路攻伐杀戮北抵俄国，最远的长驱中亚进入伊朗、阿富汗、印度。这 26 个兄弟与所经之地的语言文字进行同化与异化，渐渐形成德语、法语、英语、意大利语、西班牙语、葡萄牙语、荷兰语等30多种既有某种关联又形义不同的语言文字，字母兄弟再相聚时已是似曾相识却音义迥异了。这种语言文字的分蘖嬗变，是欧洲王国林立、分化割据，欧洲版图呈碎片化、拼盘型特点的文化成因。

公元1492年的夏天，意大利航海家哥伦布受西班牙女王派遣，率领三艘装备大炮的航船一路向西，他向往中国、日本、印度的黄金与香料，还携带了一封给中国皇帝的信，甚至请了一位懂阿拉伯语的语言学家随船，因为他认为天下所有人都使用高贵的阿拉伯语，准备请专家为中国皇帝当翻译。这26个拉丁字母也随船而行，最终到达美洲大陆——哥伦布误认为的印度。哥伦布开启了欧洲的大航海时代，使西方开始走出中世纪的黑暗，同时也拉开了西班牙、葡萄牙、意大利、法国、英国、荷兰等国抢占美洲土地的序幕。

公元1588年起，英国击败西班牙的无敌舰队以及荷兰、法国等劲敌，获得海上优势。公元1607年英国派出首批移民抵达北美弗吉尼亚，随后逐步建立起完整的英殖民地体系。公元1620年9月，102名清教徒及其他职业者挤在"五月花号"轮船上，从英国港口出发，穿过惊涛骇浪到达北美的马萨诸塞，成为又一批殖民地开拓者，他们抵岸之前签订的《五月花号公约》成为后来美国政体发展的第一块坚实基石。公元 1733 年，包括英国机械师凯伊发明的纺织机飞梭在内的技术进步，发动了工业革命的引擎，机器的广泛运用使得掌握了制海权的英国迅速成为被马克思所说的"资本的母国"，位居欧洲强国之首。与殖民地扩张、资本扩张、贸易扩张相伴随的文化扩张规模越来越大，英语随之被迅速传播、广泛辐射。英国的战刀指多远汽船就跑多远，战刀指向哪块土地英语就在哪里落地生根，英语文化成为北美大西洋沿岸13 个英殖民地的共同文化。但毕竟天高皇帝远，风云流变无常，随着殖民地人民民主意识的增强，美利坚民族意识的形成，与宗主国英国的矛盾日益加深，公元 1775 年终于爆发了反抗英国殖民统治的独立战争，并于公元 1776 年 7 月 4 日宣布独立，成立美利坚合众国，经过 8 年的战争，英国政府终于在公元 1783 年承认了美国的独立。

与英国海外殖民、美国独立相伴随的，是美洲土著印第安文明在腥风血雨中的黯然谢幕。17 世纪初期英国人第一次到达北美地区时，这里有 450 万印第安人，到 1860 年时只剩下 30 万人左右了。在迫害、掠夺、屠杀、奴役、病疫的围剿下，美洲土著种族几近灭绝，印第安语言更是音形难觅。

重洋远隔，沧海桑田，美洲的英语与英国本土的英语渐渐出现了差别。英国本土英语通过吸收法语、拉丁语等呈现新的变化，美洲英语则与当地的印第安语以及同样外来的荷兰语、德语、法语等融合而出现新的特点，两者的感应因隔着几千公里的大西洋而变得迟钝。如果说美国的独立战争标志着美式英语的新起点，公元 1828 年美国《美语词典》的出版昭示美式英语已自成体系，那么第一次世界大战导致欧洲的衰退、美日的兴起，则成为美式英语与英式英语的转折点，二者在口语与词汇的用法上出现明显的差异。19 世纪末到第二次世界大战结束的 50 年间，美国建立了战后国际机制，缔结了控制欧亚的同盟，得天独厚的地缘和资源优势，广纳延揽的人才战略，苦心经营的国际关系，使得美国综合实力激增，经济总量跃居世界第一，称霸全球的文化战略应运而生，美式英语渐渐在英语文化中占据主导地位和主要份额，并加快了向全球渗透和覆盖的步伐。

从以上线路图不难看出，英语的兴起与传播是同战争与扩张连在一起的，是殖民和掠夺的工具。今天美式英语强势地位的形成，正是霸权文化追求的结果。

纵观古往今来的强权者，无一不在强行推广自己的语言文字；天下所有的统治者，无一不在努力保护自己的语言文字。在殖民文化与文化殖民的尘嚣中，输出者的文字与侵略者的子弹是同义语。不光是英语，葡萄牙语、德语、西班牙语、法语，也都曾随着传教士和资本家的脚步、探险家和殖民者的军刀走向世界，沾满了鲜血。5世纪时，欧洲征服者闯进了古埃及神庙，严禁使用法老的语言文字，用屠刀为古埃及文明的发展画上了句号。15世纪，西班牙殖民者冲进南美丛林，给了拥有4000年悠久历史、曾经灿烂却已处在黯淡期的玛雅文明致命一刀，一批识文断字的祭司贵族被杀头后，只剩下几百个谜团一般的象形文字，至今能解读者寡。文化战争是残酷的，每一个字母都是子弹，每一个词汇都是锁链，丛林法则让文化泣血流泪。

19世纪70年代法国作家都德在作品《最后一课》中讲述了这样一个故事：普法战争期间，在普鲁士军队的进攻下，法国的阿尔萨斯沦陷，这里的一所镇小学被命令改教德语。校长韩麦尔先生给孩子们讲了最后一堂法语课，临下课时他痛苦而坚定地说："当一个民族沦为奴隶时，只要好好地保存着自己的语言，就好像掌握了打开监狱的钥匙。"中学时读到的这个故事，让我们记住了必须保护好自己的母语，就像保卫好自己的母亲。有过痛楚的法国是最有母语危机感和保护意识的国家，时至今天，法国总统还在呼吁自己的人民要"捍卫法语"。法国的法律要求全体国民保护法语，规定媒体节目名称必须使用法语，不允许大范围使用外来词汇，还设有专门机构监审互联网、广播电视节目中法语的不规范用法，尤其注意限制英语等外来词汇的滥用，抵御外来文化尤其是英美文化的消解，保护法兰西文化和价值观。一手持盾的法国还一手执剑，开辟法语和法兰西文化的新领地，在全球建立了800多家法语联盟分支机构。目前全世界有2.2亿人在使用法语，这个数量仅次于汉语和英语。

没有文字难以立国，文字强则文化强，文化强则国家强。语言文字的多样性形成了文明的多样性，语言文字的独特性又展现不同的文化魅力。文化绚丽多彩的民族一定是生机盎然的民族，语言文字传播久远的国家一定是历史悠久的国家。语言文字也是一种最具强力的洗涤剂，能把一个民族的精神印记、性格特征、文化秉性清洗得干干净净，又是最有效力的播种机，能洗净你的心田，让你空白的大脑眨眼间长满转基因的苗。

一个衰败的民族，其语言文字必定支离破碎、落寞寂寥；一个没有自己语言文字的国家，永远是文化的依附者和思想的被殖民者。消灭语言文字就是抽其筋、断其根、去其史，就是铲除其共同价值观和思想基础，失忆的民族注定会从文明的地图上消失。一个不掌握自己母语文字的人，就像一个丢失了自己家门钥匙的孩子，最终会沦为精神的乞丐、文化的流浪儿。

汉语是没有血腥味的语言文字。

遥想 1900 年前，中国西汉的张骞首开西域丝绸之路，此后不但中国的丝绸、皮毛、玉石、香料源源不断地到达中亚、欧洲，中国的造纸术、印刷术也西出欧亚；遥想 1300 多年前，中国西南的茶马古道从成都、雅安出发，经康定、进西藏，到不丹、尼泊尔和印度，最远抵达西亚、西非红海海岸，迢迢生死路，眷眷背夫情，沿途的摩崖石刻、巴蜀图语、壁画字碑见证了中西文明交流、藏汉文化融合的历史；遥想 1100 多年前，中国唐朝鉴真和尚东渡日本，九死一生终无悔，他给日本送去了律学典籍，送去了王羲之、王献之父子的书法作品，他的书法作品《请经书帖》至今还保存在日本；遥想 600 多年前，中国明朝郑和的船队几乎就是一支强大的海上武装力量，他七下西洋五过马六甲海峡，却没有在这个被西班牙、葡萄牙、荷兰人必争的军事咽喉建一个炮楼据点，没有在海外占一寸殖民地，中国的汉语言文字正是通过这条险恶航路远播东南亚，直到非洲东海岸。如果汉字文化具有侵略性，东南亚会有那么多人敬仰、祭祀中国人郑和吗？还会有人从遥远的肯尼亚来中国认亲吗？商路漫漫，文路绵绵，沿途各国如接受重礼一般迎接中国汉字，拥抱的是一种文化。

如果说拉丁字母点燃了西方文明的燎火，那么中国汉字则对东方文明尤其是东亚文明的灿烂铺垫了绚丽的锦绣，为世界文明增添了光彩。以汉字为基础，以汉语典籍为载体，以造纸术和印刷术为媒介，中国的儒学经典、文学作品、音乐戏曲、宗教习俗辐射到日本、朝鲜、韩国、越南以及东南亚诸国，形成汉字文化圈。尽管这些基于汉文化的国家后来几乎都建立了一套有别于汉字系统的本国语言文字，但它们与中华文化母体的关联依然千丝万缕、难以分割，他们的文字中存在大量的汉语借词，甚至一些在中国早已消失弃用的词汇还寄存于斯。汉字文化圈的形成过程中，没有杀戮、没有殖民、没有掠夺，只有花环如织、彩带如练。

民族的屈辱命运与汉字的血性坚守

文字是人类的脚印。

与城市、礼仪性建筑、冶金术一道，文字成为考证人类文明的标准。

四大古代文明中，两河流域美索不达米亚的苏美尔人在公元前 3200 年左右发明了图画字符和象形文字，还用刻画在泥板上的楔形文字赞美神灵和英雄，不仅如此，他们还发明了车轮和历法，不过苏美尔人的车轮永久地停止在公元前2000年左右的日历上，阿摩利特人建立了古巴比伦帝国，400年后赫梯人摧毁了这个庞大的帝国，再过400年赫梯帝国又被掌握了战车技术的亚述人征服，但在约600年后亚述帝国又被新巴比伦人打倒，被后世誉为世界七大奇迹之一的"巴比伦城墙"和"巴比伦空中花园"矗立在幼发拉底河畔。公元前539年，来自伊朗的波斯人以迅雷不及掩耳之势攻陷巴比伦城，宣告了美索不达米亚文明的终结。随着希腊人打败波斯人、罗马人取代希腊人、阿拉伯人赶走罗马人，楔形文字停止了使用；诞生于公元前3100年的古埃及语言相继被征服者波斯帝国、马其顿军队、阿拉伯人使用的语言排挤、取代以至绝迹，今天的埃及官方语言是阿拉伯语；古印度河谷文明在公元前3000年左右达到顶峰、公元前1600年左右终结，考古挖掘出来的2000多件物品上的印章中，270多个象形文字至今没有人能够破译。今天的印度竟然没有形成一种全国通用的本土语言文字，1600多种语言和方言中使用人口在100万以上的有33种，倒是印式英语成了准官方语言。

唯有中国汉字，形变而神不变、意不散，一笔几千年。

但是，汉字的成长道路在近代以来并非一帆风顺，而是一路危机四伏，一路坎坷曲折，甚至险遭肢解和戕害。

历史上有不少西方传教士来到中国，这些征服者总是竭力推广其西方语言，传播其理念与价值观。汉朝就有传教士到过中国，唐朝时的景教僧侣阿罗本，元朝时的里圣方济各会修士孟高维诺、安德鲁，明朝时的利玛窦，明末清初的汤若望等都曾在华传经布道，但明末以来的传教士身份似乎不那么纯洁。公元1807年，马礼逊作为大英帝国第一位赴华的传教士，离开伦敦格雷夫桑码头时，接到英国教会下达的三项任务：学中文、编词典、把圣经翻译成中文。他后来脱下道袍，穿上了领事服，参与英国对华政治、贸易、文化的政策制订与实施。通过他的手，大清政府大把大把的白银流入英国人的口袋，而将大把大把的鸦片贩进中国。葡萄牙、西班牙、荷兰、英国、美国的海外扩张，几乎都是贸易、武力、传教三位一体的模式，他们一手点钞票，一手扣扳机，双手合十却扮出一副要拯救人类的样子。公元1793年，英国首次派马戛尔尼勋爵率团访华，这个使团的副使斯当东12岁的儿子也随团前来，由于其乖巧伶俐，乾隆皇帝还赏赐了这个孩子一个香包。46年后，正是这个能说一口流利中国话的小斯当东在英国下院发表演讲，"在中国，屈服只能导致耻辱，态度坚决可以取胜"，主张对中国开战！鸦片战争爆发后，牧师马礼逊的儿子奔走于南京与广州两地，为英军献计效力忙得不亦乐乎！美国传教士裨治文曾在《中国丛报》撰文，鼓吹对付中国要用大炮！这些具有坚定信念和征服精神的传教士们不畏艰险来到中国，忍受远离故土、亲人的痛苦，有的甚至终老病死于中国，他们在华设教堂、办学校、编刊物，在一定程度上促进文化交流的同时推动文化侵略与殖民，但他们没有达到预期效果，用耶稣替代孔子的企图没有得逞，用西语取代汉语的愿望没有实现，汉字对他们来说如鲠在喉、如刺在目。

于是，传教士们招招手，让坚船利炮开过来了，炮口对准了中国文字。

1848 年，在中国生活了 40 多年、被称为美国"汉学家之父"的学者卫三畏说："一旦废止汉字而改用字母去拼写汉语方言，中国将不复存在。"他看到了中国汉字的力量，发现了解构中国力量的突破口。1858 年 6 月 26 日，英政府强迫中国政府签订了不平等的《中英天津条约》，其中第五十款规定："自今以后，遇有文词辩论之处，总以英文作为正义。"用英语做中国人的主，这是中华民族的耻辱、中国文化的悲哀。正是这个传教士兼驻华参赞卫三畏，参与了这个条约的制订。及至英法联军、八国联军侵略中国，铲削中国汉字更是成为其战斗任务之一，不少外国传教士纷纷脱下道袍穿上了军装，拿起刀枪参与对中华民族的洗劫！《永乐大典》正本在战乱中被焚毁、抢劫、散失，联军甚至把这部珍贵的中国典籍用来修筑工事，至今还有 140 多册流落在美国、英国、法国、德国、日本等国回不了家；《四库全书》被英法联军毁坏一套之后又被八国联军抢劫数万册。1931 年九一八事变，侵华日军强逼伪满洲国政府推行日语，企图将日语作为未来之"国语"，奴化中国人民，彻底实施文化侵略和文化殖民。与此同时，中国的文化设施、文化机构成为日本侵略者烧杀抢掠的目标，仅北平一地就损失图书近 600 万册，大量珍贵典籍、碑帖、字画被劫运回日本。国破山河碎，字在火中泣，中华民族的这一段历史，字字流泪，笔笔滴血！

比暴力更阴险的，是文化的渗透。20 世纪 20 年代，传教士们竭力用欧化语言和拼音字母来取代汉语言文字，引发了国内学界的"西化"浪潮，一些人误认为"现代化"就是"西化"，自我践踏、自我轻薄，失落了传统文化的内涵，削薄了中国文化的厚度；一些文化人士甚至喊出"汉字不灭、中国必亡""废除汉字"等口号。也有不少教授联名呼吁抑制汉语欧化、保护传统文化，陈寅恪先生就大声疾呼"不能认贼作父""自乱其宗统也"。

中国的汉字，在血泊中站起。

不要说落后就该挨打，领跑了世界文明 5000 年的中国，只是打了一个 170 年的小盹儿，只要这只东方雄狮一旦觉醒，世界就能听到它的怒吼。让不同的群体找到集结的口令，让相同的队伍发出共同的呐喊，这是汉语的力量。一个哪怕是被打倒在地的民族，只要精神还在，散落一地的点横撇捺就会在文化的号音下，即刻间组合成那不屈的脊梁！这是中国汉字的誓言。

下笔如落步，收墨如合掌，南拳北腿浓缩于一字；尺幅方寸尽显太极八卦连环掌，挥墨遒劲好比形意武当少林风；起笔收锋如一招一势，单刀径取飞瀑直下宁碎不屈，峰回路转意蕴妙曼以柔克刚。如果想用 26 个字母制造的锁链或者子弹围剿方块汉字，迎接它的只有横枪竖棍撇刀捺剑！这是中国汉字的性格。

虽然战火不再、硝烟已尽，但崛起的中国惹人生嫉，挑战依然严峻。西方社会的价值观借助语言文字全球通的强势，正深刻地影响着包括中国在内许多国家的政治安全和文化安全。26 个英语字母不仅是一些大国攫取最大化利润的绳索，更是绞杀对手国文化的锁链。今天的汉字，仍然是西方文化霸权主义者枪口下的靶心。

中华文化经久不衰，中国汉字历难弥坚。呵护汉字、捍卫母语，我们是文化保卫战的义勇军。

一诺千金、一言九鼎，这是汉字的重量。

文化的自觉与汉字的涅槃

如果不借助词典，今天的希腊人读不懂 2400 多年前古希腊思想家柏拉图的《理想国》，但是今天很多的中国小学生能背诵比柏拉图年长 100 岁的孔子的《论语》，中国的文脉强健，气韵悠长，一传几千年。文字的传承力越大，文化的凝聚力就越强。掌握了汉字，就掌握了对中华文明的继承权。

但是，悠久不等于先进，使用汉语的人口众多不一定具有文化的强势；中华文明是在没有受西方文明影响的环境中独立成长起来的，不一定具有先天的免疫能力；汉字具有内在的结构力量和强劲生命力，但不能封闭僵化、故步自封，一味排斥外来语言文字；汉字笔画之间有气口、有开合，显示中国文化的开放性结构，但不能改旗易帜、挟洋自重。汉字书法重在笔法、墨法、章法，中国文化重在塑造心灵、打造精神，有品格的文化才能缔造有性格的民族。

这是我们的文化自省。

从刻符记事到甲骨文、钟鼎文的出现，从篆书、隶书到楷书、行书、草书的演变，文字革命带来文化革命、思想革命、社会革命。不断简化的汉字被越来越多的普通民众所掌握，不断推广的通用语言被越来越广泛地应用于社会生活，生动的实践又推动了汉语言文字的改革。汉字的进化，催生了造纸术和活字印刷，先进的技术又使汉字传之久远。无论是刻在竹简、木牍、石碑、器皿上的线条，还是写在羊皮、丝帛、纤维纸上的笔画，随着书写载体科技含量的增加、成本的降低以及传播的便捷，文字的传播促进了文化的传播。有了文字，便有了笔墨纸砚，有了知识学习，有了文化传播，有了发明创造，有了生产力的进步和生产关系的发展，古代中国因此而站立在世界文明的制高点。汉字的足迹是中华文明的基础，语言文字是人类一切文明的原点。

这是我们的文化自信。

然而，汉字的发展并非一帆风顺、一路平安，文化的优势也非一成不变、一劳永逸，汉语言文字也需要从重载中解套。晦涩累赘的繁体字，佶屈聱牙的文言文，迂腐陈旧的思想观念，像沉重的枷锁勒住了中国文化健康成长的肢体，旧文化的积弊、毒孽、结核、病菌，长期潜伏在国民的心血管里。如果不推陈出新、革故鼎新，就难以承载时代的新思想新事物。只有继承才能坚守，唯有革命才能发展，才能走向文化的新高地。

这是我们的文化自觉。

　　无论是借鉴外国传教士们用拉丁字母对汉字注音的方法，还是中国学者提出的"拉丁化新文字""官话字母"尝试，以及民国政府推出的"注音字母""罗马字拼音法"方案，300多年的探索并没有形成全国标准和广泛共识，中国汉字的改革在推倒重来的游戏中停滞不前。

　　文字改革的历史重任，落在了新生的共和国肩上。

　　1949年10月10日，新中国成立的第十天，毛泽东批准了成立"中国文字改革协会"，推出简化汉字、推广普通话、制定和推广汉语拼音三大举措，开始了扫除4亿文盲的艰难任务。不脱盲，何以脱贫？扫盲班、识字班，电灯下、油灯旁，劳苦大众如饥似渴地识字读报，人民成为汉语言文字的主人。这是人类历史上一项旷古未有的文化工程，中国历史上一场波澜壮阔的文化革命，只有中国共产党才有如此的胸怀和气魄。从此，人民获得了文化的权利，古老的汉字也获得了新生，从竖排走向横排，从笨重走向灵动，从烦琐窠臼走向简约高效。

　　这是汉语言文字改革力度最大、普及最快的时期。从1949年到1958年的10年间，1000多种方案，数万人参与其中，光汉语拼音方案就有6套之多，而且都是自上而下、自下而上数易其稿。1958年1月，周恩来总理做《当前文字改革的任务》报告，标志着汉字改革方案的成型。周总理指出："汉语拼音方案是用来为汉字注音和推广普通话的，它并不是用来代替汉字的拼音文字。"既强调了推广普通话的重要性，又一针见血地指出了汉字的不可替代性。新生的汉语言文字为蓬勃的社会主义建设而鼓足干劲力争上游。中国共产党人领导和推动的汉语言文字发展，是中国文化史上最灿烂的篇章。

随着中国经济社会的发展和中国国际地位的提高，汉语言文字受到世界的瞩目。1973 年 12 月 8 日联合国大会第 28 届会议一致通过一项决议，将汉语与英语、法语、俄语、西班牙语、阿拉伯语一道，作为联合国官方工作语言，所有重要文件都以这六种文字发布，世界从此开始倾听中国。改革开放使国门洞开，中国在兴起外语热的同时，国外的汉语热也逐渐升温。今天，海外 300 多所孔子学院、500 多个孔子课堂搭起的汉语桥，谦和的中国孔子站在世界文明的宫门、东方文明的桥头堡，拱手迎送远方之朋，让世界感知中国、关注中国。

文化自有文化的规律，文字自有文字的法则。汉字的简化也走过弯路。简化是为了易写便认，一旦简单到不认识或者误认，失去了结构的美、寓意的美、想象的美、古典的美，简化到瘦骨嶙峋无美可言，甚至粗暴地把某种政治符号、时髦标识安插在字中，则是对文化的割裂。文字改革必须遵循规律、尊重传统，不能借口现代消解传统，不能借口简洁制造空泛。没有繁体字，就没有古典的美，没有简化字，就没有现代的美，臃而不肿，简而不单，今天的汉字有着姣好的身材。

中国文化从来就是在风雨中前行。20世纪中叶以降，中国汉字遭遇到一次生死考验。1946年美国研制出第一台计算机，信息技术迅速发展，电脑的普及呈波涛汹涌之势。1952年中国科学家开始研究计算机技术，但是以字母为主的输入方式，成为方块汉字的拦路虎。但"汉字进入不了电脑，中国必须摒弃传统汉字，走拼音文字道路"，外国专家甚至如此定论。国内一些文化自卑、文化自娱的言论借机发声，把中国近代落后的原因归结于中国汉字与西方语言文字的不接轨，主张废除汉字的梦呓沉渣泛起。的确，这是一个两难选择：如果汉字进入不了电脑，在信息浪潮惊涛拍岸的今天，无法驶入国际航道的中国必定搁浅停航；如果放弃已有几千年历史的汉字，中国文化就面临被刨根去茎的危险。失去汉字的国家还是中国吗？

于是，一批中国科学家和语言学家开始卧薪尝胆，专攻汉字信息处理技术，终于在1956年诞生第一批理论和实践成果。随后三十年，汉字输入输出方法、汉字编码程序、汉字智能终端、汉字打印系统等一道一道的难题被攻克。文字的革命，已关乎文化的命运、国家的前途。

1985 年 5 月，中国科学家王选领衔创造的中国汉字激光照排技术获得成功，一举解决了中国汉字的世界难题，汉字从此告别了铅与火，迎来了光与电，古老的方块汉字在信息时代焕发出神奇的生命力。这一技术，被誉为"汉字印刷术的第二次发明"。

王选，是当代毕昇，中国汉字的功臣，中国文化的英雄！

中国汉字再一次在全球信息化浪潮中一展身手，中流击水。

世界文化的撞击，总是一浪接一浪。在当今新格局下东西文化的交流碰撞中，汉语言文字仍然站在前沿阵地。是坐守其成甚至抱残守缺，还是扬眉亮剑握拳出掌，考察着我们的文化立场。

任何一种悠久的文明都应该以开放的姿态迎接未来。封闭的语言文字如同古老丛林里坍塌的老木屋，老屋里那一根根腐朽的门槛窗棂，以及依附于腐枢朽木上的那一声声喑哑的虫鸣，没人能听懂，注定要消亡。文化要在开放的环境中生长，不同的文化需要相互借鉴，兼容并蓄，彼此交流，对话的窗口须用相通的语言。中国的文化客厅容得下一切优秀的人类文明成果，可以让各种文明以礼相待和平共处，让各种文化推杯换盏同步共舞，让各种信息交换名片互相商谈。文化的芳草地上，每一片绿叶都应该有自己的空间，每一棵小草都应该自由地伸展，因开放而自由，因自信而屹立。我们不拒绝西方语言的流畅优美，更懂得欣赏吴侬软语的温婉、秦腔南音的韵味，欣赏唐诗宋词的抑扬顿挫一咏三叹，以及王颜欧柳隶楷行草的神采飞扬。

汉语言文字走出去，是为了让世界读懂中国；我们不反对引进外来语，但反对取之无度、用之过滥，一定要消化，经过汉化的外来词汇同样能丰富中国词库。吸收、消化外来文化当以我为主、为我所用，警惕敌对文化的渗透、泛滥，甚至摧毁。可以用流行的网言网语解读开放的中国，但必须维护中国语言的主权和专利，不能玷污汉字的纯洁和消解她秀于形且慧于中的魅力。半洋半土、崇洋媚外是文化的败类，偷梁换柱、自我解构是文化的汉奸。如果一味地移植、灌输西方有特定含义的学术语言，误导我坠入政治陷阱，失去话语权，当更加警惕。

文字是心灵的沃土，语言是精神的阳光，拆解、捣碎，视若敝屣就是自毁家园、自弃阵地，让心灵无法安顿、精神无处皈依、思想无所仰望，破窗效应必将导致中国文化的体无完肤和民族精神的坍塌捣毁。视自己的价值观念、文化经典、英雄史诗如草芥的民族培植不出精神大树。我们不能失去汉字听写读说的能力，不能失去对自己经典膜拜的权力，不能失去对母语文化的保卫能力。

这是我们的文化自卫。

语言文字的自尊自重就是文化的自信自强。

文化的阵痛，往往来自我们自己的失守，这不是危言耸听。当下的信息技术改变着人们的书写和阅读习惯，屏幕化、碎片化、快速化、浅层次阅读盛行，在汉语的故乡、汉字的王国、成语的诞生地、书法的国度，提笔忘字、张口忘词、数典忘祖的现象并不少见。电脑制造的文字垃圾如山如海，压迫着我们思考的神经，逼迫着我们沦为信息的奴隶、知识的商贩，不再是思想的创造者。各色键盘消解了我们的书写技能和鉴赏水准，层出不穷的智能终端让我们患上电脑依赖症和输入法联想依赖症，变得弱智低能。网络词典让我们在享受便捷轻巧的同时失落了追根溯源的乐趣，人机对话让我们在感受新鲜生动的同时产生了对含蓄温婉的忧伤。海量信息让我们变成快餐食品的饕餮之徒，夺去了我们咬文嚼字的味道；搜索引擎为我们提供超强信息聚合功能的同时，把我们遗弃在有虚有实亦真亦幻的信息泡沫中；网言俚语让我们感受简明晓畅、通俗风趣的同时，使母语表达失去了美丽的形态和奇妙的意境。文化，塑造了一切，又捣毁了一切。

最大的痛，是不知道痛。虽然我们不再说外国的月亮比中国的圆，但总有人相信比中国的亮，并以此为镜，照中国的路。重外语、轻汉语，甚至把英语作为衡量一切的标准，是舍本求末、失之过偏。过去有过去的理由，今天有今天的道理，发展中的中国需要与国际接轨，但更需要走自己的路。

好在有了汉字听写大会、汉字英雄竞赛、成语比赛等文化活动，这是民之乐事、国之幸事，这是知识的比拼、文化的盛宴，更是文化的自律。欣闻不少地方中考、高考语文成绩的比分在提高，这是正本清源、拨乱反正。学好汉语从孩子抓起，成人也当迎头赶上。

我们是不是应该有一个自己的汉字节？中国是汉字的母亲、诗经的故乡，珍视汉字、呵护母语，就是留住民族的根、守住文化的魂。

中国的崛起离不开文化的崛起，中华民族的复兴不能没有文化的复兴。

（原文载于 2013 年 12 月 5 日《人民日报》）

飞扬的诗词　文化的乡愁

　　中央电视台举办的《中国诗词大会》吸引了海内外亿万中华儿女回望乡愁的目光。此前的汉字大会、成语大会、楹联大赛、灯谜大赛，一次次地让我们领略到中国汉字之趣、中华文化之美。

　　汉字文化，是中华民族最伟大的创造。三千多年来浩若烟海的歌谣诗词经史曲赋铭文典籍，保有了中华民族博大精深的思想智慧，涵养了中华文化不尽不竭的精神源泉。中国的语言文字在抑扬顿挫平仄韵律之中，在点横撇捺篆隶楷行之间，构建了中华民族绚丽的文化图谱。

　　中华诗词是文化百花园中最为葳蕤芬芳的一枝，是精神源流中最富思想力量的一脉。史志、经书、宝笈、医典、铭文、石刻、楹联、题额、戏文、歌赋、唱词、散曲、小令、灯谜、书画、碑帖等文字典籍，哪一个都离不开诗词之美。没有诗意词韵的文字是苍白无力的，失落了诗情画意的民族是没有创意和想象力的。诗之志、歌之言、声之咏、音之律，是中华诗词的四大要素。中华诗词有高傲的颜值和尊贵的禀赋，却以平近的方式潜流在我们的血脉，滋养了中华民族高贵而纯洁的心灵。一种文化形态是否有生命力，要看她能绵延多久、流传多广，大凡断文识字的中国人，都能吟诵几句诗词作为自己人生的高点和文化的标高。中华诗词因此而成为人文精神的"基因图"、思想道德的"定盘星"、历史文化的"活化石"，是中华文明皇冠上的璀璨明珠。

中华诗词承载了丰富的思想

文以载道，诗以言志，自古以来的中华经典无一不是智慧的深泉、文化的航标、思想的峰峦。"断竹，续竹，飞土，逐宍（ròu，古同"肉"）"，简洁、明快、生动、形象，富于动感韵律的《弹歌》，是上古歌谣，是最早的二言诗，反映了远古时期洪荒年代的先民"断竹以制弹弓，用石块击获兽肉"的渔猎生活场景，记录了历史，讴歌了创造，赞美了劳动，表达了先民最早的价值观。"日出而作，日入而息。凿井而饮，耕田而食"，这首唐尧时期的歌谣《击壤歌》，反映的是劳作的场景，表达的是积极健康的人生观。《诗经·蒹葭》里"道阻且长""道阻且跻""道阻且右"却"溯洄从之""溯游从之"，表达的既是对美好爱情的向往，也是对崇高理想的追求。先秦古歌《五子歌》的"民可近，不可下。民为邦本，本固邦宁"，成为历代治国理政者的警言。汉乐府《东门行》《病妇行》《孤儿行》《艳歌行》等记录了对普通人命运的嗟叹；魏晋南北朝诗词里的《薤露行》《短歌行》《蒿里行》《饮马长城窟行》《咏荆轲》等显示了对命运的抗争。

文心即良心，诗心乃人心。远古、先秦及秦汉作品，深刻地反映了从原始社会走向奴隶社会、从奴隶社会走向封建社会的过程中，中华先民对大自然的叩问，对天人关系的探问，对人性和人类命运的拷问。这些思考有如剥笋抽丝，层层递进，提炼出讲仁爱、重民本、守诚信、崇正义、尚和合、求大同的共同价值观，中华诗词也因此获得了思想的力量。

国家观是价值观的最高境界，爱国情是中华诗词的永恒主题。从春秋楚国屈原"长太息以掩涕兮，哀民生之多艰"的仰天长叹，到战国时期荆轲"风萧萧兮易水寒，壮士一去兮不复还"的慷慨悲歌，再到北宋范仲淹"先天下之忧而忧，后天下之乐而乐"的振臂长抒；从南宋文天祥"人生自古谁无死，留取丹心照汗青"的耿耿忠心，到清代林则徐的"苟利国家生死以，岂因祸福避趋之"的昭昭义胆，再到毛泽东"问苍茫天地，谁主沉浮"的浩浩胸怀，爱国、为国、利国、报国是中华儿女的价值追求，也是中华诗词的思想高地。明末少年英雄夏完淳从小随父抗清，其父阵亡后，16岁的他以一首"缟素酬家国，戈船决死生！胡笳千古恨，一片月临城"，表达抗争到死的决心。被俘后他宁死不屈，立而不跪，谈笑自若，英气慑人，连刽子手都战战兢兢、不敢正视，临刑时他留下"无限河山泪，谁言天地宽？已知泉路近，欲别故乡难。毅魄归来日，灵旗空际看"，字字忠烈，句句英武。与夏完淳几乎同时代的思想家顾炎武矢志抗清复明，屡遭败而志不移，他自比精卫填海以明心志："长将一寸身，衔木到终古？我愿平东海，身沉心不改。大海无平期，我心无绝时"。与顾炎武一样境遇、一样豪情的黄宗羲，明亡后隐居著述，拒绝为清廷做官，他在《卧病旬日未已，闲书所感》里自述道："此地那堪再度年？此身惭愧在灯前。梦中失哭儿呼我，天末招魂鸟降筵"，对故国前朝的忠诚跃然笔下。一代名将郑成功从荷兰殖民者手中收复台湾，他以"开辟荆榛逐荷夷，十年始克复先基。田横尚有三千客，茹苦间关不忍离"，表达了驱逐外寇的英勇气概。历览前贤先烈，他们在诗词中凝聚了最浓烈、最真挚、最深沉、最持久的爱国情感。在凝成民族性格、塑造民族心理、传承民族精神方面，中华诗词功不可没、无可替代。

中华诗词富含了美好的情愫

文心可雕龙，化意能绣虎。仰望中华文化的诗山词海，既有浩荡长波一泻千里的壮美，又有画龙点睛金雕玉砌的精美。《诗经》里的"关关雎鸠，在河之洲""桃之夭夭，灼灼其华""燕燕于飞，差池其羽"；《楚辞》里的"浴兰汤兮沐芳，华采衣兮若英。灵连蜷兮既留，烂昭昭兮未央"，辞美意美情更美。美是中华诗词的内在情愫和先天本性，勤劳的美、执着的美，悲愤的美、痛苦的美，亲爱的美、抗争的美，培育了中华民族最初的审美情趣。

没有唐诗就不是唐朝。盛唐之美，不仅仅在倾国倾城之妩媚肥美，寺庵庙殿之庄严华美，更在诗行词句之瑰丽唯美。唐代卢照邻的"寂寂寥寥扬子居，年年岁岁一床书"，骆宾王的"无人信高洁，谁为表予心"，杜审言的"独怜京国人南窜，不似湘江水北流"，王勃的"阁中帝子今何在？槛外长江空自流"，陈子昂的"念天地之悠悠，独怆然而涕下"，孟浩然的"欲取鸣琴弹，恨无知音赏"，等等。他们对自心的观照，油然而生的顾影自怜与高洁孤秀，谁人能比？王维"大漠孤烟直，长河落日圆"的雄浑与粗犷，谁不震撼？"明月松间照，清泉石上流""峡里谁知有人事，群中遥望空云山"

的隐逸与超然,谁不羡慕?王昌龄的"黄沙百战穿金甲,不破楼兰终不还""但使龙城飞将在,不教胡马度阴山",气势豪迈,谁敢争锋?李白对"峨眉山月半轮秋,影入平羌江水流""长安一片月,万户捣衣声"的怡情悦性,对当朝现世"猩猩啼烟兮鬼啸雨,我纵言之将何补""姑苏台上乌栖时,吴王宫里醉西施。吴歌楚舞欢未毕,青山欲衔半边日"的忧虑惆怅,以及"长风破浪会有时,直挂云帆济沧海""孤帆远影碧空尽,唯见长江天际流"的豪放气象,可谓风情万种。杜甫"国破山河在,城春草木深""朱门酒肉臭,路有冻死骨""自经丧乱少睡眠,长夜沾湿何由彻"的忧世嫉俗情怀,令人肃然起敬。高适的"万里不惜死,一朝得成功",岑参的"万里奉王事,一身无所求",韦应物的"迷路,迷路,边草无穷日暮"等戍边报国情怀,赤胆忠心日月可鉴。白居易对"幼者形不蔽,老者体无温""可怜身上衣正单,心忧炭贱愿天寒"的忡忡忧心,杜牧对"一骑红尘妃子笑,无人知是荔枝来"的谔谔讥讽,李商隐对"一笑相倾国便亡,何劳荆棘始堪伤。小怜玉体横陈夜,已报周师入晋阳"的弱弱幽怨,表达了诗人对帝王骄奢淫逸生活的愤懑和对艰难民生的同情。五代十国时期,欧阳炯"六代繁华,暗逐逝波声"的失落感,南唐中主李璟"手卷真珠上玉钩,依前春恨锁重楼"

的亡国恨，南唐后主李煜"小楼昨夜又东风，故国不堪回首月明中"的故国情，留下嗟伤满耳酸楚满心。

这些锦绣文章字斟句酌用心良苦，或气壮山河、吞纳云雾，字如日月声若雷霆；或声声哀婉、句句凄厉。最悲的往事，最惨的现实，凝成最美的文字、最美的意境。中华诗词的华美、壮美、清美、凄美、哀美，美得让你心碎，让你泪眼痴痴，一步三回头。

中华诗词展示了多彩的文化

诗词滋养文化，文化成就诗词，中华文化的密码隐藏在诗词里。

没有宋词就不是宋朝。北宋九皇、南宋九帝，虽然饱受内乱与围剿，却享国320年，成就了中国古代一次文化的复兴。范仲淹、柳永、欧阳修、曾巩、王安石、苏轼、黄庭坚、李清照、岳飞、陆游、范成大、杨万里、朱熹、辛弃疾、陈亮、叶绍翁、文天祥等文学名家如烟花绽放在宋朝的夜空。岳飞的"怒发冲冠，凭栏处，潇潇雨歇。抬望眼，仰天长啸，壮怀激烈。三十功名尘与土，八千里路云和月""何日请缨提锐旅，一鞭直渡清河洛"，读得人激情澎湃热血沸腾，直教人跃马挥戈征战死；陆游的"塞上长城空自许，镜中衰鬓已先斑""王师北定中原日，家祭无忘告乃翁"，悲愤与忧伤，字字血、声声泪；辛弃疾的"醉里挑灯看剑，梦回吹角连营""马作的卢飞快，弓如霹雳弦惊"，气势千钧，豪情万丈；文天祥的"臣心一片磁针石，不指南方不肯休""人生自古谁无死，留取丹心照汗青""从今别却江南路，化作啼鹃带血归"，忧心系南宋，正气满乾坤，英雄豪气直上九霄，殉国之心耿耿昭然。

疾风知劲草，板荡识诚臣，这些情感鲜明的宋代诗词大多来自中原、出自汉人，是中原农耕文明与北方游牧文明交锋、大汉民族与游牧民族争战的背景下形成的文化奇葩。抗辽、抗金、抗元战争几乎贯穿了大宋王朝一半的生命时长，而宋的三个对手辽、金、元对中华诗词也有自己的贡献。如辽太祖的长子耶律倍的《海上诗》、辽圣宗耶律隆绪"子孙宜慎守，世业当永昌"的告诫，辽道宗耶律洪基不用契丹文而是写汉诗，他的皇后萧观音因擅长写诗还被称为"女中才子"，他们的诗词在中华文苑中留下艳丽的一簇；金主完颜亮"提兵百万西湖上，立马吴山第一峰"的虎虎雄心令南宋朝廷心悸，金代诗人元好问的"岐阳西望无来信，陇水东流闻哭声。野蔓有情萦战骨，残阳何意照空城"，表达了金代大势逝去的无奈；元代开国名相耶律楚材的"阴山千里横东西，秋声浩浩鸣秋溪。猿猱鸿鹄不能过，天兵百万驰霜蹄"，显示了蒙古铁骑的雷霆气势，而忽必烈的左丞相伯颜的"剑指青山山欲裂，马饮长江江欲竭。精兵百万下江南，干戈不染生灵血"，喷发着势欲灭宋的豪气。如此猎猎有声的诗戈词戟，怎不令残宋弱帝们胆战心惊！多民族诗词的同坛斗妍，催生了多样多元多彩的中华诗词，建构了共生共荣共享的中国文化。

诗风词韵各烂漫，你未唱罢我登台。海涵百川的风格流派成就了中华诗词的洋洋大观。明朝开国皇帝朱元璋的重要谋臣刘基以一首"笑扬雄寂寞，刘伶沉湎，嵇生纵诞，贺老清狂。江左夷吾，隆中诸葛，济弱扶危计甚长"，既嘲笑玄虚寂寞的扬雄、一醉方休的刘伶、狂傲不拘的嵇康、粗犷狂放的贺知章，又赞美了东晋的王导、刘蜀的诸葛亮"济弱扶危"义举，表达了积极进取的人生哲学。与刘基同时同朝的高启，是朱元璋的户部侍郎，他的《登金陵雨花台望大江》以"石头城下涛声怒，武骑千群谁敢渡""从今四海永为家，不用长江限南北"的豪迈雄浑之句，一扫元末以来柔弱之诗风，开启明代文必秦汉、诗必唐宋的复古拟旧先声。200多年后的汤显祖以"春虚寒雨石门泉，远似虹霓近若烟。独洗苍苔注云壑，悬飞白鹤绕青田"，表现了超然脱俗与高雅清丽；以"偶然弹剑一高歌，墙上当趋可奈何？"表达愤世嫉俗且绝不同流合污的高洁志向。与汤显祖同时代的"公安派"三袁的核心人物袁宏道，有"不见两关传露布，尚闻三殿未垂衣，边筹自古无中下，朝论于今有是非"对国家大事的忧心，有"妾家白苹洲，随风作乡土""青天处处横跐虎，鬻女陪男偿税钱"对平民百姓的同情，也有"竹床松涧净无尘，僧老当知寺亦贫"的禅意净界，其独抒性灵、皆出胸臆，为本色独造。而晚明时期钟惺的"落日下山径，草堂人未归。砌虫泣凉露，篱犬吠残晖。霜静月逾皎，烟生墟更微。入秋知几日，邻杵数声稀"，一定程度上矫正了"公安派"俚语俗言的浅率粗鄙，以"幽深孤峭"见长，却又难免落入"竟陵派"的晦涩艰深难懂。在峰回路转与曲径通幽中，中华诗词做了最绚烂的意境展示。

继承与创新，分享与共赏，刚健与柔美，雅趣与流俗，各个朝代、各个地域、各个民族、各个流派都为中华诗词盛宴恭奉出自己的风味，中华文化才如此流光溢彩五光十色。

中华诗词揭示了人生的哲理

寥寥数个字，绵绵无穷理，诗律词格中隐藏着深奥的哲理玄思。"辞约而旨丰，事近而喻远"，是中华诗词独有的哲学魅力。

唐代刘禹锡的"沉舟侧畔千帆过，病树前头万木春"，揭示了新陈代谢、新旧转化的客观规律；北宋苏轼的"人有悲欢离合，月有阴晴圆缺，此事古难全"，因指出了矛盾的对立统一关系而深邃如夜空；北宋卢梅坡的"梅须逊雪三分白，雪却输梅一段香"，告诉你"两点论""二分法"、绝对与相对的辩证思维方法；南宋陆游的"纸上得来终觉浅，绝知此事要躬行"，道出了知与行、学与思的哲学关系；南宋朱熹的"问渠那得清如许，为有源头活水来"，告诉你学思之要、知行之道；明朝于谦的"清风两袖朝天去，免得闾阎话短长""粉身碎骨浑不怕，要留清白在人间"，咏物言志，清廉高洁，其忠心义烈，与日月争光；清朝郑板桥的"衙斋卧听萧萧竹，疑是民间疾苦声""千磨万击还坚劲，任尔东西南北风"，告诉你为官做事之道；清朝魏源的"少闻鸡声眠，老听鸡声起。千古万代人，消磨数声里"，是励志之言、醒世之声；清朝袁枚的"先生容易醉，偶尔石上眠。谁知一拳石，艳传千百年"，看似白描，却灵性斐然、意趣横生，教你一种人生的活法。

在诗词韵律中搭建自己人生的亭台楼阁，构筑自己的世外桃源，畅达时自成风景、各领风骚，赋闲时以逸待劳、守静待动，逆境中韬光养晦、不与乱世争英雄，不失为一种人生韬略，但"扬善挞恶，扶正压邪"更是中华诗词的一种道德担当。"少壮不努力，老大徒伤悲""谁言寸草心，报得三春晖""谁知盘中餐，粒粒皆辛苦"等俯首即拾的经典名句，潜移默化地勘正着我们的方向，濡养我们的心灵。仁义礼智信，温良恭俭让，孝悌廉耻，忠勇善爱，是中华诗词的细胞分子和基本元素，在不知不觉中承担起了教化道德、净化灵魂、陶冶性灵的责任。古人云："志微焦衰之音作，而民思忧；啴缓慢易繁文简节之音作，而民康乐；粗厉猛起奋末广贲之音作，而民刚毅；廉直经正庄诚之音作，而民肃敬；宽裕肉好顺成和动之音作，而民慈爱；流辟邪散狄成涤滥之音作，而民淫乱。"音乐如此，诗词同理，诗词之心乃天地之心。中华诗词有正理，读尽青丝方悟道，它是中华民族不可缺少的心灵医生。

中华诗词寄托了共同的情感

字字如心，句句有情，"登山则情满于山，观海则意溢于海"，中华诗词是最好的情感寄托。

千江有水千江月，万里无云万里天。光是一轮明月，就为多少天下游子做了情感的洗礼！孟浩然的清江月，杜甫的故乡月，王维的松间月，杜牧的沧江月，李贺的燕山月，张继的寒山月，张若虚的春江月，冯延巳的关山月，欧阳修的柳梢月，王安石的栏杆月，关汉卿的梁园月……朗照古今的千秋月，光而不耀，凝结了世代人的情感。李白的床前明月，张九龄的海上明月，王昌龄的秦时明月，刘禹锡的洞庭秋月，李煜的西楼孤月，苏轼的青天明月……每一颗诗心都发出自己的华光。月在月光中走，诗在诗海上行，人在人心里想，每一首诗词都是明月在流金泛银。

流金泛银的不仅仅是苍天明月，还有"烟柳画桥""相思令"，"周郎赤壁""忆秦娥"，"山外青山""蝶恋花"，"大江东去""浪淘沙"，"接天莲叶""如梦令"，"映日荷花""浣溪沙"，"千古雨声""渔家傲"，"依旧残阳""鹧鸪天"，"清明时节""采桑子"，"渔舟唱晚""虞美人"，"雁阵惊寒""清平乐"……每一个文化符号都是情感的印记，牵扯着上下几千年的顾盼。

清代的诗词，亦是语重心长情满满。虽然总的成就稍逊于唐诗宋词，但成就卓然者不寡，这其中既有明朝不降之遗民，也有归清致仕的文臣，但更多的是有清一代成长起来的诗词作家。这三类作者三份情感，都在诗词中倾诉心语、独白心灵。第一类诗词作者中，如前面所述的顾炎武、黄宗羲、王夫之等人的作品爱国之情慷慨悲壮凄凉，诗情词意等艺术水准达到新的标高。第二类诗词作者中，以钱谦益、吴伟业等为代表，他们在清代特殊的民族命运、特殊的文化背景下，多有对故国前朝的怀念和对自己境遇的追悔尴尬，他们以诗词为媒，抒发着难以言说的情感。譬如明朝旧臣钱谦益，降清不久即告病还乡，诗作中多有追悔之意，写了不少怀念明朝的诗文，成为明末清初诗坛的一代宗主，他的"寂寞枯桴响沉寥，秦淮秋老咽寒潮。白头灯影凉宵里，一局残棋见六朝"，触景生情，借景抒情，倾诉了明亡局残人凄苦、思君追悔心痛彻的情感。明末诗人李渔的"四方丰歉觇三楚，两载饥寒遍九州。民命久悬仓廪绝，问天何事苦为仇"，表现了对清初民众疾苦的忧虑。陈维崧的"征发櫂船郎十万，列郡风驰雨骤。叹闾左、骚然鸡狗。里正前团催后保，尽垒垒锁系空仓后。捽头去，敢摇手"，刻画了清朝顺治年间，清廷为围剿南方汉族农民起义而征兵十万，给江南农民造成的苦难和悲惨，表达了关切与悲戚。第三类诗词作者中，以纳兰性德等为代表，他们有自己的独特关注和自己的独特风格。

没有纳兰性德，就没有清词。他是词中之词、词中之诗、词中之仙，留下的300多首词篇篇经典、行行唯美。"人生若只如初见，何事秋风悲画扇？等闲变却故人心，却道故人心易变"，意境肃杀凄婉，只教人肝肠寸断；"山一程，水一程，身向榆关那畔行，夜深千帐灯。风一更，雪一更，聒碎乡心梦不成，故园无此声"，用词简朴晓白，但乡愁浓炽得无以复加；"今古山河无定据。画角声中，牧马频来去。满目荒凉谁可语。西风吹老丹枫树。从前幽怨应无数。铁马金戈，青冢黄昏路。一往情深深几许。深山夕照深秋雨"，叹兴衰存亡没有定数，感家国情怀愁肠百转。纳兰性德词心高洁纯净，词风清丽婉约，意感哀婉艳冶，格调高远韵长，多一字意繁，少一字境失，成为清代词家的精美之作、巅峰之作。

晚清龚自珍的"绝域从军计惘然，东南幽恨满词笺。一箫一剑平生意，负尽狂名十五年"，表达了他面对内忧外患心急如焚，希望能用自己的文武之才为国出力。晚清黄遵宪多次出使英、美、日等国考察，被称为"真正是走向世界的第一人"，他的诗作多以反帝卫国、变法图强为主题，甲午战争后他写下《悲平壤》《哀旅顺》《哭威海》《台湾行》《渡辽将军歌》等诗作以示抗争，写了《感怀》《杂感》等诗词热情讴歌变法维新，希冀中华民族的重新崛起："黄人捧日撑空起，要放光明照大千。"面对丧权辱国的《马关条约》签订，台湾被割让日本，谭嗣同长歌当哭："四万万人齐下泪，天涯何处是神州？"喊出了多少中华儿女共同的痛感！思乡曲、桑梓情，爱国心、复兴志，中华诗词以强烈的艺术感染力、情感凝聚力、文化向心力、身份认同感，成为中华儿女天下归心的集结号。

我国近代以来许多著名思想家、政治家、革命家、文学家，如邹容、梁启超、谭嗣同、徐锡麟、陈天华、孙中山、曾国藩、鲁迅、秋瑾、毛泽东、陈毅、叶剑英、柳亚子等，都是以诗词言志的大家，他们留下的传世之作，培育了我们共同的家国情怀、民族感情、文化根脉。毛泽东的词作《沁园春·雪》、律诗《人民解放军占领南京》等作品运气磅礴，立意高远，胸怀宏大，遣词凝练而语意厚重，开创了政治诗词的新气象。

中华诗词是中华民族共有的精神家园，中华儿女共同的文化乡愁。习近平总书记指出："古诗文经典已融入中华民族的血脉，成了我们的基因。""语文课应该学古诗文经典，把中华民族优秀传统文化不断传承下去。"数典不忘祖，树高不忘根，这是今天中国共产党人的历史观和文化观。文可载舟，亦可覆舟，文彰则国兴，国强则文盛。创造性转化和创新性发展包括中华诗词在内的中华优秀传统文化，是我们的文化责任，这是一种文化自觉、文化自信、文化自强。

（原载于 2017 年 2 月 17 日《光明日报》）

文化的颜色

地球上到底有多少物种？两个多世纪以来科学家们用望远镜和显微镜全神贯注地搜索着，但一直无从定论。2011 年 9 月，美国科学家莫拉和加拿大科学家沃姆发表研究成果称，大约 870 万种，而且这个数字还不准确，光误差值就是上下 130 万种。还有人认为远远不止这个数量，仅仅是与人类一样归于哺乳类的物种就有 5500 多种。

对我们来说，这些天文数字只是一个"多"的概念而已。

物以文化，文以物存。全世界 200 多个国家和地区，2000 多个民族，60 多亿人，6000 多种语言，由此衍生出来的文化种类有多少？不可得知，大概地球上有多少粒微尘，就有多少个文化种类。

类别差异产生美。感谢上苍，让我们生活在这个色彩斑斓的世界。

但是有人说不。

他们说，文化差异造成了世界的不安定，要消弭这种差异。

我不同意这种观点。

我以为，差异是和谐的基础，多样是丰富的前提。音符的阶梯，组合成优美的旋律；色彩的多样，编织了绚丽与斑斓；奇异的山川地貌让我们感受到自然的灵秀和壮美。

我们应当对文化的多样性肃然起敬。

站在天苍苍野茫茫的敕勒川阴山下，文化就是风吹草低中忽隐忽现的牛羊；伫立临风的滕王阁前，文化就是唱晚的渔舟和惊寒的雁阵，是与孤鹜齐飞的落霞、共长天一色的秋水；徜徉莱茵河畔，文化就是肃立的古城堡、沉默的老火炮和满地斑斓的落叶；漫步英格兰的剑桥小镇，文化就是镶嵌在古老的校园里沧桑的门廊上，那古铜色的雕像印章，以及牛顿、达尔文、霍金，还有那在康河的柔波里漫溯的中国诗人徐志摩。

中国湖北赤壁莲花塘刘家村过年天天腊肉腊鱼吃得天昏地黑，龙队鼓队花灯队扮亮山里的夜色；美国纽约州的尼亚加拉瀑布溅起惊涛骇浪无数，但总有勇士从惊险的高处跃入急湍漂流而下；新加坡圣淘沙云顶世界的赌场里光怪陆离，数以万计的人同时豪赌疯玩不分昼夜。存在的，就是有理由的。

长调生发于草原，草原在呼吸中放歌；小调呢喃于清溪，清溪在婉转中缠绵；山歌悠扬于田垄，田垄在低回里凝思。在寂寥的雨巷里彷徨，在豪放的长天中飞扬，不同的文化，流淌出同样优美的旋律。和谐的，就是美丽的。

有的文化是阴晦的墙脚，斑驳陆离、阴森陈腐、肮脏血腥的景象或许都有，你不用走近就能听到张牙舞爪的咆哮，临窗一瞥更让你惊魂出窍，这样的文化是文明的细菌，是导致文明肌体坏死的病毒；有的文化是蝶舞蜂鸣鸟语花香的庄园，让你闲庭信步流连忘返，超然于物外，也可以点上几道特色风味打包带走；有的文化如深山密林中古寺里静坐千年的老禅，在等候万年一回的轻叩，于厚积的枯枝陈叶中做无数轮回的生与灭，无人知晓。

热烈有热烈的灿烂，浪漫有浪漫的绚丽，含蓄有含蓄的温婉，圆融有圆融的柔美。文化差异越大，越应该相互尊重、相互补充。文化特性越近，越应该同频共振琴瑟相和。姹紫嫣红，百花齐放，才是文化的百花园。

文化当求和存异，而不是求同存异。所以中国古人说，和则生，同则不济。

我们经常走不出自己铺设的怪圈——总想铲除和填平文化的沟壑，却每每激起浊浪翻滚，出现更深的裂痕。这似乎提示我们，文化的差异要尊重，而不是要去削平。

文化差异并不是产生冲突的深刻原因，如果否认这一点，就难以回答为什么同族、同根、同源文化之间的抵牾不断，譬如朝鲜半岛，譬如中东地区，譬如阿拉伯世界的纷争；难以解释为什么日本人一边捧读中国名著《三国演义》中火烧赤壁的章节，一边对我的家乡湖北赤壁大开杀戒火光冲天；难以回答为什么围绕同一面海、同一座岛、同一片土，周边各国以邻为壑、以邻为恶的现象无法根除；难以解释为什么同一民族不同国家之间、同一主权国家不同民族之间的矛盾冲突总在发生。英国著名历史学家阿诺德·约瑟夫·汤因比在谈到希腊模式时认为，希腊世界在文化上的统一与政治上的分裂形成鲜明的对照，"他们都是同一文化的所有者，但这并未能阻止他们相互之间进行战争，这类自相残杀的战争变得如此残酷"。公元前430年爆发的伯罗奔尼撒战争，使希腊语世界陷入了长时间的自相残杀，所有城邦都卷入其中。这场被称为古代世界大战的大动荡给小农经济以毁灭性打击，希腊文明的共同基础被剧烈动摇，从此由盛转衰。

一切冲突的根源是利益纷争，而不是文化差异。伊斯兰教与基督教至少对峙了1000年，无论是持续过200年的十字军东征，还是从未停息的穆斯林圣战，都是为土地而战、为资源而战、为生存而战。共同的敌人产生利益的盟友，对同一利益的争夺又导致各自为政、互相为敌。不论是同室操戈还是隔墙觊觎，或者长途奔袭，皆为利而往、因利而争。旧殖民主义者为了香料、金矿、土地、奴隶，明火执仗，巧取豪夺；新殖民主义者为了垄断资本、能源、市场、原材料，人权干涉、制造内讧、经济制裁、武装攻伐几乎成为固定模式，尽管后者的借口和表现形式显得似乎"文明"一些，但最终都是以掠夺为手段、以利益追逐最大化为目的。在经济全球化趋势愈加明显的今天，少数强权大国运用经济手段打压敌对国的现象越来越常见，他们通过投资、贸易、市场、企业、汇率、金融、技术、环保等多个领域，对敌对国进行经济打击，先瓦解内部，再施以武力，往往效果明显。在这个过程中，文化成为先导和引信，否定一国和执政者的历史、否定政权和领导人的合法性，成为舆论战的主要内容；当硝烟散尽，文化又扮演起打扫战场、重建废墟的角色，以人道主义面目出现，就像捅你一刀再给你涂上红药水，或者让你用大桶大桶的石油换取一张薄薄的创可贴，这使文化沾染了血腥味儿。

文化的同与异，是一对矛盾，处理矛盾本身就是一门艺术。既不能完全一统，也不能过分求异，前者走向专制，后者走向分裂，都是极端。我们应该在人类历史和现实的背景下审视文化的内涵、文化的边界、文化的效能，在沟通中处理分歧，在差异中寻找共识。企图以一种文化取代另一种文化、以一种文化覆灭另一种文化、以一种文化一统世界的行为，就像古希腊神话里的西绪福斯，不断地把巨石推向山顶、石头又不停地滚下，反复无穷，却总是徒劳无益。

文化需要体检。

但这不是文化本身的错。刀杀了人，只能归罪于操刀的人。

在经济利益的极端追求、科技成果的无良滥用、全球环境的波诡云谲中，文化被推向了畸形发展的危险境地。文化暴力、文化霸权，充斥了一些人的大脑，贲张着一些人的血脉。

强权者狂热，地球就会发烧。

我们应当摒弃文化暴力。

一条刻意炮制的信息，可能成为一场战争的引信；一幅精心摆拍的图片，或许会瓦解一个民族的心理；一张与事实无关的海报，可以使成千上万吨炮弹向一个弹丸之地倾泻。铸造一个民族的精神，需要千年百年的淬火锻打，但注销一个国家的民心，只需要一帧电视画面、一秒钟。这就是文化暴力的表现。

这样的情形并不鲜见。一个强权国家图谋打击另一个目标，总是先开动机器制造一些似是而非的理由、子虚乌有的借口误导国际社会，导致舆论的整体失衡和公众的集体误判。即使最后证明这些"情报不准""信息错误""证据不足"实属荒诞无稽，但无人也无须为此买单。譬如，以士兵失踪的名义，以发现"万人坑"的名义，以反对核武器、生化武器等大规模杀伤武器的名义，等等。在这里，政治是手段，利益是目的，事实无关紧要。谎言，是暴力制造的文化畸形儿。

能弹奏巴赫、舒曼、贝多芬、勃拉姆斯、门德尔松、施特劳斯经典曲目的钢琴手，也是弹无虚发、杀人如麻的指挥官；酷爱雕刻绘画的艺术青年，也是心狠手辣的刽子手。这样的事例，在德国纳粹军营里并不鲜见。一边欣赏狐步舞曲，一边揿动武装直升机的导弹按钮，这样的情景今天依然重现。冷酷的心，噬着同类的血，滋养了文化怪胎。文明人的野蛮比野蛮人的野蛮更可怕，这已被现实反复验证。

比文化暴力更可怕的是文化霸权。

文化是有脊梁的，俯首但不屈膝。只可叹服，不可征服。马其顿的铁蹄踏碎了古希腊城堡，但古希腊文明跨越时空征服了全人类，整个西方世界都从爱琴海的克里特岛上寻找精神的泉眼。文化的主权是国家的主权、民族的权利，是国家、民族之所以存在的理由，应当相互尊重，这也是国际秩序的基本准则与和谐世界的基础。

历史的斑斓更多地表现在血色斑驳上。文化侵略和侵略文化一直与武力紧相随，随军的传教士与战斗员并没有什么两样，大凡入侵者完成战斗任务后的第一件事是文化占领。法国作家都德的《最后一课》，描述了普法战争中被普鲁士军队所占领地区的法国学校不得不放弃自己语言教学的情形，法国教师韩麦尔先生留给学生最后的那句话"当一个民族沦为奴隶时，只要好好地保存着自己的语言，就好像掌握了打开监狱的钥匙"，让全世界的人们在心里默读自己的母语。

没有哪一种文化是万能钥匙，包打天下，过去如此，今天仍然如此。希腊模式解释不了所有的古代文明，美国模式拯救不了今天的世界，中国模式也没有考虑过复制批发。霸权主义所推行的殖民文化都是以强行消灭弱势文化、民族文化、主权文化为特征的，必定激起本土文化的抗争，有的抗争长期存在，没有哪一种纯粹的殖民能获得完胜。

因此，文化统治者、文化霸主们推行的霸权文化只能导致兵戎相见，强加于人的极端文化一定会导致民族主义的狂热，一旦失控，战火见油就起。建立在军备竞赛基础上的文化，实际上是已点燃引线的火药桶、弹药库，爆炸进入了倒计时。"撒手锏"的轮番亮相和攻击方式的出其不意，像精彩大片让地球人看得瞠目结舌，终有一天会发生在我们的身边。政治精英、经济霸主、文化巨鳄、军事强人们裹挟文明的成果，在文化的泥沼里相互倾轧，搅得人类的天空风起云涌，周天寒彻。

西半球的温度似乎有些偏高。以美国为主要代表，以及一批在政治、经济、科技、军事上具有一定实力的国家相跟随，西方阵营已经和正在燃起势欲吞噬全球的文化烈焰。无论是美国的文化独唱，还是法国、英国，北约国家，欧盟国家，日本及亚洲国家加盟的群舞，扩张带来的冲突此起彼伏。有着约 430 亿桶石油储量的利比亚，是一块肥肉，谁都想吃。打击它，商机无限，重建，仍然商机无限。西方国家对利比亚局势的操控，实质上是战略利益的角力和调整，投入的成本决定回报的利润。亚洲本来稍显宁静，但是大国的战略干预及小国的附庸献媚，使得这个地区局势波谲云诡充满了变数。

以武力炫耀和战争恫吓的方式可能显赫一时，但难以和平发展一世；心头之患和引狼入室的感觉终究会让所有人心存不爽，自己也会感到包袱沉重和深陷泥淖。和平是文化层面的话题，战争只能造成对抗。以人权的名义干涉他国主权，只能扩大分歧；靠发动战争释放本国社会压力，转移矛盾与危机，是饮鸩止渴、埋定时炸弹；以暴抑暴无异于以暴易暴，以战争消灭战争的企图，只能制造新的灾难。战争的红利越大，支付的成本越高，一国攫取的战争之财，一定是他国付出的沉痛代价。

西方的文明史曾经是一部兴起与衰落国家之间的争霸史，但是今天的文明史却是少数文明在全球的征战史。在西方新保守主义思想和势力的影响下，西方强国或者集团通过外交和战争的手段改造他们认为不符合民主、不符合世界主流的政体，推翻不符合大国利益的现政权。"玫瑰革命""橙色革命""郁金香革命""阿拉伯之春"并没有带来新的色彩，倒是让这个世界越来越斑驳陆离，充满血色。无论是几个强国对小国的合围还是大国之间的角力，以武制文、以武代文、文攻武伐都不可能一劳永逸地解决所有问题。20 世纪 40 年代，美国人类学家鲁思·本尼迪克特的专著《菊与刀——日本文化的诸模式》尚能成为美国政府二战后治理日本的政策依据，但今天建立在尖端军事科技自负之上的文化漠视已成西方的流行病和传染病。在人权的双重标准下，"拯救"成了武装入侵和干预的幌子，自由民主旗号成了谋取利益的遮羞布，炸弹袭击、滥杀无辜的消息几乎每天都占据着全球的电视屏幕。仅伊拉克战争，就有 10 多万平民倒在这块遮羞布下，美国也在这场长达 9 年的战争中阵亡 4500 人、受伤 3 万多人，经济开支上万亿美元，这正应验了那句"杀人一万，自损三千"的古训。

战争，盛产滴血的数字。战争，改变了世界的文化版图，也改变了文化的颜色。

赢得了几场战役不一定赢得了整个战争，赢得了局部战场不一定赢得了长远战略，获得了物质利益不一定赢得了公理与道义。文化把各色人等圈在一起，又让各色人等打得头破血流。文化霸权下的景象，不那么文明。

文化必须互相尊重，尊重的基础是理解，理解的基础是了解，了解的基础是交流。和平的前提是融通，不融则不通，不通则产生隔阂，导致对立。

地球上江河海洋成片、沟壑峰峦密布，需要舟车的勾连，文化就是桥梁与航班。文化的融合度决定凝聚力，越是水乳交融，越是坚不可摧，就像绵延的群山一定是以峰峦的比肩而立且相互支撑为内在力量的。文化像一朵花，需要在开放的环境、自由的空间里生长。封闭的文化最终像干涸的溪流，寂寞得不知所终。在交流中相互激荡，每一种文化都能从其他文化中找到自己的映像和熟悉的面孔，都能寻觅到共同的话题。经济全球化、政治多极化、文明多元化是不可逆转的潮流，利益虽然导致冲突，但文化却可以促进和谐。交流比交锋的成本小，对话比对抗的空间大，只有找到文化的最大公约数和最小公倍数，才能找到人类共同的根，找到共荣共生的大树荫。在文化的框架内，一切难题都可以在时间表上排队解决。

文化需要比较，我们不妨用望远镜管窥大洋彼岸的美国文化，从主要几个方面认识我们的美国朋友和美国文化。

战争文化是美国文化的先天特质。1620年欧洲第一批清教徒乘坐"五月花号"船移民北美荒原开疆扩土，就决定了美国文化具有扩张本性和血腥味儿。1776年7月4日《独立宣言》诞生以来，美国一天也没有停止过扩张的步伐，跨过密西西比河，打败墨西哥，完成对北美大陆的拓殖，把边界线推向太平洋西岸。随后不断向海外扩张，参与欧洲帝国主义对世界的瓜分。到第二次世界大战结束时，美国在全球建立了约500个军事基地。据统计，美国236年的历史上，参与战争和对外军事行动达200多次，从二战结束到1990年，美国对外进行较大规模战争和军事干预共计124次，平均每年2.8次；1991年到2003年，这个数字上升到40多次，频率为每年4次。通过战争，美国领土面积从独立时的75万平方公里扩大到 936 万平方公里。通过战争，美国也获取了经济利益的最大化。一战时期，美国与交战双方都做生意，1914 年到 1916 年，美国一方面与协约国的贸易从 8.24 亿美元猛增到 32.14 亿美元，另一方面与发动战争的德国、奥匈帝国、意大利也交易频繁，直到获悉德国欲拉拢墨西哥收回被美国占领的土地时才对德宣战。1931 年九一八事变之后美国一直向日本供应石油、精炼油、废钢铁和原棉等战争物资，直到 1941 年 12 月 7 日日本突袭珍珠港美军基地，美国才对日宣战。一战期间死亡人数超过 5500 万，二战期间则高达7000 万，许多国家遭受巨大损失，但美国大发战争横财，一跃而成为超级大国。今天的美国，是世界上唯一有能力从空中打击全球任意目标的国家，倚重武力威慑，靠战争积敛财富，形成了美国文化的本质。

移民文化成就了美国文化的比较优势。美国的历史是一部移民史，美国人口中的民族成分有 100 多种，除印第安人外，所有美国人都是移民的后裔，从 1880 年到 1920 年的 40 年间到美国的移民超过 2300 万人。不少对美国乃至对人类产生过重要作用的人物是移民，如不列颠裔的"美国制造业之父"塞缪尔·斯莱特、汽船发明家富尔顿，荷兰裔发明大王爱迪生，德国犹太人科学家爱因斯坦，等等。仅 20 世纪前 30

年，29 位诺贝尔生理学或医学奖得主中有 26 位是移民，28 名化学奖得主中有 27 位是移民，36 位物理学奖得主中有 35 位是移民。美国作家赫尔曼·梅尔维曾说："美国人血管里的每一滴血，都混合着全世界各民族的血液。"今天的美国人口达 3.1 亿，移民增长率正超过美国白人的增长率，持续的移民浪潮对美国文化将产生更深刻的影响。移民是一个自我强化的过程，移民群体在生存与发展的环境中表现出独特的文化优势，各种文化优势汇聚成优势文化，所以说移民文化是一种良种文化，美国文化正是在这种兼收并蓄中形成了具有多样性特征的强势文化。

大众文化是美国文化的社会基础。以个人主义为特征的美国社会创造了丰富的大众文化。这种源自草根阶层，代表最广大民众的文化，是反抗资本社会、挑战社会伦理的产物，它主张放纵、自由、享乐，以个人主义价值取向和极端主义方式对抗主流社会。在爵士乐和摇滚舞的节奏中挥洒情绪，在主张诉求和愿望满足中获得个人价值，尊重个体自由的大众文化逐渐形成。2011 年 9 月 17 日，是美国宪法日，上千名示威者聚集纽约曼哈顿，抗议华尔街金融系统的贪婪和政府的失职，以及失业率居高不下等，代表"占人口总数 99% 的普通大众"，反对"占人口总数 1% 的人的贪婪和腐败"，这场"占领华尔街"的抗议活动迅速发展成为席卷全国的群众性社会运动，是美国大众文化的经典代表。正是这种大众文化，让民众的个体利益得到关注，悲观、苦闷、颓废、失望的情绪找到宣泄的出口，起到"降压阀""减震器"的作用，又体现了对人权自由的尊重和个性的发挥，因而在全球具有跨越国界的诱惑力。

一路领先的经济增长了美国文化的底气和霸气。战争中迅速崛起的经济催生了扩张性、外向型美国文化，此所谓财大则气粗。2007年8月爆发次贷危机以来，美国经济遭受重创，厄运连连。2011年8月5日，标准普尔首次对美国主权信用降级，这一史无前例的举措沉重打击了全球投资者对美国经济的信心，三周之内美股三大股指皆重挫15%以上，数万亿美元股市财富快速蒸发。加之"占领华尔街"运动的持续，有人以此唱衰美国，认为美国的资本主义到头了。这种天真与幼稚的出发点是可以理解的，但我们必须清醒地看到，"美国第一"的霸主地位仍然牢不可动，它的经济总量和经济质量是其他国家和共同体难以企及的；它拥有70个盟国，主导着全球70%以上的经济组织；全球100所一流大学中，一半以上在美国；它的国民教育、基础设施、创新能力在全球首屈一指。2011年7月4日美国独立日纪念前夕，《华尔街日报》刊登评论《未来仍属于美国》称，21世纪变革的速度与规模将超过以往世纪，美国的处境比中国、欧洲和阿拉伯世界都要优越，美国在利用机会和管理危险方面有更强实力。这篇相当于《人民日报》社论的文章，显示了美国式的自信。

网络文化给美国文化增添了新的强劲动力。凭借技术的领先和对资源的垄断，美国再一次站在文化的制高点上。一方面，美国国家层面的网络战文化正在形成。美国依靠技术领先，实现了从中央处理器、根服务器、操作系统、搜索引擎到路由器的垄断，实现了在人才、技术标准、知识产权、硬件、软件、资源、组织机构、管理、市场等方面绝对的优势，抢占了全球网络空间的制高点和主导权、制网权。2010年5月，美国建立世界上第一个"网军"，成立美国网络司令部，计划在十年内投入数千亿美元构建美军网络化联合作战系统。2011年5月，美国发布《网络空间国际战略》，首次公开声明对网络领域的敌对行为将采取军事行为。目前似乎没有人意识到美国这一声明的危害性，"敌对行为"包括哪些方式？什么范围？谁来界定？如果传统军事打击的权限被任意扩大，意味着美国可以用任何借口打击任何一个目标。2011年7月，美国国防部长公开发表《网络空间行动战略》，指出五项战略支柱，建立网络空间国际社会，扩大战略同盟。美国的举动拉动相关国家，英国、日本、韩国、法国、德国、印度、以色列等纷纷出台国家网络战略，组建网络司令部或网络部队，开发攻击性网络武器。可以预见，互联网将是又一个硝烟弥漫的战场，美国则抢占了前沿高地。另一方面，以苹果公司为代表的智能终端正创造着新的网络文化。乔布斯缔造了"苹果神话"，使 iPhone、iPad、iPod、iMac 等系列时尚电子产品风靡全球，每一款新产品的问世都掀起一股旋风。这家一度濒临倒闭边缘的美国苹果公司，在不到 15 年的时间里，市值从 20 亿美元增长到 5000 多亿美元，增长了250 倍，在 2011 年 8 月 10 日市值一度超过"百年老店"埃克森－美孚石油公司，成为全美市值最大的上市公司，"苹果把石油踩在脚下"成为高科技企业登上龙头老大宝座的先例。如今，Apple Store 里陈列的不仅仅是极其丰富的软件，更是琳琅满目的文化，它们正在大范围、多方面、深层次地渗透进人们的生活，以 Interaction（互动），Information（信息），Intelligence（智能），Imagination（想象），Innovation（创新），Individuality（个性）为基本特征的"I 文化"已经形成，可能出现的文化形态有多少种，虽难以预测，但可以断言的是，这种基于互联网的文化将成为全球性文化的主要载体。

尽管美国文化强大，但有时也脆弱得不堪一击，像被最后一根稻草压垮的骆驼；尽管有时也脆弱不堪，但具有极强的自愈能力和纠偏能力，"9·11"事件就是经典案例。事件发生后，美国实施了《美国爱国者法》，总统可以下令在未经许可的情况下展开监视行动，包括强迫企业和组织提供关于公民经济、通信和交往状况的资讯，甚至可以动用卫星定位系统进行监控。2011年12月31日签署的《国防授权法》，允许对公民实施无限期的拘押，政府具有不受制约的广泛权力，对此，美国公民慷慨地向政府奉献出了自己的自由。另一方面，美国人诉诸武力的思维方式经常反映在政治、经济、外交事务中，极端的政策导致极端的复仇，使美国文化也由此增加了反恐防恐的成分，隐患远未消除，美国人将长期生活在恐惧的阴影中。美国社会频频发生的枪击案，也反映出美国文化中的暴力倾向。由于持枪合法，2亿多支枪收藏于民间的现实，多少让人担忧。

移民文化在充实美国文化的同时，也在冲击、蚕食和消融着美国文化的主体。有人警告，以墨西哥移民为主体的拉美裔移民，正成为消解美国国家向心力的重要因素，由于其国土毗邻、居住集中、历史深厚等原因，他们抵制美国文化对移民的同化，有形成自己政治、语言等文化特性的倾向，一些定居在被美国所占领地区的墨西哥移民还潜伏着复仇主义的情绪，使美国存在分裂成两个民族、两种文化和语言的潜在危险。文化的同化与异化的较量，将长期困扰美国社会。

美国文化如此丰富，中国文化、日本文化、印度文化、欧洲文化、非洲文化、东南亚文化等亦如此，每一个国家、每一个地区、每一个民族都有自己的道路，有自己的文化色彩。存在的就是合理的，没有优劣对错之分，就像鞋子，没有对错之别，只有是否合脚之说。

人类如此丰富，文化如此多样，地球就这样一身斑斓尘土飞扬地行进在自己的轨道里。

文化的力量

她寂寞地伫立在爱琴海的风中。温婉而坚硬的古风拂过巴尔干半岛和小亚细亚群岛，穿过克里特时代、迈锡尼时代，在地中海和爱奥尼亚海的上空打了个结，落在她脚下这片海岩上。这片海岩叫克里特岛。风的年龄有多大？4500岁，4000岁，抑或2800岁？没有人说得清楚。

她飘逸的裙裾里装着两本书，一本叫《伊利亚特》，一本叫《奥德赛》。她身后的半岛上，是渐成废墟的城邦、神庙和奥林匹斯圣山，是渐次复活的原始诸神、提坦诸神和奥林匹斯诸神，普罗米修斯、宙斯、赫拉、雅典娜、阿波罗、阿佛洛狄忒们一个个竞相把自己塑成永恒的雕像和亘古的神话，荷马、亚里士多德们一溜烟儿地忙着出版自己关于哲学、历史、建筑、文学、戏剧、科技、数学、医学、绘画和雕塑的思想……

是的，她不是一个人，是女神，一尊雕塑，她的熠熠之光洞穿了人类从童年以来的全部脚印。她的名字，叫希腊。

马其顿的铁蹄践踏过古希腊，古罗马的战刀切割过古希腊，但古希腊的古典文化征服了世界。

没有人能够否认，古希腊神话慰藉了人类的灵魂，构建了精神的家园。希腊半岛的燔火点燃了欧洲文明之光，一路探照西方文明的路径。

而在遥远的东方，5000岁，抑或6000岁、7000岁的黄河之滨，一位长髯夫子屹立了2500年。他周游列国，治国理政，讲学论道，句句是经典，字字皆圭臬。他的生平际遇让人一嗟三叹，他的人生理念让人躬体力行，他的政治主张光芒不掩，他的教育思想力透纸背韵味绵长。他创立的儒学思想支撑了一个泱泱古国的文化骨骼，他张扬的伦理精神内化成一个民族刚固坚硬的人文品格。他把一介尴尬文人和落魄政客的茕茕孑立，走成了一尊被敬为"至圣先师""万世师表"的雕像，安坐在大大小小的文庙里，接受众生的三叩九拜，惹得帝王将相文人墨客们竞相以最伟大的"思想家""教育家""政治家""军事家""史学家"和"文学家"冠之歌之。

是的，他的名字叫孔丘，一个形容最微小的名字，却有着最深、最远、最广、最久的影响力，让中国历史上没有一个人能僭越其左右。智慧的灵光聚合成一部《论语》，珠玑锦绣般的万字文，把一个文明古国读得青丝褪尽又遍地葱茏年年岁岁，把每一个字都植入这个古老民族滔滔汩汩的血脉和噼啪裂变的基因之中。

从历史走进现代，从古老的亚洲走向同样古老的欧洲、非洲、拉丁美洲，2500 岁的孔子继续周游列国，全球 500 多处讲堂，让一位东方先哲与西方女神有了穿越千年、睽离已久的对视，让昔日亚欧大陆两个强大的帝国有了风云际会、风情激荡的文化碰撞。以苏格拉底、柏拉图、亚里士多德，一直到耶稣为代表的西方文明，以佛教创始人释迦牟尼为代表的古印度文明，以孔孟老庄为代表的中华文明，再一次呈现世界文明轴心的灿烂辉煌，再一次展示文化角力的波澜壮阔和惊心动魄，让世界掂量着文化的力量有多大。

文化的力量是思想的力量，是精神与信仰、理想与信念的力度，一个没有内核、没有元素、没有细胞的文化遗存是灼干的木乃伊和苍白的符号；文化的力量是经典的力量，是巨构与丰碑的分量，是文化大家风范与精神巨擘境界的高度，一个没有瑰宝奇葩的文化超市是被泡沫和喧嚣窒息的路边地摊，一个缺乏大师巨匠风骨支撑的文化偶像是站不起、立不久、走不远的泥足巨人；文化的力量是传播的力量，一个读不懂、解不开、说不清的文化钩沉是锈迹斑斑的古董，一个在信息时代和科技大潮中蜷翼自囿的文化永远只能是一只没有生命张力的蓬间燕雀。

文化的力量，是一个民族的重量，一个国家的分量，一个社会的体温。文化是文明形成的过程，文明是文化的最高形态。当作为一个成长着的遗传因子、建设中的精神构件被重视，文化的天梯便沿着云蒸霞蔚的峰峦攀缘上升，一座金碧辉煌的宫殿将是又一座文明的高峰。

面对玛雅象形文字的断想

一

20世纪90年代末，古老的玛雅文明带着神秘而拙朴的气息来到北京陈展。我多次流连其中，似乎感觉到有一种超自然的力，在吸引和攫取着我。从此，我开始了对玛雅文明的关注。

玛雅文明被誉为"中南美洲的希腊"，覆盖范围包括今墨西哥的尤卡坦半岛、伯利兹、危地马拉、洪都拉斯、萨尔瓦多西部。它形成于公元前2500年，鼎盛于公元300年至公元900年，衰落于公元1500年，是古代印第安文明的重要代表。

这样一段独异于其他地域的文明是如何孤立地兴盛起来的？一度曾经极度辉煌、连今天高技术条件下的人们都瞠目结舌的文明是怎样突然消失归零的？玛雅文明的失落给了不断创造新兴文明的我们以什么样的警示？在玛雅文明标识的几百个象形文字前，我徘徊踟蹰，不得其解。

玛雅人是对全人类做出了重大贡献的。他们第一个把野生玉米培育成粮食作物，为人类创造了得以繁衍绵延的食物，这是了不起的农业成就；他们是世界上第一个发现数学上"零"概念的人群，比欧洲人还要早800年。他们用一个圆点（代表1）、一横（代表5）、一个贝壳（代表0），就能组合运算出相当精确的天文历法，这是了不起的数学成就。他们在没有金属工具和畜力车的条件下，开采、运送巨石，构建起许多恢宏的神殿、庙宇、陵墓、石碑和巨型金字塔，而且这些建筑里玄机暗藏、精妙四伏。

譬如，玛雅人建造的太阳金字塔与埃及的胡夫金字塔体积大致相等，塔基长225米、宽222米，正好也是东南西北四个朝向，这四个面也都呈等边三角形，底边与塔高之比恰好也等于圆周与半径之比。天狼星的光线经过南墙上的气流通道可以直射上层厅堂，而北极星的光线经过北墙上的气流通道可以直射到下层厅堂。再譬如，库库尔坎金字塔共分九层，四个面各有91级台阶，加起来共364级，再加上塔顶平台正好365级，恰好是一年的天数。金字塔的内部结构更是让人难以想象，1968年科学家们在每天的同一时间、用同一设备，对金字塔的同一部位进行X射线探测，让他们惊诧不已的是他们所得图形竟无一相同！

一如其文明的源起，宗教是玛雅人的全部精神文化生活，他们崇拜太阳神、雨神、五谷神、死神、战神、风神、玉米神等，于是留下一处处精美的宫殿、神庙、庭院、广场，还有象形文字、雕刻、彩陶、壁画等远古遗存，这些都是玛雅文明的载体。从人类文明的长河来审视这些载体的水平之高、承载文化内涵之丰富，我们不能不对玛雅文明肃然起敬。

令我们肃然起敬的不仅如此。玛雅人通过观测天象测出一年是 365.2420 天，而今天的我们用现代天文观测得出的一年是 365.2422 天，误差仅 0.0002 天；玛雅人观测金星绕太阳运行一周的时间是 584 天，而我们今天测算的时间是 584.92 天，如此之接近，这不能不让人惊讶万分。

玛雅人让我们惊讶，他们的预言更是让当今世界不寒而栗。玛雅人说，地球已经过了四个太阳纪，每一纪结束时都会出现毁灭性灾难，预言地球将在第五太阳纪结束时发生大动荡，直至毁灭。按照西历换算，这一天应该在公元 2012 年 12 月 21 日。这让许多人提心吊胆、战战兢兢、寝食难安，加之这几年世界范围内的地震、海啸、火山喷发、天气异常、战争频发、社会动荡等天灾人祸的叠加效应，西方一些电影大片的创意渲染，让人们不得不"今"人忧天，似乎在等待世界末日的来临。但也有人说，这是对玛雅预言的误读，第五个太阳纪后地球将跨入一个新纪元，而并非世界末日。孰是孰非，无可明辨，但玛雅预言在争论中被炒作、放大、误读、曲解，效应不可低估。

从上述诸多的成果来看，玛雅文明中科学的成分让我们深深地震撼。真正让我们目瞪口呆的，是一幅奇怪的浮雕。大约在1948年到1952年间，有学者在玛雅遗址巴伦杰神殿的碑铭神庙发现了这幅浮雕，其中间是一位戴头盔的年轻人，似乎正在操作一台精密复杂的机器，头盔上好像有管子连接某处，他的双手正紧握操纵杆，背后有类似喷火的设备。整个造型，就像杨利伟躺在"神舟号"飞船里。这是否说明几千年前的玛雅人已经具备从事太空探险的能力？

如此这般，诱得不少人在茂密的丛林中寻觅谜底。

二

一切人类文明的源起，都是带着血色的。

我曾经在《玛雅悲歌》一文中说过，不论是哪一种远古文明，都有血腥、残暴、野蛮的出身。辉煌的玛雅文明也不例外。

譬如说，在玛雅祭仪中，被用作牺牲品的人仰躺在祭坛上，祭司们分别抓住他的手脚，主祭司快速而准确地把锋利的刀刺进他的左胸下，掏出热乎乎血淋淋跳动的心，立即交给大祭司，由他把血涂在神像上。刚刚从牺牲者身上剥下的皮肤被权贵们钻进去起舞，血淋淋的肉体则被同类欢呼着分吃了。再譬如，玛雅人抓住战俘后，一般要剁断双手双脚、揭掉头顶盖、掏空内脏，然后作为献给诸神的祭品。玛雅人不光往圣井里扔香炉，扔黄金、铜和燧石、玉石、兵器、陶器等贵重物品以示虔诚，他们还往深井里扔活人。玛雅国王甚至往深井里扔自己心爱的女人，让她们去问讯圣井下的诸神来年的气候、收成和疫情，有点儿像中国古代为河伯娶媳妇。还有的父母把自己的孩子当作祭品抛进深不见底的井里，并坚信他们还能活着。

于是，这些圣井里，留下许多不文明的载体。今天来看这些"神圣的娱乐"，我们似乎还能嗅得出那残酷的血腥味儿。

我们当然不能以今天的眼光来谴责古代文明的这些落后成分，哪个民族都是从血泊中站立起来的，哪个人种都是从愚昧中清醒、进化过来的，人类的进步历来是以生命为代价的。

关注人类文明和玛雅文明的人都在思考，为什么这里能有几百座城邦突然崛起，繁华了几千年之后，陡然同时失去了生机？数以万计的玛雅人为什么突然同时离开家园向丛林更深处仓皇迁徙，只留下风蚀草掩的宫殿，使得中南美洲最伟大的文明就这样失落了？

是玛雅人内部的部落战争，或者底层人民对僧侣祭司的武力反抗导致的灾难？还是西班牙人武装入侵戕害了土著玛雅人，就像今天西方国家对科索沃、对南联盟、对阿富汗、对伊拉克、对利比亚一样？或者是由于干旱、地震、海啸、蝗虫等自然灾害？还是由于封闭孤立，缺乏与其他文明的文化交流，缺乏自我创新能力导致衰败？

雾里看花，真相难辨。地上找不着答案，人们便两眼望天，指望着从神秘太空中找出点蛛丝马迹来：玛雅人如此了解天文，莫非玛雅文明是地外文明的遗存？是外星人探寻地球的着陆点？玛雅人难道是外星人留下的一支队伍，外星人离开时许诺某个时间来接回他们，这种种奇特的天文数字、奇特的金字塔结构等，或许是他们返回地球时的某个对接暗号？

有人认为，由于种种难以推测的原因，外星人终于没有再回来。于是玛雅人祭天以求，日复一日，年复一年，一个世纪又一个世纪过去了，心中所有的希望完全幻灭。于是，有人断言玛雅文明的失落是缘自他们精神上的失望和绝望。

不过我认为，关于玛雅文明属于地外文明的臆测，确实是带有悲观主义色彩。因为它解读不了除了天文、历法、数学方面的辉煌之外，运转有序的国家体系、等级森严的社会制度、博大精深思想体系的辉煌是如何形成和发展的？它们是怎样维持和变革着国家秩序的？

我想，这应该是地球人的智慧。

千古之谜，谁与解说？

三

象形文字能说清楚吗？

玛雅象形文字诞生于其形成期的后期，玛雅人以土台、祭坛等载体建立了祭祀中心，在此基础上成立了原始意义上的国家，象形文字于是被发明和应用。

玛雅象形文字是以一些复杂的带着各种超乎今人意想的图形组成的，现在人们知道的有 800 多种，这些象形文字被刻在土台、祭坛、梯道、门槛、石柱之上。玛雅人还编纂了成千上万种书籍，只是后来被西班牙人付之一炬了。仅存的象形文字图形奇异，如入迷宫，除少数纪年符号、名称之外，其他有关历史、天文、水利、人物、科技、仪规等方面的内容至今无人能够解读。

进入公元 300 年到 900 年，玛雅文明鼎盛期的一个标志，就是象形文字被各个大小国家的普遍采用。这些象形文字的主要用途是祭祀，只是被少数领主、祭司们等精英阶层所掌握，因而没有得到广泛传播。公元 1523 年前后，西班牙侵略者的铁蹄踏进这片丛林，紧随其后的还有修道士、欧洲封建领主，他们采取了"焚书坑儒"的政策，疯狂地捣毁了玛雅人的神庙、神龛，恣意焚毁玛雅经卷图谱，残酷地迫害和清除异教徒，把有文化的祭司们都捉来砍了头，玛雅文明惨遭摧毁，于是象形文字无人认识了，更不用提应用、传播和创新了。这帮西班牙人中，有一个名叫迪戈·德·兰达的修道士，他在几年之内便熟悉了当地的风俗习惯、农耕技术、宗教仪规等，称得上是玛雅学专家了，但最使他困惑的，还是那一个个古老的乱麻般的象形文字。他试图破译它们，但无果而终。

1839 年 11 月，美国律师、外交官、旅行家和游记作家史蒂芬斯与英国画家卡塞伍德让古老的玛雅文明一夜之间成为世界的新贵。他俩是玛雅学史上的功臣，因为是他们第一次提出玛雅文明是"土著"，是独立诞生的。但是，他们也遇到了一道不可逾越的天堑，那就是玛雅象形文字。面对几百个形态迥异的象形字，他们有点儿像目不识丁的文盲。

还有一个叫莫利兹的英国人，引起了我的注意。他深入玛雅丛林考察了许多遗址，如获至宝，虽然他也读不懂玛雅象形文字，但他掂量出了它们的价值，于是颇费周折地把刻有象形文字的建筑装饰和横楣车载船运送回英国，就像当年许多英国盗贼偷偷摸摸地把中国敦煌壁画偷运到英国一样。

2007 年 11 月，在英国学习期间，我特地去了大英博物馆，拜谒了流落在外的中国敦煌壁画，心里当然漾起许多酸涩。之后，我还专门去了玛雅文化专区，一眼就认出了那尊曾让我留下印象的横楣，惊叹之余我不禁产生了几分怜悯。巡视偌大的大英博物馆，我相信这个世界文明的集合往往是通过形形色色不文明的手段形成的，有许多文明的载体上还浸染着硝烟和血腥。譬如，除敦煌壁画之外还有150年前我的祖国圆明园里被英军队洗劫而流落海外的珍宝。一位英国朋友说，是大英博物馆等保护了世界文明的成果，不是掠夺。我承认，处在战乱、凋敝、饥寒包括"文革"状态中的我的国家，当时的确无力保护自己的国宝，但当我们缓过气儿来了之后，你是不是应该把我的孩子们还给我？难道你的爷爷、爸爸是强盗，你还要当强盗？我甚至觉得，你大英博物馆里展示的，是我的伤口，是流血的精彩。我相信，玛雅人如有知，也一定如我一般伤口汩血，只不过玛雅文明的母体已烟消云散了。

这正是玛雅文明的可悲。人们知其珍贵，但不知其所以珍贵。文字是一切文化的母亲，能辨识玛雅象形文字的人寥寥无几，因此据说世界上能识读其只言片语的专家不过百人。

无论如何，这一堆乱麻却是人类进步的纪事绳结。

如果没有玛雅文明，人类文明的项链上就少了一颗奇光异彩的珍珠；如果没有这些存留的象形文字，人类文明的盛宴上就少了一道美味佳肴。

象形是对形象的一种表达和解读，是不能缺少的文化载体。没有读懂这些象形文字未必是件坏事，只要它们还存在。

实际上，人类社会所有的创造都是书写，是给历史留下一些印记。

为了不让印记成为后世谜团，有必要留下清晰而普及的标志。玛雅文明的悲剧警醒我们，一种文化或者文明，只有为大众所掌握和传播，才能流芳百世。

从玛雅象形文字中，我们似乎能读懂点儿什么。

四

人类总是在制造新的象形文字。

它的载体，就是形象，不仅仅是文字。

这是一个越来越重视形象的时代。中国社会好像以五年一个周期在刷新自己的屏幕。过去衣不裹体、破帽遮颜，如今讲究穿出自己的气质风度、扮出自己的个性特点，这是人们生活质量和品位在提高的表现；提升产品外观、包装、标识层次，扩大市场知名度和社会美誉度，以获得最大的利润份额，是企业孜孜以求的方向；突出地域特色，提高本地名声，招徕更多的旅游者和投资者，成为不少地方官员冥思苦想的招数。

形象是社会进步的标志。正如玛雅人创造的许多文化载体，一定是玛雅文明发展到一定程度的产物。在饥寒交迫、满目疮痍的年代，在明争暗斗、人人自危的年代，在尔虞我诈、诚信缺失的年代，连尊严都没有，遑论形象？

20 世纪 80 年代中期，CI（企业识别）、CIS（企业识别系统，Corporate Identity System 的缩写）理念大举登陆中国，包举企业单位、行政机关、社会组织、产品广告、文化产品等等，一时间遍地 CI、CI 遍地，CI 读物琳琅满目，CI 大师口若悬河，CI 之风甚嚣尘上，仿佛谁不被 CI，谁就是没有出土的文物。20 多年下来，中国社会的确出现了一批 CI 典范，但绝大多数单位或产品只是张贴了一个标签，或者炮制了一批不土不洋、不古不今、不明不白的象形符号而已。

CI 直译为企业识别，意译为企业形象战略，是某一个企业组织或社会组织通过视觉标识设计、信息传导系统，将组织的文化理念、价值观念和精神内涵向社会广为传播的行为。

形象是标志，是品牌，是生产力，这在当今社会越来越被广泛地证明。注重形象设计，是经济发展、社会进步、文明程度提高的标志。国家形象、地域形象、企业形象、团队形象已经成为产品，知名度和美誉度则为产品创造了高价附加值，这是被广泛认同的共识。

形象的表现有三种形式——物质的、社会的和精神的，但人们往往重视物质的、忽视精神的。形象是精神的标志和符号，作为表现形式和传播载体，首先靠精神内核来支撑。内涵决定外表，本质决定表象。精神是核心，是形象赖以存立的基础和依据，就像玛雅文明的丰富内涵一样，具有深刻而长久的震撼力。

所有的精神都要通过形象来表达，就像文化需要载体来生存。内因通过外因来表现，是意识通过物质、主观通过客观的表达。

有人称形象塑造为包装。对，也不对。包装可以是没有内涵的外壳，是简单的线条构成和平面几何的任意组合，没有生命力。完美的形象塑造，一定是内容与形式的统一、历史文化元素与现代元素的结合。不仅是技术层面的独运匠心、符号图形的简单勾勒，更是核心元素、当代元素、时尚元素、国际化元素的有机构成和深刻体现。就像通过福特、波音、IBM（国际商业机器公司）认识美国，通过奔驰认识德国，通过索尼、日立、卡西欧认识日本，通过三星、大宇、现代认识韩国，通过金字塔、象形文字认识玛雅文明，我们应该通过孔子让全世界认识中国的历史文化，通过杨利伟认识中国的今天和未来。

形象塑造是一门学问，对社会来说是公关学，对市场来说是营销学，对政要来说是政治学。外国领袖对自己形象塑造的重视程度，甚于生命。一些西方社会想对他国实行政治干预、文化扩张、能源掠夺、军事打击，往往从破坏该领导人形象开始，譬如对列宁、斯大林，对铁托、齐奥塞斯库，对萨达姆、穆巴拉克、卡扎菲、查韦斯……因此"形象"一词已上升为政治术语。

有精神，有形象，还要有传播，而且是大众传播，不走入大众、走进草根，不为广大人民群众所知晓、传唱和普及，形象终将坍塌，精神终将萎靡，就像玛雅悲歌，一再悲歌。

五

象形文字与形象文字，应该是形式与内容的关系。

形象的塑造，首先是对精神的解读与提炼，否则就停留在象形文字的造字阶段。

形象或许是感性的，但塑造形象却是理性的。社会学、政治学、科学、心理学、文化学、传播学，是搭建形象雕塑的脚手架。从这几个角度审视它，方能映射出不同的风景。因此，关于形象的文字，必须是深刻的，用思想性的文字表达思想性的主题。

有人说，越是民族的东西就越是世界的东西。我一直固执地认为，这句话只说对了一半，必须再加一句话：一定要找到解读与对接的信号平台。如果文明的信息读不懂、解不开，就像一只古董埋在深土无人知。

如果说，缔造精神是一种内向行为，那么塑造形象则是一种外在行为，传播是解读和对接的唯一平台。传播是人的一种主观行为，但必须尊重客观规律，包括遵循社会规律、文化规律、传播规律，甚至自然规律。

任何一个社会对它的示范都是有要求的。就像祭祀活动和祭司受到玛雅人的遵从，宗教仪规、等级制度、价值理念、精神信仰受到玛雅人的推崇，这种具有某种感召力和震慑力的示范，是维系玛雅社会几千年的本根，一旦被动摇、被瓦解、被击毁，这个社会就分崩离析了。这是不是玛雅文明的失落给我们的教训？

任何一种文化都是需要在开放的环境下成长和发展的。玛雅文明在独立的环境中生成，在孤闭的环境中自我循环，尽管有过辉煌的鼎盛、独特的风景，甚至矗立起超越一切人类智慧的金字塔，但是由于缺乏与外界的交流和必要的冲突，因而没有借鉴其他优秀文明的成果，也没有抵御外来文化的抗击力，缺乏竞争动力和创新活力。这是不是玛雅文明的失落给我们的教训？

任何一种文明都必须为大众服务、为大众所掌握。玛雅人的等级制度既是维系其社会机制的内在力量，也是其社会进步和文化发展的障碍。森严的等级使底层百姓爬不到金字塔顶，他们不掌握象形文字，不掌控祭祀大权，读不懂经书典籍，愚昧充塞，民智混沌，只能沦为专供上层精英们祭神的牺牲品，玛雅一个城邦甚至创造了三天用 14 万生命做祭品的记录。当外敌入侵，祭司们就戮后，玛雅文化就无人相继了。这是不是玛雅文明的失落给我们的教训？

…………

当今社会反对形象工程，但形象是需要的，而且形象塑造是一项艰难、复杂的工程。

我们这个国家、这个民族、这个时代、这个社会需要形象，需要富有文化内涵的精神雕塑，需要为人民大众所认可、所接受、所追慕、所仿效的价值引领。

玛雅象形文字是人类文明皇冠上的明珠，但至今尘埃未拭，流光半掩。但愿今天的我们，不再步其后尘。

读书的境界

每年的 4 月 23 日，是世界读书日。

最早知道这个纪念日的时候，我有些纳闷儿，读书还要选日子么？难道不应该是一辈子的事儿吗？

又听说，这个读书日纪念活动最早是由出版商们发起的，心中便有些不是滋味，有一种读书被功利化的感觉，好像我们被书商绑架了。

直到后来联合国教科文组织出面推动，解释说选择这一天，是为了纪念西班牙著名作家塞万提斯（1547 年 9 月 29日—1616 年 4 月 23 日）、英国著名作家莎士比亚（1564 年 4月 23 日—1616 年 4 月 23 日）。

看他们的生卒时间，莎翁生也这天，死也这天，算是一个戏剧家的戏剧性的圆满；两位作家凑一天离世，可谓"不求同日生，但求同日死"。

再后来，一些读书人、写书人在这一天竞相站台呼吁，说要多读书，开列了许多书单；一些文艺名家轮番登台朗诵经典名篇，等等，抵消了些许卖书人王婆卖瓜式的吆喝，文化味道才渐渐浓起来，正起来。

其实，人类文明史上，读书一直是一件尴尬的事，读书人也往往是尴尬的人。

读书的尴尬

关于读书，古人讲了许多故事很多道理，滔滔不绝，喋喋不休。车胤囊萤，孙康映雪，匡衡凿壁偷光，头悬梁、锥刺股等等，打小听起就闹不明白他们为什么要如此这般。

老师说古人云万般皆下品，唯有读书高。但大学毕业若干年后方知，在现代商城的刷卡机前，如今的读书人并不见得比当年在咸亨酒店柜台前穿长衫蹭酒喝的孔乙己体面多少。说什么"十年寒窗无人问，一举成名天下知"更是瞎掰，中央电视台三套综艺节目里的那些明星们哪个需要那么久？谁个不是天下知？至于说"黄金屋，千钟粟，颜如玉"也是一派胡言，读书人找不着老婆、女博士嫁不出去的例子在生活中比比皆是。《增广贤文》里说，家无读书子，官从何处来？可隔壁马大姐早两年就说了，儿子你要不长点本事，将来只能当官去！

当然了，说归说，书是要读的，可以不当读书人，但不能当不读书的人。

读书的意境

人生不能没有书房。那是灵魂的驿站。

读书宜静，最好在冬夜，拉了窗帘和门帘。

窗帘是深色的。沏了茶，茶是绿茶，最好有古树茶。有炉火飘忽更好。把喧嚣挡在外面，好让自己独行在无人的旷野，周遭空明澄碧纤尘不染万籁俱寂。

这个时候，书是意中人，风情万种，丝丝入心。与书对视，是一种享受；与书对语，心境无限；坐拥书城，胜享佳丽粉黛三千。

英国小说家福斯特说，"只有在夜间，当窗帘拉下，炉火闪烁，电灯都关上以后，书籍才显出本来的光彩。在炉光里和它们对坐片刻，不阅读，甚至也不用动脑筋，只是感觉到这些书，连同书中储积的智慧和魅力，正在等待我随时应用……"，看来外国人读书的意境，并不比我们差。

读书须有状态，书迷、书痴是读书人的高境界。有的人读书闭目沉吟泪双流，有的摇头晃脑自悠闲，有的扼腕顿足拍案起，有的双眸炯炯目如电。

"明月高楼燕市酒，梅花人日草堂诗"，元好问说。豪饮才能赋诗，品茗方可读诗，写诗须酒，读诗要茶。陆放翁也说："焚香细读斜川集，候火亲烹顾渚茶。"在品茶的基础上，还多了一道焚香的工序，足见古人读书时所追求的高洁境界。20世纪30年代，中国著名的文化人、建筑学家梁思成、林徽因夫妇对读书的环境很讲究，常常在焚香之前先沐浴，在香馨弥漫中展幅吟咏。

杜甫言"床头书连屋，阶前树拂云"。一窗明月半床书，枕书而眠，怀笔入梦，梦里便有书香。可以想象，这是一幅怎样舒适雅致的情景。书在人手，人在书中，无丝竹之乱耳，无案牍之劳形，画船听雨眠，茅庐闻书声，这种读书环境对今人来说简直是太奢侈了。当然，书房自然少不了香烛古琴、字画诗笺、笔墨纸砚。在香茗四溢、清辉满屋中捻须闲读静悟，那才叫读书。

古代读书人少不得的意境，是红袖添香、共剪西窗烛。宋代陈师道说"书当快意读易尽，客有可人期不来"。于谦也说"书卷多情似故人，晨昏忧乐每相亲"。与红颜知己共赏奇文，把书读成人，把人读成书，这更是古今文人共同的梦境了。其实，红袖添不添香不重要，读书人不能与俗人为伍，才是要紧。一句"给老娘买菜去！"会让你从云端坠下来。

营造读书的环境，就是创造人生的意境。

读书的心境

意境其外，心境其中。

读书先识妙趣。醉笔舞天地，睡眼看古今，字里行间魅力无穷。汉赋楚辞奇丽闪烁，唐诗宋词一咏三叹；隶篆行草笔走龙蛇，颜欧柳楷文采飞扬；老庄孔孟睿智深邃，诸子百家各树一帜；诗经史记篇章灿烂，本草纲目千古流芳。把断垣看了，残碑寻遍，照一面李太白的明月，抽一丝杜甫的秋风，听一曲辛弃疾的连营吹角。红楼梦醒时分，正三国激战犹酣。我自西游去，任它倒海翻江说水浒。这种乾坤胜境，除了读书，是欣赏不到的。

读书须心闲。无欲无意，才是读书的最高境界。急功近利，读不好书。梅妻鹤子书为友，幽篁青藤月惺忪，赋闲的心态是最好的状态。古道西风瘦马，笔砚竹简书童，吟游式生活是最好的方式。在秦淮河的画舫里、浔江边的游船上，握卷侧听大珠小珠落玉盘的心动，掩卷争睹犹抱琵琶半遮面的芳容，悦目爽心，精神松弛，方进入书、心、境交融的读书境界，所以古代许多文人是闲士游仙。

读书须心静。抵得住诱惑，耐得住寂寞，守得住清贫，经得住久熬。不为窗外喧嚣侵扰，不为帐中红颜迷眼。像渔夫三天打鱼两天晒网，如螃蟹有八足两螯而无定居，用心不专，连一本书都难以卒读。买无数本书开无数个头，无一读完。眼盯着字，心想着事，心无二用，如何修身养性？唐代罗隐《题袁溪张逸人所居》诗曰"鸡窗夜静开书卷，鱼槛春深展钓丝"，这鸡窗指的是书房，夜静实指心静。我有个谬论：懒人才读书。看看当下社会，哪有勤快人读书的？腿勤，得马不停蹄走四方，没有功夫读书；手勤，到处拿不该拿的东西，到处应酬狐朋狗友，忙不过来；嘴勤，得到处喋喋不休地说，狼吞虎咽地吃；脑勤，得工于算计、精于琢磨，耗尽了脑汁，哪里还有心思读书？体不勤，心方静，才能"丈夫拥书万卷，何假南面百城"，才能城堡不居、美女不看、筵席不吃、咖啡不喝，灯红酒绿、管弦丝竹之类的不会，见人赚钱多而不眼红，见人升迁快而不心跳。静能读书，懒是懒点，但不懒于读书。

读书要随缘。一随心缘，二随机缘。达尔文爱读爱情小说，罗斯福偏好侦探小说。有人喜好经典作品，有人欣赏市井百相。文理经哲，古今中外，萝卜白菜各有所爱，随心所欲，想读什么读什么。读书改变人的命运，最终改变人的心灵。平静地读书，无心地阅览，读书只为丰盈生活，慰藉灵魂，滋养心田，这是读书最终的境界。这是随心缘。读书虽不能急功近利，但也有大功大利，知识改造世界，读书改变命运，没有目的地读书，是做无用功，书海猎奇，东一本、西一本，看一本、丢一本，书囊如筛网，不是文盲也是书盲。读与自己有关的书，这叫随机缘。宋真宗说："富家不用买良田，书中自有千钟粟；居安不用架高堂，书中自有黄金屋；出门莫恨无人随，书中车马多如簇；娶妻莫恨无良媒，书中自有颜如玉。男儿当遂平生志，六经勤向窗前读。"这意思是说，书读多了，缘也就多了。

读书要守气。读书与悟禅，其实没有什么两样。禅是一种人类无法用语言形容的冥想境界。读书是要有静气的。沐浴更香宽衣衫，纸窗秉烛敛静气，细细品来，恋恋翻去，许多欲罢不忍的词句须屏气研磨把玩。一气呵成的篇章须一目十行一气读完。有的文章字句如兵阵，势如千钧，气吞万里如虎。有的文章深邃幽微，力透纸背，须气沉丹田。

在雨打芭蕉夜，茅庐听雨，雪光清辉下读书，是敛守静气的好时机。坐拥一屋清辉，独守一座书城，任它庐外风声雨声，独与古今中外圣人贤达无声对语、默然交流，纤尘无扰，这是近似古刹梵音的意境。如果真有机会在古刹神寺庭院深深里，于钟磬相闻、佛香飘渺的恍惚意境中读书，西装革履正襟危坐也好，睡衣拖鞋盘足屈膝也罢，像悟禅一样参透书的精髓和智慧的纹理，才真的是养气。

月下泛舟，一江星辉，静听历史的巨澜劲拍崖壁苍痕，回荡起大江东去悠远的波声，抒发淘尽千古风流的豪情。静养内气，以气壮势。词源倒流三峡水，笔阵横扫千人军。日月每从肩上过，山河常在掌中看……这种浩荡之气是何等壮观，不养何成！读书人不做皇帝梦，却不缺浩然气。即或做皇帝梦，梦得比谁都好，比如说二月河。二氏有一句名言："拿起笔来老子天下第一，放下笔来老子天下第末。"这就是气。

播芳蕤之馥馥，发青条之森森，在金画银钩横平竖直里寻觅人生的峰峦和烟霞，在一咏三叹荡气回肠中咀嚼世事的况味和心得，是心灵的栖息和精神的攀升，是蓬蒿燕雀不可企望的高度。这是人生的高境。

读书的方法

读书得读好书，好书得自己买。

好书不一定是高档书。如今书的装帧越来越精致，价格越来越昂贵，品种越来越繁多，广告越来越亮丽，书籍的技术含量、形式的语言已成为书本身的符号，藏书也正成为知识的商标、身份的象征、修养的标志，连家具城的书柜里都装饰了许多假书、"疑似书"，买书送书渐成时尚。至于藏书的人不买书、买书的人不读书，则让人且喜且忧。

书成为时尚新宠，既是好事，也未见得是好事，读书的人多固然好，但一时尚就容易浮光掠影粗制滥造假冒伪劣，容易喜新厌旧，成为快餐店里的速食品。满书市、满地摊的文化垃圾就是这么催生的。经典是千锤百炼的精品，千淘万漉的金子，读一部经典胜过百部庸作。

读书人须自己买书、挑书、淘书、藏书。没钱的时候，勒紧裤腰带，挤紧了牙缝，也得去买书读。等有了钱，却先打了牙祭，喂肥了腰带。老舍《茶馆》里说：牙好的时候，吃不上花生豆；现在有了花生豆，牙没了。其实说的是读书人。许多人都有类似的记忆——某个遥远的年代里曾有一本书，开启过某人智慧的门扉，不经意间想起，却总也找不见她的芳影。倒是那书名，或者作者名，或者某幅插图，甚至某句话，像夜空闪电刻在脑幕，挥之不去。

书缘难续，往往抱憾终生。我小时读过一本名叫《从鸽子谷来的孩子们》的书，写苏联童子军爱国保家，用臭鸡蛋袭击侵略者的故事，长存在我的记忆里，成为我童年记忆版画上的一处景。二十多年过去了，我再也没找到，网上搜索也捕了空。这算是我长久的遗憾了。但我不打算放弃寻找。后来有一些朋友从我的《午夜的阳光》一书中，读到了这份遗憾，竟然找到 N 本发黄的书寄来，与我儿时的记忆严丝合缝，还有三位朋友甚至专门到图书馆借到后全部复印了，寄给我，让我感激不尽，有一种与他们相通的感觉，这叫读书人的惺惺相惜。

书不在新旧，新茗陈酿各有味道。北京的琉璃厂是很多读书人向往的地方，那里的中国书店、古籍书店、邃雅斋与比邻的诸多字画文物相谐，新书旧书各成风景，去那里即使不买书，也是一种精神的沐浴。一脚踏在胡同里坑洼不平的路上，心就宁静妥帖了许多。双休日在那里逛一天，可能最后一本也不选，但肯定有阅尽人间春色的满足。我曾在那里林林总总参参差差的旧书林中，觅得一本当年"文革"时批判《红楼梦》的资料汇编，窃喜好久。薄薄的，黄黄的，封皮残卷，留着那个年代的印记。文化对文化的批判往往具有深度、力度和独特的角度，它让我从另一个层面去解读《红楼梦》。

买回的书，不一定都得读，或者都得读完。随便翻翻，让你智慧的翅膀在某一春意枝上做短暂的栖息。束之高阁，但时时记起，就像一幅画，悬在高墙上，是一道风景。画多了，便又是一幅风景。偶尔想起，抽出来，随手翻拨，就像一羽羽鸟儿，展着翅，扑扑地扇着你的心门。若想细读下去，感觉就是画里套画、弦里有音了。

泛读宜杂，专攻宜精。如果只为涉猎浏览，放逐性灵，不妨书海荡舟，桨之所至，心之所至，读得越丰富越好。《读者》《青年文摘》《书摘》都是极好的文苑，肯定给你一片葱绿与鲜艳。如果想独辟蹊径，探幽览胜，则宜视野专注不及其余，朝着一个坑刨到底，肯定清泉源源不断。或博或专，全凭自己兴致，没有孰优孰劣之虞。

读书宜勤宜早，戒慵戒懒。戎马倥偬，鼓角铮鸣，翻身上马杀敌，滚下马鞍读书，打天下，读天下，修成一代文武儒将，自古以来这样的人不在少数。毛泽东终生手不释卷，一手握雄兵貔貅百万，一手著雄文经典无数，仅在延安窑洞一方小桌上，便挥就激扬文字几百篇。曾国藩教育子嗣要"半耕半读，未明而起"。早起晨读，脑清目明，深夜读史，深思熟虑，都是读书的好时光。爱读书的人一寸光阴一寸金，案头、枕边、厕内、包里，是断然少不得书的，没什么雅不雅的，空气中弥漫着书的因子，一切都变得文化葱茏沁香起来。

人在旅途未免有时寂寞，须有书做伴。一书在手，满目皆友。人生旅途书便是友，友不如书。无论舒逸抑或困顿，有书页的搔抚，便有心灵的小憩和悸动。困倦时，自闭门户抱书倚窗，烦闷时，书海淘金等候喜鹊唱枝头。一个人应该有一本陪伴终身的书，就像有一二终身知己。一部真正的好书，是随着风雨岁月不断成长的树，儿时读它是小树，中年读它是劲松，晚年读它，是被晚霞涂红的一棵苍松。一个人应该读许多的书，就像结交许多朋友，方解人间百味。得一本藏之名山、传之同好的书，实为读书人之大得。

文章千古事，得失寸心知。一本书写完了，作者实际上只完成了工作的一半，惴惴不安地等待与读者共同完成另一半。再著名的大家，也不过画了一个平台，再交一副望远镜或显微镜什么的给你，看到什么，想到什么，全凭读者作为。一本让地球人读不懂的天书，不是好书。一本人人都读得懂的书，也不是好书。读书时，最好有朱笔长握，圈圈点点，你的高深与睿智，全在这支笔上了。这笔是试电笔，是探雷器，是pH试纸，是野渡孤舟、深涧悬桥，你用笔勾点出别人的灵魂，圈住了他们的智慧，也连通了你们的心灵。毛泽东评点《二十四史》人物，纵论秦始皇、孔夫子是非功过，评价商鞅、屈原、刘邦、项羽长短曲直，可谓笔底风云急，纸上波澜宽，胸中丘壑深。有清以来，对《红楼梦》的点评、诠释、解读、妄测、论争，可谓洋洋大观流派纷呈，堪称中国文化天地里一道红叶满地的风景。

读书须得技法。南宋大家朱熹有读书六法，即循序渐进、熟读精思、虚心涵泳、切己体察、着紧用力、居敬持志，六个方法六个境界，读书是头脑风暴。曾国藩传授读书之道说："子思、朱子言为学譬如熬肉，先须用猛火煮，然后用慢火温。……如未沸之汤，遽用慢火温之，将愈煮愈不熟矣。"其意在，读书须先集中精力猛攻一段，把好的篇章再细嚼慢咽，先通读、后精读，跟熬肉汤的道理一样，先用大火猛煮，沸腾后再用文火久熬，才能营养丰富，味道无穷。

读书百遍，其义自见。苏轼的"旧书不厌百回读，熟读深思子自知"，是说读书须用心。把心沐浴在书海，放牧在书山，用心去徜徉、去爬高，读而思之，心有所得。人随书走，书随心走。读过后掩卷而思，精华凝练，脉络分明。再长的书，都可以读短；再短的书，都可以读长。把书越读越薄，薄得像张邮票，轻得像邮票上的面值，千言万语精炼成三言两语，巨著椽笔浓缩成标题的那几个字，这是一种境界；把书越读越厚，举一反三，左右逢源，融进许多酸甜苦辣胡椒味精，山外青山楼外楼，这也是一种境界。从一本书读出另外一本书，甚至读出一个人来，这是读书的最高境界。

"读书破万卷，下笔如有神"说的是读与写的关系，"读万卷行万里，酌一杯题一诗"说的是读与行的关系，"不读天下书，未遍天下路，不可妄下雌黄"，则把读、行、言的关系扯清楚了。学以致用，学用一体。读书不用，是白读。不读而行，是盲动。深陷书境，不闻屋外风声雨声国事天下事，或者只顾离世千仞坐而论道，不经时济世，那才叫读书无用。《论语》曰"学而优则仕"，"仕而优则学"，这两句话论述了学习与进步的关系，其实，后半句所指远比前半句高明许多，尤其在当今社会。不读不行，不行不言，这是辩证唯物主义的方法论。

读书的胸怀

书是知识的产品、智慧的成果、文明的载体，是先进文化的风向仪。

读书是一种文明活动，是形成人文精神的前提和基础。读书的习惯与风气，读书的水准和精神，折射出一个民族、一个国家、一个社会的状态和前景。读书人的素质，决定一个国家的素质。

读自己的经典，是对本民族文化的认同和承继；读别人的经典，是对世界文明的包容和借鉴。以书为武器，强力摊派和扩张自己的文化，无异于文化强盗与流氓。一味崇洋媚外奉一切舶来品为圣经，与出卖国土和灵魂没有什么两样。古为今用，洋为中用，兼收并蓄，崇尚经典，在坚持自己中尊重多样性，在学习别人时保持独立性，这是明智的文化观。

书籍是文化的媒介和符号，文化是政治的前导和主体，以书为媒，可以扩大多样文明的相互融合与渗透，增进民族间的互相理解和认同，形成国家间的互相支持与合作，让不同肤色不同语言不同信仰的人民站在同样的文化舞台互相交流，让各具特色的文化经纬织成人类共同的文化锦绣，培育和丰富人类共同的精神家园。

德国有一座堪称世界上最大的流动图书馆——一艘已90高龄、名叫"祖洛斯"的客轮，至今仍畅游在各国港口城市。近30年来，这艘隶属于一家名为"人人读好书"的慈善机构的船，满载图书，沿途展销，所到之处都掀起一股买书、读书热。在尼日利亚，每天有8000多人排长队等几小时才能上船买书；在新加坡，一些读书人买到渴求已久的书时流下热泪；有人说，"祖洛斯"让一些从不认真读书的人也开始对书感兴趣了。"祖洛斯"送去的不仅仅是书籍，而是通向文明的阶梯和桥梁，是可供各国书友交流共享的平台。2005年7月，"祖洛斯"从战火中的黎巴嫩启航驶向第101个国家的文明之旅。以书为舟，以书会友，文明的碧波正滋养生机盎然的文化丛林。

书籍，是我们共同的母亲、人类文明的摇篮。读书，是历史长波上一只长长的桨。

高举起珞珈精神的旗帜

——致武大新闻学院之三十而立

敬爱的老师们，亲爱的同学们：

大家下午好！

前一段时间，石义彬老师打电话给我说，新闻学院成立 30 周年了，你能不能回来参加纪念活动。我说，好的，谢谢老师们的惦记。过了几天，我给罗以澄老师打电话——他是我的博导，一位德高望重、爱学生如孩子的教育家——我说，罗老师，石老师要我发言，我说点儿什么？罗老师说，你就讲讲你的求学经历和对武大的感受吧。刚才《湖北日报》总编辑蔡华东、中央人民广播电台副台长赵铁骑、河南省委宣传部副部长李宏伟等师兄讲得很好，他们的感受比我有说服力。

武汉大学是我的母校，但不是我的第一个大学。我第一次考上的是今天的武汉理工大学，学的是船舶无线电通讯专业。21 岁毕业，分配在中国长江航运集团武汉到上海的船上工作，一个航程15天，负责无线电通信导航工作，每天跟雷达、甚高频电话、收发报机打交道，工作和生活空间大概只有5平方米。当时还没有手机，唯一的公用电视机经常没有信号。没有一个女性，航行中偶尔见到莺飞草长的江边伫立着一位少女，船上几乎所有的望远镜都向那里聚焦。长年过着五面朝水、一面朝天的生活，长年过着饮风餐浪、寂寞单调的日子，长江上的夜晚那才叫黑，黑得让你不知道光亮在哪里，黑得能拧出墨汁来，让你知道夜有多重。有一部名著的名字叫《百年孤独》，特别像我当时的心情。我在长江航线工作的5年，让我品味了黑夜，咀嚼了孤独，现在还常常梦回长江，梦到我的船、我的出航命令，我的发报机、航标灯和摩尔斯信号，梦到长河落日圆的壮美，也让我爱上了文字。后来，想到《长江日报》求职，可一位编辑老师的话打碎了我的梦："我们报社只要武汉大学的。"也正是这一句话，激出我的"武大梦"——我开始认真备考，每天对着长江背英语，把从武汉到上海各大书店的新闻业务书籍都搜罗一遍，终于以第一名的成绩考上新闻系，比第二名高出60分。当时新闻系的书记、主任是吴高福老师，系里还有樊凡老师、汪华老师、刘俊昌老师……秦志希老师教舆论学和现代文学，胡武老师教编辑学，单波老师教比较新闻学，张昆老师教西方新闻史，张金海老师教中国文化史，姚曦老师教广告学，夏琼老师教采访学，徐志强老师教电影，李元授老师教交际学，胡欣老师是我的毕业论文指导老师，周茂君老师和饶德江老师教古代文学和古代汉语，李卓钧老师、李敬一老师、苏成雪老师给我们开讲座，跟我们打交道最多的是吕兵老师、吴爱军老师、强月新老师、程明老师，管我们成绩的是鲁秀梅老师、朱臻老师、陶光富老师，最帅最酷的是最早有钱买摩托车的傅平老师……还有许多老师，在这里没法一一提起，但学生我会记住你们。我曾经在一篇小文章中说，我本是千里之外大山之中的一条小溪，能够曲曲折折地流进大海，就知足了。武大是改变我命运之舟的海，新闻学院是鼓起我理想之帆的风，感谢母校，感谢新闻学院，感谢我的老师们！

但是感谢什么？在座的师弟师妹们现在可能不会想这个问题。离开母校，一切都靠自己去打拼，没有了宁静温馨而浪漫的港湾的庇护，就会思念母校。每年我都会悄悄地回来，桂园转转，枫园走走，912操场看看，图书馆瞅瞅，回到校园，精神的电池就会一格格地增长，心灵的绿荫就在一寸寸地长高。当然，珞珈山是一定要去的。不上珞珈山，就等于没有上武大，可是我在学校期间真的没有上过山。这个月初，我同宿舍的夏启发同学从深圳到北京看我，一同回忆武大生活，那时的我常常在熄灯之后还缩在被窝里就着蜡烛读书，读书的确是能够展示光明前景的，因为好几次迷迷糊糊之中觉得眼前光辉灿烂一片，睁开眼发现是蚊帐被烧着了，我的蚊帐左边角落一直是大补丁套着小补丁。你们千万不要模仿。睡我上铺的兄弟当时正在追你们的一位师姐，他不好意思去女生宿舍，总要我当电灯泡陪同，我背着个书包守在桂五的二楼转角看书，他候在女生宿舍胆怯地敲门，他俩啥时候下的楼我却不知道。武大几年我不但学完了新闻学的课程，还拿下了经济学的学位，选修了哲学系郭齐勇老师的中国古代哲学课程。没有上过珞珈山，成为我离开武大时的一个遗憾。几年以后我回到学校，住在珞珈山庄，偶然发现侧面有一条僻静的路，一直走一直走，竟然就上山了：密密的林子，厚厚的落叶，幽幽的光影，深深浅浅的坑洼，淡淡浓浓的意境，似乎刻意地藏掖着什么，又故意地展露着什么，诱惑我一直往上走，好像是一种古朴而醇香的浓厚气息，我不知道。

那就再说一点儿应该知道的吧。我想讲讲对四个人的理解。

就像过生日应该首先感谢我们的母亲一样，武大120周年校庆应该感谢湖广总督张之洞。作为晚清四大名臣之一，他是最重视教育的，他在给光绪皇帝关于筹办自强学堂的奏折中说："自强之道，以教育人才为先。"没有张之洞，就没有武汉大学。他主张实业救国，但也倡导兴学育才；他极力维护晚清摇摇欲坠的封建统治，但又主张变法，推进洋务运动，孙中山说他是"不言革命的大革命家"；他自视清高、居功自傲，但又夙夜在公、克勤克俭，心忧天下百姓、拯救黎民苍生；他一开始看不起孙中山、瞧不上梁启超，但很快放下架子、礼贤下士、胸怀大度。从总督大人身上，我们能读到"务实、创新、勤勉、大气、爱民"的精神。张之洞，是我说的第一个人。

与武大同一年诞生的，还有伟大领袖毛泽东。武汉是除湖南和北京之外，毛泽东到过次数最多、待的时间最长的地方，有40多次吧。毛泽东为什么喜欢武汉？是因为武汉有水。毛泽东的诗词里有很多"水"："万里长江横渡，极目楚天舒"，不仅有水，还有天；"红雨随心翻作浪，青山着意化为桥"，不仅有水，还有桥；"曾记否，到中流击水，浪遏飞舟"，不仅有水的气势，更有搏击风浪的气魄；"茫茫九派流中国，沉沉一线穿南北"，写的是长江，想的是天下；"钟山风雨起苍黄，百万雄师过大江"，不仅有长江，更有打过长江的决心。1949 年 3 月 25 日是被毛泽东称为"进京赶考"的第一天，这天凌晨，他乘火车进入北平，到达清华园站后改乘吉普车驶往颐和园。当时国民党特务密布，企图搞谋杀、爆炸活动，颐和园被清场。主席发现颐和园空无一人，大发雷霆："你们真蠢啊，把水排干了那个鱼还有什么安全？鱼离不开水，我们离不开人民！"后来主席还说："我们共产党人是鱼，人民群众是水，鱼离不开水，离开水就得渴死！"这就是毛泽东为什么喜欢水的深层次原因。从韶山冲的荷叶塘到洞庭湖、湘江，从长江、黄河到北戴河、中南海，主席从水中获得了力量，赢得了人民。安泰离不开大地，主席离不开水。主席尤其喜欢长江水，在 63 岁到 73 岁这十年间至少 4 次横渡长江。长江包容百川的开阔胸怀，一往无前的磅礴气势，滋养了毛泽东；在水中舒展，与风浪搏击，锻炼了毛泽东；水的至柔至刚、水的载舟覆舟，教育了毛泽东。毛泽东不但喜欢长江，还喜欢东湖，他每次来几乎都住在东湖，宾馆的对岸，是武汉大学。毛泽东一生只视察过两所大学，武汉大学是其一，正是在这里，他提出了"又红又专"，用现在的话来说就是"德才兼备"。纪念主席诞辰 120 周年，缅怀主席的丰功伟绩，应该继承毛泽东精神。主席的精神至少应该包含远大坚定的志向、心系人民的情怀、坚强勇敢的意志、开天辟地的豪迈这一组关键词。55年前的夏天，主席把他的足迹和精神留在了珞珈山，武大是不是应该为主席树一尊雕像？这是我要说的第二个人物。

由于历史和地理的原因，武大的湖北籍、湖南籍师生最多。武汉是中国文化的交汇点，屈原在附近行吟过，李白、崔颢在黄鹤楼上咏叹过，殷商的甲骨文就在隔壁展览，随州的曾侯乙编钟还依稀可辨，赤壁古战场的硝烟正在远去。北方游牧文明与南方农耕渔猎文明在这里交流，长江码头文化与楚汉市井文化在这里交融，中原文化、湖湘文化、荆楚文化、巴蜀文化在这里交锋，传统势力与革命力量在这里交战，中华文明与外来文化在这里论剑。这里是商家必争、兵家必争之地，政治必争、文化必争之地，必然形成一种独特的地域文化，珞珈山则是这种文化的制高点和观景台。所以毛泽东、周恩来、董必武、陈潭秋、陈独秀、辜鸿铭、竺可桢、李四光、闻一多、郁达夫、叶圣陶、郭沫若，甚至包括蒋介石等各路精英，都曾在武大登台亮相。中共一大13位代表中有9位湖北人、湖南人，其中有5位来自武汉大学，这是一个奇迹。这5人中最有代表性的当然是我们的老校长李达。今天，李达校长的深邃目光仍然从梅园半坡上那一片樟树林里出发，像火炬，照亮中国的道路和真理的方向。我想，探索真理的毅力与坚持真理的勇气，敢为天下先的实践胆识和决不盲从的理论品格，积极进步的人生追求和不怕牺牲的革命意志，应该是李达校长的精神内涵。这是我说的第三个人物。

接下来我想说说第四个人。我是在离开母校几年之后才回到老图书馆旁边拜谒闻一多先生的。那是一个残冬的下午，他安静得有些孤单，我惶惑得有点落寞。跨越半个多世纪的对视，我感受到先生那学者的严谨、歌者的热情、战士的勇猛，感受到先生身上那李白的浪漫、杜甫的忧思、屈原的风骨、文天祥的悲歌，感受到先生那对唯美的追求、对高尚的赞美、对黑暗的抨击，以及对国难民灾的深重忧虑。先生的《七子之歌》不光让澳门人眼含热泪，也让每一位中华儿女无不动容。先生在反动势力面前，是刀；在侵略者面前，是枪，但先生毕竟只是一位先生、一位诗人，曾经的武大文学院院长，他迎着黑暗的枪口冲上去，但很瘦弱，只有一支笔和一副眼镜。他在《最后一次演讲》中高呼完"人民的力量是要胜利的，真理是永远要胜利的"，便怆然倒下。敌人暗杀了他，他却用热血融化了那颗子弹。先生告诫我们说，"人家是说了再做，我是做了再说"，"人家说了也不一定做，我是做了也不一定说"。我想说，先生，您说得真好，做得更好。

从古代帝国梦到近代救国梦，从新中国的建国梦到改革开放的富国梦，再到今天实现民族复兴的强国梦，中国梦可谓一梦几千年。从张之洞总督到毛泽东主席，从李达校长到闻一多先生，他们都是中国梦的筑梦者、传承人。我想说，张之洞的精神、毛泽东的精神、李达的精神、闻一多的精神，加起来就是珞珈山精神，应该是"自强、弘毅、求是、拓新"校训的来源。这正是我在珞珈山的丛林中寻到的答案，是罗老师、石老师要我汇报的对武大的感受。

读历史书籍，每每看到"汉武帝"这三个字，总觉得这位开创了汉武盛世的伟大皇帝跟武汉、跟武汉大学有点儿什么关系，这种幻觉困扰了我好长时间。校门的牌坊上"国立武汉大学"六个字，从左往右读作"学大汉、武立国"，之所以被网上称为"中国最牛校门"，是因为它多少反映了中国人怀念汉武盛世、渴望富强的愿望，我认为，这个"武"不仅仅是武力的"武"，应该是武装的"武"，只有一个思想被力量武装、精神时刻在准备的民族才能强盛。后来，牌坊被移了地方，移走的是牌坊，移不走的是精神。关于武大的樱花，有人说是侵华日军带来的，也有人说是后来周总理送的。我觉得不必纠缠，一个能够把伤口描绘成鲜花的民族是不会被打败的。这就是一种精神。

如果要给我今天的发言起一个题目的话，就叫"致新闻学院之三十而立"，院庆纪念的是历史，立的是精神。要实现中国梦就必须学习，向大国学习、向强者学习、向敌人学习。大家为什么喜欢看美国大片？我到过好莱坞的一些拍摄现场，美国人可以很热情地跟你展示他们空中飞人、飙车追逐、飞机撞地是怎样拍出来的，但绝不会告诉你他们想说明什么。好莱坞是世界上最大的意识形态大本营、价值观念大工厂、文化产品大超市，它的制造加创造、技术加艺术只为突出一个主题：美国精神。2009年1月奥巴马就职演说的核心就是"重塑美国精神"。我专门到过位于纽约哈德孙河丛林里的美国西点军校，这个学校的经典法则之一就是它的校训：Duty、Honor、Country，这实际上是美国精神的浓缩。其实，《泰坦尼克号》《拯救大兵瑞恩》《空军一号》《阿甘正传》《2012》这些灾难片、战争片、反恐片、励志片就已经告诉了你好莱坞的答案，那就是塑造美国精神、宣传美国价值观。美国文化的扩张让这个世界不太平，但已经形成了一种强势。日本是一个让中国人感情最复杂的国家，地理的邻近与心理的疏远、文化的渊源与价值的差异、历史的旧恨与现实的新仇、政治的较量与经贸的密切，让我们爱恨交织、仇大于亲。汉字圈文化、天皇文化、武士道文化、西方引进文化杂交出的日本精神之强、之硬、之冷、之变，让这个世界不舒服，但它支撑了日本的发展。苏联精神曾让德国纳粹闻风丧胆，1941年的秋天，莫斯科保卫战进入最残酷阶段，苏联红军在红场举行盛大阅兵式，斯大林说："没有人，能够征服诞生了普希金、柴可夫斯基的民族。"高尔基笔下的母亲、卫国战争最著名的女英雄卓娅、奥斯特洛夫斯基笔下的保尔·柯察金，曾对中国产生了深远影响。随着苏联的解体和苏共的下台，苏联精神灰飞烟灭。但今天的普金正在重建俄罗斯精神，他的雄心壮志让这个世界不敢小看。这三个国家的精神，中国不能不面对。我们也是一个精神富有的国家，中国古代史上改造自然的奋斗精神、忧国忧民的爱国精神、英勇无畏的反抗精神、天人合一的和谐精神、完整统一的团结精神、不断探索的科学精神，中国近代史上救亡图存、民族振兴的精神，中国现当代史上的五四精神、井冈山精神、长征精神、延安精神、抗战精神、红岩精神、西柏坡精神等革命精神，铁人精神、雷锋精神、焦裕禄精神、两弹一星精神、九八抗洪精神、载人航天精神、抗震救灾精神、北京奥运精神、民族复兴的圆梦精神等建设精神，既一脉相承，又各有精彩，都是中国精神的绚丽篇章。有人说，当今中国理想远去、信仰缺失、信念动摇、精神崩溃、道德沦丧，我不同意这种自暴自弃的窃窃私语，局部不等于全部，个体不等于整体，现象不代表本质，要看到随着中国经济社会的发展、思想道德建设的加强，尤其是十八大以来中央的率先垂范，中国社会正"多云转晴"。马克思主义为指导思想的中国高度，中国特色社会主义的中国制度，经济又好又快发展的中国速度，以南水北调、西气东输、三峡工程、高速铁路为代表的中国跨度，以天河计算机精确计算、天宫一号精准对接为标志的中国精度，中华文明和优秀文化所体现的中国厚度，以先进人物、道德模范为代表的中国温度，以航空母舰、歼十飞机、核潜艇等军事实力为代表的中国强度，在国际舞台运筹帷幄的中国风度，我们党从严治党、加强自身建设的中国力度，这是中国梦的"十度空间"。它告诉我们，中国梦不是南柯一梦，不是空中楼阁，不是海市蜃楼、不是太虚幻境，它有坚实的基础，这个基础要靠中国精神来支撑。

新闻是政治的前沿、思想的阵地和文化的舞台，是国家的声音、社会的画面和民族的发言，是历史的引题导语、时代的新闻联播和未来的节目预告，新闻人应该承担更多的责任和使命。记者是一份很光荣的职业，能参与和见证许多影响中国乃至世界历史的进程，是精神的引领者和灵魂的建设者，责任重于泰山。记者，应该是满腔热忱的歌唱者和训练有素的质疑者。如果缺乏对美好事物的欣赏和热情，缺乏对新闻理想的坚守，我们的笔尖就没有温度；如果缺乏对事物本质与真相的探究，我们的笔下就没有力度，但这种观察必须真实、全面、准确、客观。温度，从心里出发，质疑，从眼睛开始。这是一种职业素养、一种社会责任、一种政治担当。

由于工作的原因，我有幸组织和策划过神舟号系列发射任务、"5·12"汶川特大地震、北京奥运会、新中国成立60周年庆典阅兵式、建党90周年等重大活动和事件的现场报道，组织过任长霞、许振超、吴仁宝、袁隆平等先进人物的采访，走过最惊险的滇藏线进入西藏，到过祖国的最南端、南海的曾母暗沙，去过抗洪抢险、抗震救灾、突发事件第一现场，每一次采访我感触最深的，是新闻背后一种凝结民族特色和时代特点的人文精神。我在英国的威斯敏斯特大学进门的墙上见过一份长长的名单，那是历次战争中阵亡学生的名字，他们改写了英国的历史，是这个学校的财富和荣光。珞珈山是中国近现代史上的一个标点，辛亥革命、五四运动、抗日战争、解放战争，改革开放和现代化建设进程中，都有武大的壮烈与荣光，也有长长的名单。我们不求名利，但求利民、为民。院以人立，人以神立，武大新闻学院的学生将是时代之翘楚、国家之栋材、民族之脊梁，理当高举起珞珈山精神的旗帜，加入中国精神的方阵，奋力前行。

再一次感谢母校、感谢新闻学院的邀请，更感谢老师同学们今天耐心的倾听，我想告诉央视今天来的同学们：我很幸福！最后，祝贺新闻学院盛世华诞！祝愿新闻学院再上高楼！祝福老师和同学们一切都好！

谢谢大家！

2013 年 11 月 29 日　武汉大学新闻学院 30 周年院庆

不能忘却的记忆

人们常说，地球是生命的摇篮。但这一次，这个摇篮轻轻地一摇，却让无数条生命转瞬即逝。

"5·12"汶川特大地震带给亲历者、目击者那种心灵的震撼，是难以言表的。

地震一发生，我奉命赶赴灾区前方指挥部工作。在成都、绵阳、德阳、阿坝辖区的都江堰、彭州、绵竹、广汉、北川、汶川、平武、安县、江油、什邡、青川等地整整奔波了半个月。之前，除了两次经蜀道前往西藏，我并没有真正到过四川。

废墟瓦砾遍布城镇乡村，避难的帐篷随处可见。惊恐和焦虑的目光慌乱地碰撞，逃难的步履急急匆匆……

山河破碎，满目疮痍，血色腥风泪雨，这竟是美若仙子的天府之国给我的第一印象，残酷得让我有点猝不及防。

如花的妖娆凋零，如歌的缠绵呜咽。我想抚理难中仙女那凌乱的发和悲戚的容颜，但惶恐无措，只有满腹的哀怜和阵阵的心痛，让我不得不躬身贴近她那破碎的脸。

一

车出都江堰，向汶川方向驶去。

都汶公路溯岷江而行，是317国道的一段，也是从成都前往九寨沟、四姑娘山、大熊猫栖息地卧龙自然保护区唯一的通道。一直走到底，是美丽的西藏。

车一上路，我的心就被揪紧。确切地说，这已不成为路，而是被切割成无数截的断头路，像数学概念中的线段。

道路两旁，到处是白惨惨的瓦砾、滚落的泥石和被砸烂的车辆；多处路段被堵塞，或突然被截断，垮落到山脚；运动中的车辆或被山体吞噬，或一头坠入深渊，踪影杳无，拯救生命的通道一次次被阻断……日均车流量上万的这条路，被山体掩埋和滚石砸中的车辆有多少，没有人知道，只感觉一路上哀鸿遍野，每一步都有生命在悲号哭泣。两山合二为一，或者二分为三，山崩地啸裹挟着村庄和性命倾泻而下，势如拔岳掩城，不可阻挡。自然剧变就在人的眼皮底下顷刻间完成，惊得人瞠目结舌，恍若地球末日将至。

灾难的场面留在眼底，那飞扬的惊尘和尖厉的啸声刻在了我的脑海，拂之不去。

岷江奔腾而下，进入阿坝州后咆哮西折，出汶川一路南下，安静地走了一程突然拐弯，留恋地回望都汶公路旁，一位葱郁秀美的姑娘。这位姑娘的名字，叫映秀。映秀镇因不幸成为震中而举世闻名，全镇人口一万多人，生还者仅2300人。

映秀之路难于上青天。头顶有山石滚落、脚下是悬崖和湍流，路面坑洼不平，随时有塌陷的危险。三次被迫折回，我们终于从没有路的江边泥滩冲了过去，岷江惊涛袭打着我的车窗，不知道哪一只轮子会陷进泥淖。越野车左绕右避，骤停骤奔，颠簸摇晃得像汪洋中的一条船。路旁江边坡上随处可见被山石砸扁的车辆，那血肉迸飞的惨烈场景想起来让人心惊肉跳。百花高架桥被强震折成几节麻花，倒卧在泥石流中呻吟。一方足有三层楼高的巨石倒立在路边，像一个巨大的惊叹号，我不知道它当时是以怎样的雷霆万钧之力从山上呼啸而下的，是否粉碎了无辜的生命，直看得人毛骨悚然。

我感觉生命随时有不保之危，一股悲壮之情和英雄之气油然而生。令人心惊胆跳的颠簸中，我深刻地感受着自然破坏力对人类的戕害；穷尽词海，难以准确形容我心情的沉重，只有苍凉和悲戚弥漫我的胸腔……

我们终于抵达映秀镇，这里已经没有一座完整的建筑，滚石泥流封死了一切出口，幸存者全部被转移到平地，幢幢深蓝色的帐篷择地而建，宛如废墟上开放的朵朵生命之花。山腰上，有人在挖坑填埋尸体，能听得见哀婉的抽泣。直升机只能在河床浅滩处垂直起降，救援器械和物资正通过空中通道源源不断地送到这里。几台推土机、铲车正紧张地清除路上的障碍。路是映秀的生命，不通道路的映秀是凋零枯萎的花儿。

半个月来，我乘坐军用直升机沿龙门山断裂带攀升、爬高、俯冲，一次次飞过成都、都江堰、绵阳、德阳，在绵竹、北川、汶川、青川上空盘旋降落。透过舷窗，我长时间地凝视苍山翠海深峡，有一种深深的感动。无论山多么高、多么陡，总有三两乡村山寨，甚至一两间孤独的茅舍，那么固执、那么生动地深居其间。只要有一两抔黄土，能种几株庄稼，就有老农荷锄而行，就有梯田如画，开满希望的花儿。永远不知道陋室的主人们姓甚名谁，也不知道田地的收成几何，只知道他们甘愿一代又一代地坚守在这崇山峻岭，自成风景一百年。

只有羊肠小道若隐若现欲断还续，不知从哪里来，也不知向何方去，像仙女随手扔在苍山绿丛中的丝带。像经脉，蚓蜷蛇行；像绳结，回肠百转。山路连村串户，穿石破林，翻山越岭，或剑指山顶，或如蛇潜行，或蹁跹崖边。再高的岭，也能翻过去，再深的坳，也能探进去，没有延伸不到的角落。千年万年，曲而不折，从容不改。

不管多么崎岖，这些蜿蜒的山路，总能搭上村道、乡道、省道、国道，接连集市通都大邑，甚至走向遥远的北京、上海、深圳，乃至海外。就在一次航班上，我的邻座是一群刚从阿联酋打工合同期满返回大巴山深处的农民兄弟。我感叹于天堑蜀道的坚韧毅力，更敬佩生活砥砺下的人们，那笋尖破土一般的顽强意志。

"只要人在"，总理说。

是的，只要有人，就会有路；只要人在，路总会走出来的。

我坚信。

二

强震只用了十多秒钟，便在光天化日之下摧毁和埋葬了一座有着 1400 多年历史的城。

这座城的名字叫北川。

那一刻，滑坡山体和滚石，如雷阵雨脚，疾风暴雨般砸向这弹丸谷底。

那一刻，不少行驶着的汽车被砸上天，落挂在被巨石压斜的树干上，残骸里渗出一注注、一滴滴殷红的血。

那一刻，猛兽出笼般的滚石阵破墙入户，瘆人的裂缝穿山破路，无数的建筑被解构捣碎，蛛网般的裂痕像雨夜的雷电，那么深刻、醒目，令人心悚。

那一刻，肉成饼、血飞溅，近2万人的生命在瞬间被蒸发，人声鼎沸的闹市顿成死亡之谷。

…………

那一刻，城市的生动和生命的灵动骤然归零。那场景之惨烈，令好莱坞大片黯然失色。

幸存的生命，带着伤痛，没有言语、没有表情，仓皇逃离这恐怖地带。

冒着余震的威胁，我穿过没有路的滚石阵，进入这个已然被夷为废墟的空城。湔江依旧清澈，吊桥还能走人，但所有路面都已断裂，所有房屋都已垮塌，所有的建筑下都埋着尸体，腐味难闻。我在长街独自徘徊，想象着这死一般寂静的前夕，那山崩地裂的骇人情景和生灵涂炭的惨烈场景。总感觉背后有阵阵寒风袭来，回转身，却只有空影憧憧。

羌笛哀婉依稀，为羌寨的倒毁而呜咽，为羌族文化专家的集体罹难奏起挽歌。相当于上千颗原子弹爆炸当量的造山运动，把千万年生成的人类文明成果碎为粉齑，竟易如捻指、疾如旋风。要想把这一地碎片拾掇起来，重新构架，却要穿越相当艰难而漫长的时光隧道。

若不是当地干部指点，我真的看不出那竟是一座猝然间吞噬上万条生命的山体——草丛仍然苍翠欲滴，树木照样耸立如镞，时空停滞，纹丝不动，好像什么也没有发生。只有滑坡形成的裸露，像张开的血盆大口，又像皲裂的伤处，警醒我她的残忍和伤痛。我抬眼望山，原本浓密的植被稀疏了，像被篦子梳过一遍，又像被无数条黄色飞瀑冲刷，岩体崖骨裸露，衣不蔽体。无边的青山被剃成秃顶，连鹰都歇不住脚。

在北川县城废墟上，我度过了"5·19"全国哀悼日那最漫长的3分钟。山谷间汽笛回响，我恍然听到了隔世的生命时钟在嘀嗒作响，听到了亡灵缥缈的游动和惜别，听到了生命的挣扎和集结，一同积聚和升腾的，还有生命的尊严和力量。

同样剧烈的造山运动也发生在北川县城上游的唐家山。巨大滑坡体把地表的第一层撞击到河谷对岸，把第二层铲起填塞在河道中央，然后以排山倒海之势裹挟着一个几百人的村庄，转瞬之间就沉在河床左侧底部——下游迅速断流干涸，上游水位急剧抬高，堰塞湖水很快淹没了村庄，浸泡了本已松软的山体，冲击着并不牢固的堰塞体。一旦溃坝，下游几十万生命难逃灭顶之灾。

驻足唐家山堰塞湖坝上，很难想象那一汪平静如镜、清波不兴的湖水，曾有过怎样的惊涛骇浪！

直升机沿河谷超低空飞行，让我获得了一个居高临下、俯视苍生的角度。鸟瞰被地震解构了筋骨的龙门山脉，失去了血色的城镇乡村，目睹锦绣山川被魔掌拂拭过后的憔悴，我惊讶得沉默无语，在心底一遍遍地描摹着她曾经的秀美，想象着千万年前的沧海和万千年后的桑田。

冥想之中，我发现舱外有一种油画般的效果，脑海里迅速叠演、切换着几幅著名油画：16世纪荷兰勃鲁盖尔的作品《死神的胜利》，法国菲利普·卢泰尔堡19世纪初的作品《阿尔卑斯山的雪崩》，以及17世纪意大利萨尔瓦托·罗萨的作品《战场》，一样磅礴的场面透着一样的悲壮、惨烈与苍凉，都是人与灾难抗争的主题。

我想，我们也应该有一幅巨型油画来纪念这场人类罕见的震灾，名字就叫《灾后》或者《5·12》。

底色血红，苍茫一片。

三

苍山如海茫茫无边，人如蝼蚁渺若微尘。我祈望废墟中的每一个生命都能一息尚存，每一位兄弟姐妹都能倔强地活下来、爬出来、站起来，我祈祷哪怕是一个弱小如草芥的生命，都能长满绿色的阔叶。

有一双失去血色的脚，倒埋在一处废墟上，主人的身份无法推测。在铲土车突突的轰鸣中，我呆若木鸡，凝视良久，悲哀让我的相机在战栗。不远处，救援人员和搜救犬发现了几米深处的生命，似乎还有艰难的对话；在北川县城一处废墟，救援队伍掏出几层洞，急切呼唤和奋力抢救着残存的生命。

但最终，这几处都失去了生命的欢呼。作为现场目击者，我永远怀着深深的无能为力的悲哀，深深的无以排解的愧疚。

把幸福与苦难、得志与烦恼、富贵与贫贱，爱恨情仇、损益得失一股脑儿打包埋进地震废墟，这就是大自然处理人类社会复杂关系的最简单又最残忍的方式么？

千万年来，人活着是为了什么？为什么每一个无论是尊贵还是卑微的生命，都想顽强地活着，总是充满生的渴望，期待总有一天的精彩甚至奇迹，无论这种希望是否渺茫？面对一个个逝去和幸存的生命，我一遍遍地默念这人类已叩问过千万遍的话题。

回答我的，只有两个字：活着！

是的，活着，比什么都好，尽管死是永恒的而活着是暂时的，并不完美的人生总有瞬间的完美片断。这是对生活全部内涵的提炼和词义的回归，求生的本能使人在灾难面前爆发出巨大的抗争力。

72小时以内是黄金救援期，但有许多幸存者越过了这生命的横杆，106小时，152小时，196小时……生命奇迹的记录一再被刷新。什邡市红白镇一个妇女靠着一个苹果和吃地上的野草、蚯蚓，喝自己的体液，硬是支撑了216个小时后被救出。

无法想象，他们是怎样度秒如年、翻过那生命之坎的。时间刻度，成了生命力的计量标准。在与自然的抗争中，他们都是英雄，都是金牌得主。

更让我感动的，是灾难中的孩子们。

映秀小学一位10岁小姑娘埋在废墟100多小时后被救出来，这样一个弱小如小草般的生命该有多么超强的韧性！一个小男孩逃出废墟，在险象环生的山道上边哭边走了6个多小时，赤脚走到绵阳，这孩子才只有5岁！一名11岁的小男孩背着3岁的妹妹逃出废墟，在余震不断的大山里走了12个小时到达安置点。北川中学一名中学生为了女同学一句"你是男子汉，言必信，行必果"的承诺，用血肉模糊的双手刨了十多个小时，成功地救出这位女生。一位被压埋在废墟的 9 岁男孩，靠啃课桌角充饥，靠唱国歌振作精神，那微弱的童声迸发出的铿锵音符，让我感受到歌声的重量！

地震灾难，使 9 岁的林浩成了最亮的小明星。受伤的他从废墟中背出两位同学，交给校长，拍了拍满是灰尘的小手，整了整撕破的衣衫，抱着受伤的胳膊，沿着山路走了 7 个多小时到都江堰，去找爸爸了。见到爸爸，这个坚强的毛孩子号啕大哭起来，哭出了一个孩子的恐惧、委屈、真实，以及全部的成就！在全国抗震救灾英雄少年颁奖晚会上，在北京奥运会开幕式上，我屡次见到这个小不点儿，那顽皮天真的童稚里，透着英雄的豪气。

地震发生后，不少逃生的孩子又疯狂地冲回学校——那里埋压着他们的老师、同学、伙伴、铁哥们儿、"狐朋狗友"。他们刨着、挖着，哭着、喊着，嫩弱的臂膀救出了一条条生命！这是人之初性本善的自然萌动，是人性的光辉和生命的光芒最本色的绽放，是思想道德教育的力量在做一次没有发令枪声的集合和凝聚！

我两次驻足北川中学废墟，那满地的书包、文具、课本、鞋让人心痛欲碎；那一只只停止了舞动的手，是他们带着万般向往与眷恋，向世界、向亲人做最后的挥别。在平武县平通镇中学废墟上，我拾起几本被砸烂的作业和日记，作永久的纪念。一位女孩儿在日记里写道："有些愿望，只能用心实现，真正的幸福，只能在心中找到。"孩子们去了，带着对生活的梦想，像一只只美丽的花蝶儿，翩翩西去……

走进青川一处帐篷学校课堂，听着劫后余生的孩子们那一阵阵依然琅琅如昔的诵读声，看着那一张张惊恐未褪的脸，那一双双充满清纯童真依然懵懂无知的眼，怜惜和敬畏之心油然而生。他们比我富有，永远是我人生的老师。

在绵阳火车站，我们赶去为一列即将发往外地的伤病员专列送行。望着车厢里缺胳膊少腿的伤残孩子们依然天真烂漫如鸟雀啁啾，我潸然泪下，不知道劫后逢生的孩子们今后的人生之路是否平坦，心理世界能否没有残缺，生活的天空里会不会有忧伤的云？

返回北京后，我参加了对抗震救灾英雄少年的评选宣传活动。捧读50位英雄少年的事迹，在感受灾难残酷的同时，我心生虔诚，灵魂受到的冲击远远甚于来自大自然破坏力的震撼。尽管有人不提倡鼓励未成年孩子们的冒险行为，但我认为，在这场突如其来、无可逃避的灾难中，孩子们展开的自救与互救行动是完全必要和值得肯定的，他们同样是英雄。

不能否认，我们国民教育中灾难教育和忧患意识的缺失，影视剧中灾难、危机题材的缺乏。汶川特大地震让孩子们补了一课，他们在无法选择中承受了灾难，在惊恐万状中学会了求生，学会了救生，学会了与死神争夺生命！这些追逐时尚、追捧超女的80后、90后们从废墟中雄起，让我们感动和振奋。

自然铁律常常让人类肃然起敬。一条条鲜活的生命在悲怆中逝去，一个个勇敢的生命却在废墟上诞生。一位妇产科大夫在地震发生后的6天里，亲手接下了36个新生儿，不知道当排成一列哭成一团的孩子们显示生命存在的时候，人们是不是对这些弱小生命心怀敬畏？北川县城一位出生才4个小时的婴儿仓促中被一大群人从三楼抛下接住，成为最小的地震亲历者和幸存者。我想，人们接住的，应该是生命的接力棒，是希望的种子。

逝者长已，生生不息。没有什么能够打败一个从泪水和血泊中哽咽着站起来的民族，没有什么能够遮挡住一双揉去蒙尘依然远眺的泪眼，没有什么能够折断一根从匍匐中还能挺起的有韧性的脊梁，没有什么能够阻挡一个泱泱大国朝既定目标迈进的坚定脚步。"5·12"不过是一个民族一次艰难的呼吸，大灾难检阅了一个民族的心灵史，把苦难、死亡、毁灭、痛苦，熔进精神、意志、理想、信念的重构，浴火重生，铸成新的民族心理和品格。

四

地震无情，却考验了人间的爱情。

在四川的日子里，打开当地的报纸、电台、电视、网络，到处是寻亲信息，丈夫寻妻儿，妻子找丈夫，兄弟呼姐妹，子女唤父母，字字情切心急，声声泣血带泪。

死亡之海爱舟荡漾，恐怖地带玫瑰铺路。一路上看到、听到、说到最多的，是无须加工的感人故事，而爱是永恒的主题。一桩桩平常无奇、毫无关联的巧合，串成一部人间悲喜剧，封面是失色的太阳，封底是黑色的白昼，无数活着或者逝去的人，用粗壮的、纤细的、苍老的、嫩弱的手，共同握笔，蘸满泪雨、腥风、热血，以狂草体在巴山蜀水天地间题写了书名——一个大写的"爱"字。

那天中午，一位可爱的女孩专程从成都赶往北川，与心爱的男友约会，正遇地震发生，两人用生命践行了生死相守的爱的诺言……

那天中午，一位在外打工多日的丈夫刚刚回到妻子身边……

那天中午，一位娱乐城的打工妹到邮局，给在家乡读书的心上人寄走生活费……

爱的切片，让人体察到生活的美好；爱的定格，让人感受了悲剧的力量。普通的生命，一样能上演辉煌的主题，一样能把真情故事演绎得有声有色无须修饰。

人们从一处医院废墟里挖出一对老人，老头儿已死，但怀里紧紧抱住的老太太却活下来了。从老头儿只穿了条短裤衩来看，他应该是病号，当时可能正躺在床上。

在汶川绵池镇，人们终于撬开一块从山上飞滚而下的大石头，顿时惊呆了——一对夫妇紧紧相拥在一起，男子呈弓状护着女子，而女子紧紧抱住男子，尸身竟然难以分开，人们只好小心翼翼地呵护着这爱的姿势，将他们一同入土。

一位26岁的小伙子被预制板压埋70多个小时，救援在艰难地进行。有人问他想对妻子说点儿什么，他说，这辈子没有太大奢望，只想和妻子和和睦睦过日子。令人遗憾的是，被救出放在担架上的他，却一会儿就断了气。享受爱情，这是他最后的遗愿。

一位水电工程师被压埋时，距33岁生日只差3天。昏迷中，他听到一个熟悉的声音在唱一首熟悉的歌："阿门阿前一棵葡萄树，阿树阿上两只黄鹂鸟……"啊？那是他的亲密爱人黄丽！她冒着余震的威胁，几天几夜地蹲在废墟边，不停地用带着哭腔的歌声，轻唤她的知心爱人。"我一生都会记住这首歌……"，80小时后获救的他，流着泪说。

一位丈夫终于找到掩埋妻子的废墟，他一边拼命地刨挖，一边声泪俱下地呼唤，压埋在几重废墟之下的妻子依稀听到丈夫的声音，激起求生的欲望，凭着爱的力量，她坚强地支撑下来。事后，她幸福地说，我知道他会来救我的！

人们庆幸这生命的奇迹，赞美这爱的力量！

灾难发生的瞬间，她被丈夫紧紧地护在胳膊下，而抱住她的丈夫正一点一点地死去。"让……孩子走……正路"，丈夫临终前喃喃相嘱。为了这句话，她顽强地活着，渴了，她喝自己的体液，一遍、两遍；饿了，喝自己的血，愣是用砖头砸断了被预制板压住的右小腿。

那一天，注定要发生许多故事，让人肝肠寸断。

那天中午，年轻的妻子从兴隆镇去汉旺镇给手机充值，丈夫把她送到公路上搭车。地震发生后，丈夫骑上摩托车发疯般地冲向汉旺镇，终于在两块预制板之间的夹缝里，看到了自己心爱的妻子！可是一切都晚了。他抱起亡妻，用粗糙的手揩净她满脸的尘土，理顺她蓬乱的头发，穿上她最喜爱的衣服，伤痛欲绝地说："我带你回家！"人们帮他把妻子抬上摩托车后座，用绳子紧紧绑在一起——她双手交叉抱住他的腰，把脸贴在他的背上——这是一个坚持了22年的姿势！从21岁那年两人恋爱起，从汉旺到兴隆不知道一同走了多少回，先是骑自行车，后来骑摩托车，每次她都是这一个动作。就这样，他们往家的方向驶去……再卑微的草民也有伟大的爱情，再老实巴交的农民也有惊人的创意，他以这种令人伤感的方式，完成了一对中国农民夫妻最后的恩爱，举行了一个中国男人对爱的祭悼，也表达了他对爱的忠贞。

爱不一定能起死回生，但肯定能走向永恒。一位丈夫执信自己的妻子被埋在某处，硬是用手刨了90个小时，终于挖出已经了无生命迹象的妻子。生死不弃，上苍为证，对得起天地良心。在教室即将垮塌的危急时刻，一位女教师正在紧张而镇定地指挥学生逃生，一块预制板击中了她，头发被死死压住不得动弹，她拼尽最后的力气，褪下手上两枚戒指、一只手镯，委托一息尚存的学生，转送她的丈夫，作生命最后的交代……

当这一组组慢镜头掠过我的脑海，我的心境如夜海空蒙，上空回旋着一曲旋律——被称为世界哀乐的电影《泰坦尼克号》主题曲《我心依旧》，凄婉、悲怆、缠绵得让人心碎，那是爱的呜咽，让我感受到圣洁与崇高。

五

与爱情一同被考验的，还有亲情，同样的刻骨铭心。

我听说，一位只有十多岁的男孩子哭喊着发疯似的用双手在自家废墟上挖掘，终于救出自己的姐姐……

我听说，一位父亲赶到压埋女儿的废墟前，一遍一遍地唤着女儿的名字，就是靠着这种亲情的呼唤，女儿坚持了25个小时之后被救出来……

我听说，一位年轻妈妈最后的动作，是把乳头塞进了怀中乳儿的嘴里……

我听说，一位遇难母亲最后的动作，是割断自己的静脉，让殷红的血流进孩子的口里……

我听说，有一对母女，女儿是老师，为救孩子们，牺牲了。不远处，她的母亲被压在楼板下，施救难度极大。不知道女儿已经不在人世的母亲趁人不注意，选择了割腕自杀，她说，我知道，我救不出来了，你们快去救我女儿吧……

每一位救援人员都能讲出许多类似的故事。讲述时，他们的表情木木的，目光直直的，满脸的土，被悄然滑落的泪线刷成一道一道的。

一位中年妇女在地震中失去了女儿，瘦弱的她从废墟中抢出儿子，一口气背了37里路赶到平通镇安置点。我问她为什么这么长距离没有放下孩子歇一歇脚，这位朴实、木讷的农妇只说了一句话："娃儿是我的命。"

在艰险崎岖的山道上，一大群逃命的人中，一对夫妇怀里紧紧抱着一个用白布裹住的婴儿——孩子显然已经没有了生命，但年轻的妈妈好像还在喃喃自语："宝贝儿，我们回家……"

网上流传着这样一幅让许多网友落泪的照片——一位干瘦的老农艰难地跋涉在山径，他的背上，是他那已经死去的儿子，儿子身材显然比父亲高大，背着很吃力，儿子的双脚只能拖在地上。旁边跟着的，是儿子的母亲。他们行进的方向，是家。

一位母亲在地震中永远失去了她17岁的儿子。那天，她从废墟中刨出已经咽气的孩子，悲痛欲绝地摇着、喊着仿佛睡去的，满身满脸都是血痕灰尘的孩子，可那个生龙活虎蹦蹦跳跳、总跟她嬉皮笑脸称兄道弟，一边读书一边打零工挣钱养妈妈的儿子一点儿反应都没有。人死不能复生，绝望的妈妈恢复了平静，"娃儿，你走了，妈妈很痛苦，但这是事实……希望下辈子你还做妈的儿子，和现在的你长得一模一样，我们还做一家人……"。

母丧子，万千伤痛无以排解，自知即将告别人世的孩子对父母何尝不是万千眷念和牵挂。一名中学生命殒废墟，人们发现孩子手里捏着一张纸，是一封用木棍划在白纸上的遗书："……爸爸妈妈对不起，儿先走了，愿你们一定保重。"可以想见，在生命的最后时刻，孩子割舍不下的，是生他养他恩重如山的父母。我想起，当年俄罗斯"库尔斯克"号失事潜艇被打捞出来后，人们发现了某位士兵在狭小窒息的空间，刻在潜艇内壁上的那一行留给亲人的遗言。

我读过这样一封信，是孩子写给远去天堂的母亲的。地震发生后一直没有妈妈的任何消息，读大学的儿子思母心切，悲痛难忍，在当志愿者的间隙给妈妈写信，一封又一封，回忆儿时起母爱的点点滴滴，字字泣血，行行淌泪，全都是伤痛的心、揉碎的爱，"妈妈，去天堂的人好多……如果有来生，我们一家人还要在一起……"。

有这样一条新闻，引起人们的注意：一位年轻的母亲死了，她双膝跪地，两手向前匍匐，弓起的身子下面有一个三四个月大的孩子，活着。救援人员发现，被救孩子的被子里塞了一部手机，里面存留了一条短信——"亲爱的宝贝，如果你能活着，一定要记住我爱你！"眷眷之心，让人感泣。尽管有人质疑其实，但我宁信其真。我相信，在生命的最后时光，许多人想到的是自己最亲最近最心爱的人，像这样没有被发现的爱的遗言不知道还有多少！

生离死别，阴阳两隔，灾难总是用痛苦考验爱情亲情，也考验着超越情感的大爱。

还有什么比眼睁睁地看着自己的亲人逝去更悲伤的呢？一位警察带领师生奋力施救，一双双血手挖出了30多名孩子，他突然听到了儿子在废墟里痛苦地呼救，泪汗满面的父亲拼命地刨挖瓦砾，甚至已经看到了被卡在两块预制板之间的儿子，但身边的孩子都需要救援，一个比一个危急，一个，两个，三个……等到他腾出手时，命若游丝的儿子对警察爸爸只留下最后一句话："……爸爸，救我……"

在教室垮塌下沉的刹那间，许多老师俯身张臂死死护住学生，有的孩子因此而获救——这是一个让人感动的姿势，是他们向这个世界道别的姿势，是职业的姿势，更是大义大爱的姿势。谭千秋、向丽、瞿万容、张米亚……他们以同一个姿势倒下，如天使之翼，护佑着孩子们，在另一个天空翱翔。

老师们舍生忘死救学生，孩子们也勇敢无畏救老师。一名中学生在冲出教室门口的一刹那停住了——他猛然间看到他的身后，是已有6个月身孕的班主任。男孩子毅然挺立在门口，用他那还稚嫩的臂膀撑开已经严重变形变窄的门框，让老师从自己腋下钻过去!

人间遭遇,天地动容,真情无价,感天动地,也感染了人类的朋友。一条狗长时间地蹲在废墟上,不停地舔舐一位昏迷不醒的老妇的唇齿,濡之以沫。被义犬滋润了的老人苏醒过来,平添了生存的信念和力量,坚持到了最后。在废墟现场,我看到许多训练有素的搜救犬发狂般地四处寻找,那憨态和急迫让人感动。一条搜救犬一连救出32人,却不幸被坍塌的残楼压倒,壮烈殉职,义感人间。

像这样的故事,不知道被埋葬了多少,也不知道被忽略了多少,感动已成为一种常态。

无数条焦急的短信发往同一个永远不可能接收的终端,所有的耳朵倾听着来自同一个地方的声音,所有的血液流向同一根血脉,所有的镜头对准同一个目标。

党中央一声令下,全国军民紧急行动。13万兵力迅速向祖国的西南方向大规模集结,不远千里紧急驰援,大雨泥泞中拼死冲锋,5000米高处冒险空降,奋力打通生命通道,不分昼夜紧急搜救,身背炸药前往堰塞湖限时到达……直升机、民航飞机高密度地飞往灾区,物资专列、军用专列车轮飞驰,满载救援物资的汽车排起长龙不见首尾,起重车、铲土车、掘进机、推土机夜以继日,冲锋舟一次次向被困孤岛进发……

爱民如子、敬民如父的共和国最高领导人，在灾区一线急切地奔走，指挥抗震救灾，慰问人民群众。

我看到一张满是焦虑和痛心的脸，那是总书记。他冒着危险来到现场，俯身蹲在自己老百姓的身边，凝重的脸上流露出平时不容易见到的表情，其情之真、其心之痛、其爱之切，溢于言表。

我看到一双充满关切和怜爱的眼，那是总理。他弓身废墟前，深情地凝视那一件件孩子们的遗物，一手提起孩子的旅游鞋，一手拎起满是尘土的书包，泪水濡湿了他的眼圈。

深爱无底、大爱无涯。一颗颗闪耀着人道主义光芒的滚烫爱心，从四面八方、海内海外汇向灾区，爱河涌动，蔚为壮观。

走进被层层爱心呵护的北川中学，我不敢刺激他们的记忆。每一个孩子都是一个泪包，一触即溃，每一群孩子都有太多的伤痛，随时会哭成一片。毕业班的同学们紧紧相拥，不愿分离，同窗之情、生死之交，是泪水把他们的心黏合在一起。他们珍惜幸存，痛悼亡友，破碎的心灵相互修补和慰藉，一夜之间都长大了。一个班有50多个孩子永远地走了，幸存的同学在一件被汗渍浸黄的白色T恤衫上写满了全班同学的名字……

从四川回来，我一直情绪不扬，闷闷地不想说话，灾区的那一幕幕总是挥之不去。几天后，正逢六一儿童节，那天早起上班，打开车载收音机，听到童声合唱《让我们荡起双桨》，忽然感觉连日来积蓄的情感找到了一个奔泻的闸口，灾区罹难和受伤的孩子们与北京城里幸福生活的孩子们的画面在我脑海里迅速交替、切换、对比，眼泪竟一涌而出，横流恣肆……

我得写点什么，但工作极度繁忙，迟迟难以成稿。当我整理这些文字的时候，北京奥运会已经辉煌落幕，残奥会正激情上演。

2008年的中秋月，不甚明朗，不像往年。北方白天的热，没能完全消散，下半夜才转凉。

我独自站在北京城南高楼的夜风中，翘首遥望祖国的西南方向，那里有我的千千心结。不知道那里的月亮，今夜是否华光如昔？

走向天堂的老人啊，那里有没有天伦之乐、闲逸的生活，有没有花儿如云如簇、如缎如锦，有没有晨练的阳光照着你须眉全白的童颜和树枝般弯曲的老腰……

走向天堂的男人啊，那里有没有另一个天要你去扛，是不是每天总有忙不完的苦活累活，连搓麻将的时间都没有，有没有你满心欢喜的女人……

走向天堂的女人啊，那里有没有总也洗不完的衣服菜蔬，是不是家长里短张三李四总有摆不完的龙门阵，有没有齐全的柴米油盐和牵挂不尽的人情世故……

走向天堂的孩子啊，那里有没有你爱吃的零食和不爱吃的月饼，有没有新奇的玩具和文具……有没有人教你歌唱、说给你关于月亮的诗，有没有人检查你的作业本，有没有人给你爸爸妈妈一样温暖的怀抱……

走到一起吧，远去的你们，没有痛苦、伤悲和孤独；组成一个幸福的大家庭吧，有爷爷奶奶姥姥姥爷，有爸爸妈妈兄弟姐妹，有同学老师邻里乡亲，有心仪已久的梦中情人和相濡以沫的知心爱人……

2008 年 9 月于北京

（原载于 2008 年第 12 期《人民文学》杂志）

野菊花开

　　小号独奏《思念曲》在映秀镇的废墟上响起，悲壮、婉转、缥缈，富有金属质感而穿透时空的倾诉，把人们拉回到那惨烈的、令人心碎的一年前，那个血色的下午留下的黑色记忆。静立废墟上，我的思绪乘着号曲的翅膀，在映秀上空盘旋。

　　长音在龙门山系的空谷间缓缓地低回，沿返青的滑坡体依依地攀缘，在岷江和渔子溪的浪尖作款款的回旋与缠绵，是孤独的蜜蜂与带泪的野菊花瓣那喃喃的应答。号音如箭，穿透人心，把所有的记忆串联起来，教一切的心情不再飞扬，给所有的泪水找到一个倾注的洼地。

　　号音如诉，那向天边无限舒展的旋律，悠扬而宁静，让昨日一切的山崩地啸、撕心裂肺都归零，然而眼前的疮痍又让五月的哽咽犹在耳畔。震源就在我们脚下一二十公里深的特大地震，在瞬间完成了逆冲、右旋、挤压、断层等一系列疯狂的高难动作，超强地震波以每秒3公里的速度，首先将距离汶川最近的都江堰、彭州、什邡、绵竹、安县击倒，似多米诺骨牌倒下，向东北方向的茂县、理县、北川、江油、平武、青川等，以及陕、甘地区，开裂，摧毁，撼山动地！相当于许多颗广岛原子弹爆炸当量的破坏力，短短100秒钟就波及中国2000多平方公里范围，69200多人死亡、17900多人失踪、374600多人受伤！黑雨倾盆，悲情弥漫，中国汶川锁住了世界的目光。

映秀不幸成为震中。断裂带左起映秀镇渔子溪村口山头，穿越渔子溪河，横扫集镇，向右斜穿岷江，指向都江堰。镇上房舍几成粉齑，近万人生命顿失。岷江之畔这个养在深闺人未识的西部小镇，顷刻之间成为来自中南海和全国各地高密度紧急救援指令的终端。号音如泣，低缓缠绵，拂过映秀的河谷，轻轻地栖息在一片葱郁的坡地——那是一处掩埋了所有已知和未知故事的坟茔，一处吞噬了无数人性光芒的宇宙黑洞，一处让一切目光都变得湿漉漉、沉甸甸的阴霾。当地人叫它公墓。

漫山的青草丛中，一团团一簇簇的野菊花怦然开放，清纯却有几分凄美。缘曲径而上，路旁有小姑娘叫卖："叔叔，买把野菊花吧，五块钱两把！"俯首掂起一扎，水灵灵的，刚洒过水，像从泪缸里捞起。抬眼望去，山坡像一幅宽阔的菊花缎面。

映秀有泪，苍天有眼。2009年的5月11日，一场不期而遇的夜雨倾洒在汶川，浸湿了草地和花瓣，给燥热的初夏平添了几多愁思。循着悲声爬上山腰，便是映秀公墓。这本是一块面积七八亩的玉米地，震后仓促之间被征为遇难同胞遗体掩埋地。公墓入口处，一幅黑底白字挽幛如瀑天降："山河同悲，共缅汶川逝者举国垂泪雨；天地共咽，同祭国殇亡灵华夏断肝肠。"一年前，我曾在这里目睹过防化人员集中处理遗体的场面，那种悲壮感让我今生拂之不去。如今，无论是镇上的、村里的居民，还是走亲访友、寻芳览胜的匆匆旅人，无论是行商坐贾显贵，还是贩夫走卒、引车卖浆者，不管相识或不相识的灵魂，在这里同宿一穴，作永远的相守。一年中，带着身心伤痛来此寻亲、凭吊、追思亡灵的人络绎不绝，尤其在今年清明节到"5·12"前后，每天都有成百上千的人前来祭悼，有的人甚至天天来。他们并不确切地知道自己的亲人命殒何处、身葬何方，只是企望能在这亡灵的集合处寻到一丝阴阳对接的信号，了却一厢相思苦。

公墓里席地摆放着蜡烛、野菊、枇杷、香梨、苹果、柑橘，清香祭烟缭绕不息，烛泪无声，心泪汩汩。一方方大大小小形状色泽不同的墓碑立了起来，上面刻着"祭悼慈母"

"痛别爱子""爱女走好""不忘养育恩，慈颜永别去""长泪祭双女，永别成千古""生于2003年七月初二"等碑文，字字如泪，句句如泣，多少剜心剐肉般的伤感和悲痛，浓缩在这刻骨铭心的点横撇捺之间，一笔千钧，阴阳两隔。不少墓碑上，嵌着美丽的照片，春花般的笑靥被定格，一旁有野菊花儿颔首侍立相依相伴。"悲剧将人生有价值的东西毁灭给人看"，鲁迅的感言在这巴山蜀水深处的青冢碑林找到了最密集的注脚。

在一处燃着冥纸、祭着野菊花的土丘前，三位农家女泣诉着，其中一位显然是罹难孩子的母亲。她淌着泪，向我重复她已赘述多遍的话："我的娃儿11岁，他托梦给我说，别人都有人送花，就他没有……我送花来了，娃儿……"悲恸哀伤，让我潸然泪下。一位一袭素裹的少妇，立在地角，悲容不掩，裙边被夜雨打湿了的风撩起，牵动愁怨万千。

渔子溪村86岁的老人马旗木告诉我，地震一年过去了，可他的心还在摇动、颤抖。山腰上、骄阳下，一位缠粗布头巾、裹粗布围裙、扎粗布绑腿的孤寡老人，正跪对山下一片废墟和远去的渔子溪河水，喃喃自语，没有人听懂。混浊的老眼里，读不到一丝内容。亡者并不孤独，寂寞是生者的长夜。灾害戮向手无缚鸡之力的垂暮老人，让人心生酸楚和悲凉。

七旬老人胡建国住在渔子溪村，地震后成了这里的守墓人，守护着相识和不相识的殉难者。坐在公墓前的石方上，一张老得不能再老了的脸上刻着不能再刻了的皱纹，一世的风霜平静地填满了一脸的有如龙门山沟壑的褶子，只有两只昏黄的眸子，闪着坚毅而倔强的瞳光。他伸出苍老得如竹茎般的手指告诉我："我们村里，47口人哪！"手指所向，野菊花俯首低眉，油菜籽腹果低垂。

来祭扫者多为一家半户，有只身单影的，也有结伴而来的。老叟老妪、青壮妇孺，无一不神情戚戚，泪眼含悲。魂已散，心宛在，生死有阴阳，情感无尊卑，同样的痛苦把不同的人们聚合在这里，他们怀念昔日恩情，相互搀扶抚慰，一同走过人生最艰难最黑暗的时光，一同走上注定要抱憾终生的孤独苦旅。

映秀有泪，但映秀不哭。

山河易改，真情不移，大自然用最残酷的方式检阅了人类情感——这是任何灾难都不可断裂的血脉！长痛甚于阵痛，但长歌胜于长哭。映秀公墓，一尊用沉重的生命和真情的血泪凝成的人性雕塑，永远肃立在滔滔岷江如铁的长风中。

2008年，我在《人民文学》杂志上发表的长篇散文《血色苍茫》中曾提及，我们应该有一幅巨型油画来纪念这场人类罕见的震灾，名字就叫《灾后》或者《5·12》。一如16世纪荷兰勃鲁盖尔的作品《死神的胜利》，法国菲利普·卢泰尔堡19世纪初的作品《阿尔卑斯山的雪崩》，以及17世纪意大利萨尔瓦托·罗萨的作品《战场》，一样磅礴的场面透着一样的悲壮、惨烈与苍凉，都是人与灾难抗争的主题。底色血红，苍茫一片。一年后，我还想提议，应该再有一幅巨型油画来表现这场地震给人类造成的巨大情感戕害和考验，以青草与野菊花装点的映秀公墓为背景，主题就叫《苍生》，或者《仰望》。

我在灾区现场一次次地近距离目睹共和国最高领导人那真情的流露，那是对普通生命的珍重和对苍生的体恤，是真挚的民本情怀。2008年的"5·19"举国哀悼，让历史时空停留了最沉重最漫长的三分钟。一年后，共和国的领导者们再次专程来到这片废墟小镇，为长眠人默哀鞠躬，再一次让人们掂量出生命之重、百姓之重。

草色幽幽，花容戚戚，灿灿的西部夏日，让这片雨后的疮痍添了许多暖色。穿行在墓地长径，我觉出了步履的铅重，仿佛有无数的亡灵在牵扯和寄语。死的轻悠和生的沉重，让我有些喘不过气来。仰视生命，呵护真情，更好地活着，去完成他们未竟的事业和代享他们来不及享受的生活，是对亡者最好的告慰。我和乡亲们、同行者如是互慰。顺岷江望去，长天流云生根，白衣苍狗忘归，层峦叠嶂不语，静寂中听得见希望在破土、生命在拔节的呢喃。

有风拂过，驱散了些许沉重。狗尾巴草随风招摇，绿茵纤纤，扬起乡愁万缕。每一片绿叶都得到心泪的浇灌，每一抹光亮都是新生的曙色，与坚守的人们作眷恋的问答和生命的交代。菊花会有残败，落英终将成泥，只要精神不倒、意志愈坚，伤躯也能凝成铁骨，血泪会风干成映秀废墟的记事墙上那无字的浮雕。

悠扬的号曲，萦绕在映秀小学国旗的上空。所有逃离废墟的映秀人都见到过，镇上唯一没有倒下的，是小学的那面国旗。如今，疮痍仍在，但国旗依然鲜艳，猎猎有声。这大山深处最亮丽的颜色，是废墟中的映秀托举给世界的遗产！

见到几位打乒乓球的老师，有教语文的、数学的、计算机信息课的。谈起一年前的惊心动魄，他们在推拉攻防间言语既举重若轻，又举轻若重。我与一位语文老师打了一局，边战边聊，他数次恍惚无语——在地震中他失去了妻子和女儿。老师们都谈到那面国旗，都谈到亲人的离去，都谈到老师、孩子们的自救和互救，都谈到党和政府的关心和帮助。我小心翼翼地，生怕触疼了那一处处刚刚结痂的伤口。

映秀小学校长谭国强因为英勇救人，被评为全国抗震救灾英雄，好几位老师告诉我："是谭校长救了我！"而谭校长说，这是我的职责。朴实有力，没有一个多余的字。小学的宣传窗里，贴着震前全校教师们的合影，男教师阳光潇洒充满活力，女教师笑容灿烂如花似玉。然而，其中的20多人已经玉殒魂散。我提议，为坚守的老师们照张相，他们欣然应允，谭校长还特地用广播召集全体老师，男老师们穿戴西服领带，女老师们穿起漂亮的衣裙，羌族教师还穿上鲜艳的民族服装。我知道，他们想告诉世界，劫后的映秀依然抖擞！照相的地点，选在宣传窗的那张合影前，老师们特地留出一道缝，让那张充满笑容的合影被簇拥在中间。端相机的手，似在发颤，我实在掂不起这笑容的重量！学校喇叭里，正轻声放着背景音乐，是被称为世界哀乐的《泰坦尼克号》主题曲《我心依旧》，哀婉、凄迷，让人生出无限怀念。

小学的宣传窗里，还贴满孩子们的美术作品，苍痕难掩，鲜亮跃然，像孩子们那一朵朵依然挂着泪痕的笑靥。"中国加油！""映秀加油！"稚嫩的字迹却让我读出泪来。是的，一个能含泪微笑的民族、一个能泪眼望远的国家，是打不倒的。

小英雄林浩的家，就在渔子溪村。在抗震救灾英雄少年表彰现场和电视晚会现场，在北京奥运会开幕式现场，我多次见到这位小顽童。当时只有9岁的他从映秀小学废墟中背出两位同学，"拿给老师"，然后冒着余震的威胁翻山越岭走到都江堰找爸爸。我爬上长长的山岭，在一排排活动板房中找到了林浩的家，林浩的舅舅陈勇、舅妈金素花告诉我，林浩去成都了，明天回来。渔子溪村几乎家家都有伤亡，陈勇夫妇在地震中失去了5岁的小女儿，只剩下现在已经9岁的大女儿。金素花隆起的身子告诉我，一个新的生命即将诞生。在第二天的一周年纪念活动现场，顽皮的小林浩搂着我的脖子照了相。他的任务是和其他五位孩子一起抬花筐。人们从中央电视台现场直播的画面中看到，党和国家最高领导人从孩子们抬着的花筐里，俯身捧一枝鲜菊，深情地敬献在记事墙前并深深地鞠躬。

号音如歌，轻扬潇洒，徜徉在活动板房构成的街市，汇入了集镇的交响曲。几条百米长街熙熙攘攘、琳琅满目，杂货什物、服装衣帽、家具农具、瓜果菜蔬，还有祭祀品，摆了一街一地；餐馆烧饼铺、礼品文具店门户相连，拖拉机摩托车自行车农用车横七竖八；烹鲜美酒飘香，偶有觥筹交错，川音憨厚瓷实，市声喧闹嘈杂，音像店放着轻快的歌碟；有羌女在叫卖，讨价还价，一团和气。黑黄花纹的彩蝶儿放肆地随街翻飞，如音符翩跹。镇上的农家乐、茶馆也渐渐地红火起来，遇有远客来，羌族锅庄、弦子"跳萨朗""跳盔甲"也舞了起来。没有过分的喧哗，阵痛后的映秀坚强地露出笑容，用残臂拥抱每一位远客。

灾情掩不住美丽的容颜，映秀因了淡淡的忧愁增添了几分怜爱。地处青藏高原东南部边缘龙门山断裂带上的映秀镇，山形险峻、风光奇异，偎娘子岭而居，抱渔子溪而卧，枕岷江而眠。旭日从苍山升起，辉映江河水色，霞光万道。映秀因此而得名。这里是传说中大禹治水、李冰父子治水考察岷江的必经之地，也是今天游客们去卧龙自然保护区熊猫基地、九寨沟、四姑娘山、马尔康等名胜景区的必由之路。一直走到底，是美丽的西藏。羌管悠扬，古风浩荡，被称为"西羌第一镇"的映秀，把残美之躯和浓郁的羌族风情一同坦白在岷江的河滩上，只待那一声睽离已久的轻唤。

恢复了血色的姣容，得益于交通的畅达。地震发生以来，我乘越野车沿213国道、乘直升机空降，以及沿震后开通的都汶高速公路等不同方式前后6次进入映秀。经历过惊心动魄的悲壮，也体验了走都汶高速公路从都江堰到映秀镇只需不到30分钟的快意。我深感，公路交通成为重建中的映秀须臾不可滞塞的动脉。

自然孕育了文明，但对文化的摧毁往往又是致命的。成了断垣危崖的羌碉、羌寨，勾勒出西域文明苍凉的风景。背后的滑坡体苍痕渐青，浅草依稀，远远望去像被涂了一层薄薄的新绿。羌笛难闻悠悠，羌食何处寻觅，但羌、藏、回、汉各族人民和谐共居的光景千年如一。有"云朵上的民族"美誉的羌族，把云朵绘上了羌绣、羌服、云云鞋、香包，色彩艳丽、构图精致，强震没有打乱细密结实的针脚。只要一息尚存，文化的血脉就不会干涸，散落一地的细胞、基因总会在某个时刻、某个角落重新聚合，经历了存亡考验的羌文化一旦站起来，依然风姿绰约、楚楚动人！

被摧残的文化，也在寻觅她的拯救者。一位小伙子进入了她的视野。5月10日，在北京飞往成都的空中，我从当天的《京华时报》上读到《茶馆老板的印象映秀》，文中记叙了映秀镇上"印象映秀"茶馆小老板李勇的故事。我决定，要让这位远离北京2000公里的龙门山深处、岷江河畔的小伙子当天看到这张报纸。一下飞机，我直奔映秀，在渔子溪边一片片一排排的板房中，找到了"印象映秀"茶馆。这位热情、英俊、精干的小伙子显然很激动、很兴奋，邀请我在他的茶馆小憩。茶馆是小镇的缩影，陈设简朴而富有文化气息，四壁满挂映秀不同时期和羌族风情的图片，看得出这位羌族青年对羌族文化有着浓厚的感情。李勇在小镇上长大，大学毕业后在卧龙自然保护区为大熊猫团团、圆圆们服务。地震中，他一下子失去了8位亲人。他和弟弟李磊强忍悲痛，回到家乡就投入了紧张的救援和重建，酷爱摄影的他拍摄了许多可遇不可求的照片，还自告奋勇地加入了搜寻失事直升机的队伍。他把他的羌服展示给我看，详细解说图纹饰物的内涵。他告诉我，他已经辞掉工作回到了家乡，专门致力映秀的恢复重建和羌文化的拯救保护，还特地拜师羌文化专家学习羌族语言文字。

李勇兄弟的这家茶馆成了记者俱乐部，来映秀镇采访的记者们都乐意来此歇脚，泡上一壶茶，向茶客们探听小镇往事或最新消息，彼此交流采访的信息，还能上网浏览和收发电子邮件。更多的人是来听李勇兄弟介绍情况的，或者干脆就让他们领着去找某家人采访，或者由他们陪着爬上岷江对面的山上和镇边的玉垒山拍摄小镇的全貌。2009年春节，一家网站还以"印象映秀"茶馆为现场，向全球网民直播了一台别开生面的春晚。李勇执意要送我由他策划编辑、第一部表现映秀今昔的画册《印象映秀——"5·12"震中纪实》——收录了映秀地震前后130多幅作品的图片集。我坚持按书价付了款，强烈地感受到了这位羌族小伙子、一位映秀人拳拳的感恩之心。我应邀在那张报纸上留言："你是一个勇敢的映秀人，是映秀文化的保护者、拓展者和传播者。祝映秀愈秀，祝'印象映秀'红火，祝你丰收！"

李勇兄弟并不孤独，他们在拯救映秀文化的过程中，陆续集结了20多位志愿者：28岁的李勇，毕业于西南师范大学，有电讯工程专业和经济学专业双学位；26岁的李磊，毕业于西南石油大学软件专业；29岁的钟绍华，土家族，西南民族大学毕业，业余摄影家；40岁的孙永楷，德阳人，鞋样设计者和食品研究者，没有学历，他的理念是"做感恩的人、做感恩的事"；28岁的陈朴，达州人，就读成都理工大学广告设计专业，爱好摄影；32岁的雷添，成都一家传媒公司的员工……

文明的悲歌，在于传承的断层。世界文明兴衰史表明，一些古老文明的衰败与自然灾害有着某种关联。我坚信，只要人在，只要有李勇和他们团队的坚守，羌族文化和映秀文化就不会失落。

一年前，我冒着余震的威胁从乱石阵和垮塌的公路进入映秀镇时，曾见过一块从山上滚落下来、足有三四层楼高的飞来石屹立在213国道边，像一个巨型惊叹号让过往者惊愕不已。如今，这方巨石被刻上了"5·12震中映秀"字样，成为永久的标志性旅游景观。它的脚下，野菊花铺地，金灿灿的一片。一个把伤口描绘成花朵的民族，是不会被击倒的。劫后的映秀，像刚刚绽开的野菊花，一切都在成长。

2009 年"5·12"初记于映秀镇　端午节成稿于北京

（原载于 2009 年 6 月 6 日《光明日报》）

乡愁篇

乡愁万里

　　乡愁，是一种记忆，一种经久不衰的情愫，历久弥新的期待。望得见山，看得见水，记得住乡愁，道出了今天无数人的同感。没有乡愁的土地是苍白的，没有乡愁的国度是缺少根基的，一个失落了乡愁的人，一定会失魂落魄无家可归。

　　隐隐的思念，幽幽的愁怨，浓浓的情感，乡愁是水墨画一般淡远缥缈的思绪，像一个温柔妥帖而不忍割舍的心结，悬在你的心空，若隐若现，忽近忽远，又刻骨铭心，牵肠挂肚。走遍天涯海角，乡愁是你山清水秀空明澄碧的乡村，村口那如同古柏古钟古井一般苍老的长者；阅尽世间万象，乡愁是你无法铣削的肤色、瞳颜和不改的乡音。少小离家去，乡愁是魂牵梦绕的娘亲；老泪落浊酒，乡愁是无以排解的愧，是风尘不变的情。

　　乡愁是根，拴着你的魂。醉入江南北国风，梦里烟堤雨打舟，乡愁是长河上的落日，大漠里的孤烟。那一笔古道西风瘦马，那一撇小桥流水人家，那一声忽对故园花、把酒问青天的问候，让你的乡愁从心底向眼鼻处弥漫，颤颤酸酸扯扯的。那山那水那家乡的味道，让你的乡情浓得化不开、挥不去。丁香花愁的娇妍，茉莉花开的清纯，兰草花幽香逼人却自隐芳踪，栀子花香满华盖而从不掩饰，让你心有柔肠千千结；牡丹花开雍容，红梅枝展风骨，漫山漫坡的映山红，满田满地的紫云英，让你心如花海四季有芬芳，人生从不少颜色；梨树桃树李树杏树你争我让落英缤纷，点染起无边的春色和秋意，雨绵绵情深深人惆怅。乡愁是陕北的窑洞、塬上的雪，每一处皱褶里都藏着你的爱恨你的离愁你的念想；是林中的涧，涧中的石，石上的泉，泉上的花，是港里的鱼沟里的虾，窑中的炭河边的沙，长鸣的蝉鼓叫的蛙，每一个性灵都曾滋养了你的基因你的细胞。乡愁是记忆里的新娘，心上有个秋，孤灯愁肠天各一方，小小的邮花、窄窄的船票牵着你飘摇的心筝，矮矮的荒冢、浅浅的海峡圈住你漂泊的心航。乡愁依稀乡愁依稀啊，生锈的思念是梦里双亲那老得不能再老了的苍颜，是雾里故乡那想都想不真切了的衰容。村东头的妞儿是不是还在痴迷迷地等着你打猪草的约定，槐树下的二狗是不是仍在傻乎乎地信了你神编的故事？桂花井的黄花是否还那么夭夭灼灼灿灿艳艳，莲花塘的荷叶是否还那么田田圆圆挤挤密密？月亮湾的老牛是不是还坚定地昂立在山包等候暮归的牛娃，大田畈的鼓阵龙队是不是还苍劲依旧威风不减？总以为一切都还在，其实一切都已经不在；总以为一切都来得及，其实一切都正在过去；总以为故乡还记得自己，却不知故乡早已老去，老得连年轮都爬满了蛛网，结网等你的蜘蛛老得举不动胳膊了，连万古塘里那只你曾嬉戏过百次的千年老龟，都把自己晒成了坚硬的老壳，在等你，等你的归来；而你的思念像故乡上空白云苍狗间的那只鹰，在盘旋，却总也落不了地。树高千仞，落叶归根，守望是乡愁的诺言，张望是乡愁的姿势。元宵的汤圆年夜的饭，端午的粽香腊八的粥，中秋的明月清明的雨，老老少少生生熟熟的亲人们在等候，等候一场隆重的典礼——你那一声，一声睽违太久的长哭。

乡愁是诗，滋养你的心。蒹葭苍苍，在水一方，乡愁是诗经的露、风雅的霜，诗滴点点，爱意行行。楚辞汉赋意境奇幻，唐诗宋词韵味绵长，字字是乡关，句句是村烟。愁心满怀泪沾襟，乡愁是慈母的手中线、游子的心中吟，是浊酒一杯家万里、日暮乡关烟波愁的长叹。遥望故国霜凝眉，固守边城雨滴心，乡愁是秋寒里的南飞雁，笛声中的征夫泪，是马上相逢凭君传递的口信，烽火连天贵如万金的家书。近乡情更怯，不敢问来人，乡愁是诗的泪珠，落地成花，朵朵是心，是少离老归未改的乡音做依稀的辨听，是碧流行舟飞入的柳絮做酸涩的问询，是归鸿声断残云里的忧伤与怨恨，是子规啼血东风里的忠诚与坚贞。曲中闻折柳，何人不生情，乡愁是心的低吟，是清平乐、念奴娇、凉州词的咏叹，是雨打芭蕉夜、江枫渔火愁的独酌，是嫦娥婵娟织女的倚望，是故人入梦长相忆的拳拳挂念。千江有水千江月，乡愁是床前明月、江南明月拂拭的秦砖汉瓦，是天山明月、海上明月巡视的吴江蜀道，是高悬玉门关、瓜洲渡、寒山寺、白帝城上空的不老月，在长河中穿行。万里无云万里天，放眼西北，乡愁是金戈铁马气吞万里如虎的西域边尘；遥望东南，乡愁是惊涛拍岸卷起千堆雪的赤壁故里。浓墨淡彩飞白流韵，颜欧柳赵笔舞龙蛇，乡愁如画，是顾恺之的人像、吴道子的山水、八大山人的花鸟做联袂出演，是贺兰山岩画、莫高窟壁画与《清明上河图》《富春山居图》做巡回展览。渔舟唱晚，彩云追月，羌管弄晴听箫鼓，菱歌泛夜赏烟霞，处处闻乡音。乡愁如歌，是帝王将相京剧唱腔的大气豪迈，才子佳人黄梅戏里的义重情深；是蒙古长调信天游川江号子的悠远旷达，是吴侬软语爱恨情仇经典台词的意趣横生；是二泉映月的凄美而不屈，赛马的激越而舒展，是龙船调的轻扬对答与采茶舞的婀娜顾盼在做撩人的缠绵；是蝴蝶泉边芦笙小伙与彝族阿细在跳月,天山脚下维吾尔族哈萨克族兄弟同阿里山的姑娘在对唱;锅庄旋子在欢庆,壮族山歌在迎客,傣族孔雀在起舞,侗族大歌在伴唱,一个民族的五十六群儿女在吟唱乡恋。

乡愁是经典,留住你的记忆。中国是经典的国度,经典是乡愁的母体。周口店遗址、高句丽王城、河姆渡文化、高昌国古城,串起先人的足迹,一个民族的乡愁从这里出发;安阳殷墟甲骨文,东汉张衡浑天仪,西安半坡新石器,古老民族的乡愁在这里集结。故宫颐和园,长城圆明园,避暑山庄大运河,布达拉宫兵马俑,文化的乡愁斑斓缤纷。四海神游,乡愁是五台山的仙风道骨,龙门石窟的斑驳沧桑,云锦湘绣的精巧灵秀,普洱茅台的香韵绵长;是四大发明的智慧,是四大书院的静雅,是四库全书的浩瀚,是四大名著的醇香,是四大名楼在临水凭风,眺望文化的征帆远影。应县的木塔赵州的桥,乔家的大院定州的窑,哪一个都是乡愁的标点;茶马古道岳阳楼、桃花源记醉翁亭,哪一处都是乡愁的符号。天下一统,智勇双全,岁寒三友,文房四宝,华夏五岳,周礼六艺,竹林七贤,阴阳八卦,方圆九州,九九归一,文化是乡愁的主题。乡愁是思想、是哲理、是智慧,是诗书礼易乐春秋的图书馆,仁义礼智信温良恭俭让的聚义堂，是老庄孔孟诸子百家的讲习所，是儒释道、利玛窦们在传经布道，是建安七子、唐宋八大家们在推杯换盏曲水流觞。乡愁随风行万里，是《论语》的微信做一字千金的指点，是《史记》的长卷做气势磅礴的叙事，是《格萨尔王传》做宏大优美的抒情。乡愁是经典的集合，经典是乡愁的苔痕。

乡愁是宝笈，引领你的人生。青灯读长卷，红袖掩浩帙，乡愁是一坛五千年的老酒，打开来，沁人心脾；教诲声声，乡愁点点，淳朴的乡风民俗，严正的祖训家规，塑成你意志的硬度和人格的纯度。质朴品高，积德百年元气厚，忠孝传家久；映雪凿壁，读书三代雅人多，诗书继世长。熟读三字经，铭记弟子规，声律启蒙常在口，增广贤文记在心，乡愁是耳提面命的叮咛。读书须用意，尊师以重道，君子博学日三省；苦读知事理，深耕好养家，勤俭二字守家业，乡愁教你勤勉；宁可直中取，不向曲中求，幽兰君子性，虚竹学士风，乡愁养你高洁；贫寒不怨，富贵不骄，张长李短少说两句，诗书礼易多读几行，谦恭廉明能修身养性，节俭戒奢防得意忘形，乡愁使你避免灾祸身心安顿。邻里守望，亲戚相帮，古风浩荡和风醉人；富而施惠，和气生财，君子爱财取之有道，乡愁熏暖你的古道热肠。布衣暖，菜根香，半丝半缕念维艰，粗衣淡饭足家常，乡愁是生活的箴言。良药苦口须尽服，忠言逆耳当真听，世路风波炼心境，人情冷暖养性德，乡愁锤炼你的心性、锻打你的品质。跪乳反哺敬老爱亲，百行孝当先；律己恕人知恩图报，仁义重千金，乡愁让你爱者无疆仁者无敌。乡愁是定海的神针压舱的石，是价值的秤砣定盘的星。忘得了忧愁忘不得乡愁，乡愁是处世的金科玉律，是人生的黄金宝典，怀揣在胸，天涯无悔。

乡愁是情怀，铸就你的精神。中华民族的乡愁，发轫于远古洪荒混沌初开。盘古开天辟地、化生万物，女娲抟土造人、炼石补天，神农鞭草识药、教民稼穑，乡愁从此疯长成荫；仓颉造字，嫘祖养蚕，燧皇钻木取火，伏羲画卦结网，乡愁泛起文明的曙色。精卫填海，愚公移山，后羿射日，嫦娥奔月，鲧禹治水，夸父追日，乡愁结出意志的坚果。屈原投江，苦心行吟三百句；昭君出塞，安顿边疆五十年。风萧萧兮易水寒，荆轲去兮不复还；五百义士不受辱，田横归来今安在？蒙恬的强弩李广的箭，吕布的赤兔关公的刀。苏武持节北海十九年，卫青提剑大漠三千里。文天祥浩然正气照汗青，史可法愿为国死怀忠义；戚继光奋勇抗倭安定东南，左宗棠抬棺出征威震西北；郑成功光复台湾忠肝义胆，邓世昌铁血抗日壮烈尽忠，乡愁是气节不改百炼的钢。张骞的马队满负文明的种子，郑和的船队高扬和平的风帆；唐玄奘西天取经行万里，徐霞客科学考察三十载，迢遥长路，心系乡愁。花木兰替父从军万里赴戎机，穆桂英亲率女将百战建奇功；陆游气吞残虏，杜甫心忧寒士；马伏波老当益壮，霍去病马踏匈奴，辛弃疾挑灯看剑；欧阳修醺醉不为太守之乐，王安石变法只图富国强兵；班超平定西域名垂青史，岳飞精忠报国壮怀激烈；范仲淹心忧天下，林则徐生死以国，乡愁是报国之志、为民之怀、赤子之心。古老的乡愁，不老的精神，是郦道元、郭守敬、徐光启结伴而来，蔡伦、毕昇、张衡、祖冲之相扶而去，扁鹊、华佗、张仲景、孙思邈、李时珍同堂会诊，康有为、孙中山、梁启超东奔西走，毛泽东看湘江北去，周恩来为中华崛起而读书。乡愁是群雕，是丰碑，是旗帜，挺立在长河两岸，如铁的风中。乡愁是抹不去的记忆，是血色的长城回响的悲歌，是一百七十多年前《南京条约》在凄风苦雨中的仰天长嚎，是一百一十多年前圆明园在火光灰烬中的呼号哀诉，是七十多年前那松花江上的悲伤与扬子江畔的低泣。乡愁更是血性的抗争，是顽强的奋起，是喜峰口、台儿庄、昆仑关的浴血奋战，平型关、阳明堡、百团大战的快马捷报，是狼牙山五壮士的慷慨壮歌，是红旗漫卷西风的长征组歌，是淮海战役、平津战役、辽沈战役的炮声隆隆，是天安门城楼升起的第一面五星红旗，猎猎有声，向全世界的庄严宣告。乡愁是期待，是愿景，是梦想，是一个尘土飞扬的民族方队向着伟大复兴的奋进。乡愁，如此斑斓多彩，而又波澜壮阔！

　　记得住乡愁，留得住根，乡愁是一个人的情，一个国家的梦，一个民族的魂。

（原载于2015年4月2日《人民日报》）

过 年

赛鼓

湖北赤壁一个叫莲花塘刘家的小山村，是我的家乡。离乡多年，但家乡的年味儿却似乎还萦绕在唇齿之间，不曾淡去。

山里的孩子是盼着过年长大的。

一过冬月，暖和和的太阳就烘得屋檐下的土墙热乎乎的。裹了脚的太婆倚了竹藤椅晒着日头，或眯了眼给孙儿挖耳屎，或歪着头给哪家不爱干净的女孩儿捏黄头发里的虮子，还悠悠闲闲地讲些古。老汉不时起身回屋，把火炉吊筒上"嘟嘟"冒气的铜壶往上提一下，再把灶上烟熏的腊鱼腊鸡腊兔肉提出来，晒在屋场的竹杈上，瞟着光亮的膘油，一脸的富足，山里的年味道就被冬日散发出来了。

远处哪家山包的鼓响了。咚，咚咚，三两声，歇了。半根烟工夫，鼓声又起。近处有人应了。半根烟工夫，莲花塘刘家、月亮湾任家、老屋任家、高井畈刘家、架桥郑家、鸭棚梁家、坡里童家、望山邹家的鼓陆陆续续响起来，遥遥对对，零零密密。畈里人家再穷，砸锅卖铁，不吃不喝也得蒙一面像样儿的单面牛皮鼓。大屋坡小山冲，家户人再少，也少不了一面鼓、一杆土铳。"走哇，赛鼓去啰，今年劲要硕啊——！"青壮汉子吆喝着，眼睛瞪着像牛卵子。孩子们前呼后拥，像鸦雀儿泼了蛋。家家户户的鼓排在古柏树下金黄的禾草上，支一张老方桌，摆了些酒菜。红衣绿袄的大姑娘小媳妇们偎了自家菜园门，掩了嘴儿哧哧地乐。爹爹们蹲得远远的，捻着须，眯起眼，点点头，撸撸下巴。不时念叨谁家又出了匹好鼓。那鼓声，一下，两对，三棒，有节有奏，时轻时重，亦稀亦密，一呼一应，有挑有逗，绵里藏针，你追我赶，远里近里，鼓外有音，把个十里八乡炸得像豆子进了热油锅。

落不到打鼓的细伢们，早早放起了鞭炮，一个个拖着尾烟的冲天炮凌空炸裂。偶尔有小串鞭炸响，准是哪家小子实在憋不住，偷放了大人晒在瓦顶上的年鞭。谁家小儿不小心，鞭落在棉袄里，过年的新衣即刻烧了一圈圈镶黄边的黑窟窿，招来当妈的一顿笤帚追打。

鄂南幕阜山区赤壁的年，在鼓声与鞭声里掀开了帘子。

落雪

过年不能没有雪，尤其是山里。羊年冬末的雪好像更大。

前些年的雪，在冬月尾开始飘洒，但近年来得晚，来得少。通常是老人们拄着拐杖，立在烟黑色的禾场上，望望天，半晌叹道："该落雪了！""是，该落雪了。""噢，呵呵，要落雪啰！"孩子们一片欢呼。这雪，就着炊烟，在某个青紫色的夜霭里降临了。

咦，哪这亮？赖在暖被窝里的孩子揉开糊着眼屎的眼，问。"落雪了"，早起的大人不经意地应。"落了，真的？"披着棉被往格子外看，一阵狂喜，猴急急地筒上棉裤厚袜，嘭通通地敲打着下堂屋的门："哎，落雪了！哄你是崽！"三个两个，七个八个，孩子串起来，踏薄雪去了。胆子大一点的，用狗毛领捂了脖子，到风大的屋场踩雪。临了捏上几个大雪团，等着灌女孩儿家的颈脖子。

冷了。大人家翻箱倒柜找铁罐头盒或洋铁筒儿，用锥子穿一双对眼，拿铁丝系了。把去年冬天煨好的木炭拣出来，搁在火炉里燃一燃，放进铁筒儿，一个热得炙手的熏火筒儿就成了。上学、串门儿、撒野儿，都提在手上。

大一些的孩子用树杈削成枪托儿，凿一凹槽，比着尺寸锯一段巴掌长的钢管作枪筒，后座嵌进一管穿好眼儿的子弹壳儿，用洋铁皮扎稳当，再削支一寸见长的木塞撞针，用铁皮蒙紧，固定好扳机，绷上强力皮筋，一支左轮手枪就成了。茅屋猪圈的墙上，浮有厚霜一般的硝，刮了来与炭末等其他药引子混着炒了，便成了火药。一不过细炒烧了，喷起的赤焰能把人眉发燎了。药灌进枪膛，用铁钎筑紧。装上铁铳子，或者八号铁丝剪成的铁子，便有了杀伤力。一角钱八粒的纸火炮贴在撞针前端，一扣扳机，"嘣"的一声药弹就出了膛。有枪的孩子胆儿壮，撵着背土铳的大人屁股，上大雪封住的山冲捉兔子，少不了要喝上前奔后蹿乖巧威猛的看家狗。茅山张家的一个孩子枪走了火，打中一个正端枪猫腰、聚精会神瞄准目标的大人，屁股成了麻饼，十几粒散子如今还没挑出来。

等到大雪封了山路，除了堆雪人儿、打雪仗、溜雪坡，孩子们已没得好玩的了。太阳一出，各家天井、屋檐下挂起如瀑如线的冰凌，长长短短，粗粗细细，密密疏疏。祖堂屋后背阴处，有惊人的粗长冰柱，招来老老少少的围观。握在掌上，怕化了；捧在怀里，怕摔了；扔进后脖子里，急得你又蹦又跳。

年猪

傍晚时分，猪的叫声响破山冲——杀年猪了。

庄家农户，一年到头穷扒苦做，总得养头猪，肥的三四百斤，瘦的也得百十来斤，一是要答应年边岁日近亲远客姑姥伯爷，二是须熏一些肉等来年夏收时分酬谢来帮忙的亲戚朋友。一家杀猪，全村过节。上房下屋左邻右舍壮劳力帮工们来齐了，主人把烟撒一圈儿，帮工们便接过来嗅嗅，并不急着抽，别在耳上，挽起了衫袖。揪耳朵的揪耳朵，捏尾巴的捏尾巴，顶肚子的顶肚子，七手八脚地把猪从栏里抬出来，摁在木板上。接血的木盆里化好了盐水，半人高的桶壶里蒸汽团团，直刀弯刀厚刀薄刀砍刀剔骨刀锃锃发亮严阵以待。待众人忙脚忙手地准备就绪，老成历练的职业屠夫就旁若无人地上场了，一副舍我其谁的架势。堂屋上下早已是里三层外三层人叠人脚踩脚，都在等待庄严仪式的开始。只听得猪的一声厉叫，屠夫一刀到底，热血顿地涌进盐水盆里。待猪不再喘息蹬腾，抬进桶壶热烫。片刻后出桶，用直杆从脚到头捅到底，着人吹气，鼓胀后几个人便忙着刨毛，吭哧吭哧地直刮得雪白。剖膛取物，过秤。伴着一声迭一声的"恭喜发财"，猪首被取下，划两道痕，切下猪尾巴插上，有头有尾地熏在灶角上，这叫元宝。大人们忙着剖肉剔骨，孩子们早饿了。灶房里，几家的媳妇们帮着把零碎肉洗刷切剁煨炖炒蒸，香喷喷的葱肉味儿钻进家家户户，在山冲弥漫开来。收了手的男人们点了还别在耳朵上的烟，女主人便挨门挨户地忙着喊着清点没来吃场合的人儿。男人几桌，女人几桌，孩子几桌，热闹到半夜。临了，每家用棕叶穿一薄刀肉回家。

家家如此，年年这般。

年饭

雪越落越深。天越来越冷。家家户户的塌炉、熏箱昼夜不熄了。谁家塌炉篾栏上烤的尿布烟了，谁家灶炉角里瓦罐鸡汤沸了，谁家的腊味、鱼糕蒸得香死人了，谁家炒了米泡儿、苕角儿、糖糕儿、豌豆儿，还有酥糖、雪枣、金果儿，惹人流口水了……

年，真的要来了。

扫扫一年没得顾上的扬尘，把新连的罩衣、蒙袄给伢儿们试试，进城的人捎回点红绿气球、灯笼、对联儿，年的颜色也有了。

年饭之前给亡故的亲人送灯，必不可少。坟就在后山坡，林林密密的青冢和碑井有些阴森、凄凉。一辈子没出过山冲的先人们，魂也守望山垅。油灯有用马灯的，也有纸糊的、烛照的，放在避风处，不管夜风多大雪多密，坟地的灯光一夜不熄，远看若星河迢遥，天街有灯，隐隐约约、凄凄艾艾。除了送灯，有的人家还备些祭食当年饭，再放一挂鞭，算是天上人间两厢牵挂了。

山里的年通常要过个把月，过年的标志是吃年饭。莲花塘刘家的年饭一般是腊月三十正午吃。流水港丁家的年甚至更早一天，腊月二十九的晚上，丁姓人家就开始吃年饭，意思是先吃先有，因此落得个"好吃丁家"的名声。

正午稍过，山坳里吃年饭的鞭炮声响起，密密麻麻、断断续续、催催停停、稀稀落落。约莫半个时辰前后，各家鞭声彼此响应，硝烟未清就关门吃年饭了。

腊肉腊鱼野兔山鸡鱼糕蛋卷藕夹炸鱼苔粉，糯米丸子蓑衣丸子米泡丸子肉丸子鱼丸子，煨骨头海带汤湖藕汤炖鸡汤氽元汤氽肉汤银耳汤米粉汤，炒红菜薹白菜薹冬笋香菇包菜红白萝卜青蒜……百色百样。年头吃鱼头，年尾吃鱼尾，木桶蒸饭不得吃光，这叫年年有余，岁岁有剩。叫花子也有三日年，再穷的人家也得像个样，一年的好光景都留在这一顿了。敬老人嘱后人酒来酒去烟去烟来大人劝小儿闹狗啃骨头到处钻，热闹非凡。直喝得天昏地暗，东倒西歪，伢儿认不得娘，老头媳妇找不着茅房。年饭收拾停当，稍事歇息，女人们便忙着命男人小孩褪下旧年脏衣，全家老小洗个热水澡，一年的辛苦和风尘一夜洗尽，留个清清爽爽轻轻快快好过年。

"三十夜的火、月半夜的灯"，家家户户三十夜的炉火都烧得噼啪通红，焰高一尺。膛中有火，心里有主，一家人偎着火守着直冒香气的煨蹄髈湖藕汤。大人嘱孩子穿新棉衣的小心火烛，穿新棉鞋的莫踏湿、蓄着点。老人们吧嗒着抽烟，咕噜着茶壶嘴，检点一年的亏盈，盘算来年生计，不时嘱两句儿孙辈做人做文做事之类的要经。彪悍的狗蜷在灶角，偶有火星溅着，汪的一声跑远了。时间顿滞，像火上的汤，就这么熬着。

屋外的雪，戚戚地落。家户的灯火映了，雪光有些带紫。趴在窗棂看远处，厚厚的雪被捂不住星星点点的夜火。

拜年

大年初一清早的鞭炮最烈。这村那家此起彼伏没得间隙，鞭中夹炮，炮后有鞭，一阵紧似一阵，一村密过一村，像滚雷拂过村村畈畈、旯旯旮旮。各家各户起床的第一桩事，是赶紧把鞭炮屑用笤帚拢了和垃圾归在里屋门角，不能泼出去，要留住"财岁"。

早餐过后就开始拜跑年。初一初二拜本家，初三初四拜娘家。同姓本家从祖堂屋拜起，上房下房，穷家富家，叔老伯爷家家叩遍。推门而入，双手一拱"恭贺恭贺"，逢年长者须问几声"健旺"，儿孙辈得趴在地上一磕到底。本家一般不备礼，也不送压岁钱。陈年的情分，积久的恩怨，消融在这两手一拱之间了。有在外头挣工资的回乡拜年来了，自然要阔气一些，主人家也想多留两脚，问问在哪里发财，恭贺恭贺，羡慕羡慕，一团和气。本村和邻村的拜跑年，有时须一天方能拜完，相好的聚在一起，喝两口，有些过节的难免有些尴尬，但年上图个吉庆，不说隔墙话。

有一个村是父亲须年年领我们去拜年的，叫大塘坝任家，与莲花塘刘家相隔一条垅一道梁。村落三面依山、一面冲鱼塘。祖母是这个村的女儿。祖母的母亲即我的老家婆太奶奶，是一位枯老如柴菀的小脚老太太。她过世的前几天，我们曾孙辈都去了，候着老人落气。孩子们打打闹闹见缝插针地挤着睡在各家，大舅爹、细舅爹率儿孙轮流陪守躺在外屋的又老又聋气息奄奄的老家婆太奶奶。准备报丧的鞭炮和接客的肉鱼都料理好了，九十多岁的人殁了，算喜丧。第三天半夜，忽听细舅爹说："老了。""老了？"蒙蒙的亲戚围过来，试试鼻息，说真的老了。呜呜嘤嘤的哭声遂从各个屋角响起，歪脖子大舅爹和断文识字的细舅爹领头唱哭，肝肠寸断，一声一个"娘——呃"，历颂老人的功德和为了儿孙们受过的苦难。三天后老人下葬，舅爹们是孝子，披麻戴孝领头向众长辈磕头行礼。咿咿呀呀的唢呐声，噼里啪啦的鞭炮声和呜呜哇哇的一片唱哭中，辛劳了近一个世纪的老家婆太奶奶就向另一个寂冥世界起程了。棺材不重，但须八个青壮年来抬，这叫"八抬"。八抬们喝过酒，每人收下一条烟，步履沉重地向不远的野山坡墓地拥去，那里有一口新挖的坟井在等候老人的回归。一路上，八抬们要歇住脚，一齐屏息，然后打一个长长的"呦喝——"，"呦——喝"，声音在山间回荡，有些苍凉骇人。棺被小心翼翼地放到井底，八抬们再喝一口酒。祭桌上摆了些肉鱼菜蔬，一壶酒，一双筷。祭桌后立了半山坡头缠背披白土布，手执哭丧棍的儿辈、孙辈、曾孙辈们。

老家婆太奶奶家留给我的亲情牵着我，年年来拜年，长辈们都要叙述老人的遗训和家规，恩情绵长。当然还想看看与我年纪相仿的表叔们，还有总也玩不完的熏火筒儿、火炮枪儿、弹弓或小人儿书什么的。

其实，大塘坝任家并不都姓任。屋角连屋角的角落处，有一郑姓人家。郑家有一女儿，叫秋儿，做事麻利泼辣，为人心直口快。秋儿家的门口是鱼塘，年年少不了有放水捞鱼的热闹日子。热闹归热闹，争地盘免不了磕磕绊绊打打骂骂。某一天，秋儿赤着泥足，提着虾篓儿同一个毛头小子打了起来，打得那个小子一败涂地，落荒而逃。这毛头小子就是我的三叔，几年后秋儿成了我的三婶。一想到三婶，我的鼻子总有些发酸，眼圈立马就湿。三婶命苦，总共生有七个儿女，原有一女儿叫燕儿，活泼可爱，忽有一天就病了，一查是白血病。只有几岁的燕儿葬在屋后，在后来爷爷奶奶的坟下方。还有一个男孩叫赛鼓，约两岁时掉井里了，捞起时肚子胀得像一面鼓。很长很长时间，我都听得见三婶凄厉的嚎哭，揪得我肝肠寸断，像吃了后屋坡脚的断肠草。三婶家里家外风风火火，百十斤重的草头挑起来不比男人们跑得慢。三婶嘴巴也特别利索，骂起人吵起嘴来从不示弱，我依稀记得她还敢跟我性格刚烈倔强的爷爷打架。但三婶有一副天生的热心肠。尽管妯娌之间难免有针头线脑的绊结，三婶对子侄们却总是那么仁慈迁就。我读万古堂小学时，一直以为三婶家就是我的另一个家，大屋里一张稻草垫的黑床总是我和大堂弟睡。有时贪玩尿裤子了，三婶二话不说拽过我双腿一夹，褪下里裤外裤，在屁股上噼叭两下"叫你长记性！"就换上干净衣裤了。每次去三婶家，三婶总要爬木梯上阁楼去掏藏在坛里的自家炒货，用炒米撮盛了，命我牵起衣角，呼啦一下倒一兜。念中学时，听说三婶为菜园的事被人家打了，我思忖着待我再长大一点和堂弟们一同找人算账。后来有一天，父亲忽然说，三婶没了，是在城里卖菜时突发脑溢血倒在地上，再也没起来。这事让我失神了许久。三婶的早殁，是我们一家的大事，父亲母亲和七八个兄弟姐妹一商量，把几个堂弟都带到我们家读书。我父母在大学当老师，经济并不宽裕，本来我家就有两男一女，加上堂弟们，光饭量都让邻居家瞠目结舌。几个孩子都铭记父母节衣缩食含辛茹苦的不容易，个个争气，全都考上了大学。老家的人说，托我爸妈的福，改变了几个孩子的命运。最小的堂弟伟儿从上海同济大学毕业，考去美国读研，临出国前突然提出一件让全家难办却又伤心得不能不办的事，他想带一张他妈妈的照片出国——当年三婶去世躺在屋场的地上，伟儿只有一两岁，穿着开裆裤蹲在三婶身边玩泥巴，如今出息了，无限怀念自己的生母，却不知道自己的妈妈长什么样儿。这永远的遗憾和悲痛令伟儿无以排解。可是在那个贫瘠的山村，哪里有三婶的照片呢？好在我的父母、二叔二婶都想起三兄弟妯娌在县城照相馆照过一次合影。于是所有人翻箱倒柜寻找20多年的一张老照片，一如大海捞针。我当时联系好了在省公安厅搞技侦的朋友，准备根据我们全家人的回忆，画一幅三婶的像，以了伟儿的心愿。后来终于在一本旧书夹中找着了，伟儿怀里捧着经过翻拍放大的生母照片远涉重洋了。三婶是我永远的三婶，我至今仍然能清晰地记起她的模样。郑家是三婶的娘家，也是我的至亲，每次我去拜年，郑家人都巴心巴肝地疼我。为续上这段姻亲，我的大姑把她的女儿六珍，嫁给了三婶娘家的亲侄儿幼民。

不管是风雪连天，还是冰释雪融，山山相连、村村相通的山道上总是穿行着花花绿绿打打闹闹拜年的人。父亲因读了大学又教大学，是有身份地位的人，在老家远近闻名。每到一处拜年，父亲喊舅、叔、娘的都数不过来，老人们慈爱地唤着他的小名，揭他我们从没听过的老底儿，这时父亲总是很兴奋，恭顺得像个孩子，被数落得不好意思了只好冲我们呵呵一笑。家家都以父亲的来访为荣，三家来约，四家来扯，家家都得吃席。

隔壁左右的兄弟伙伴儿来了，得炖着热漉漉的炭火锅，随意喝几盅。但至亲至戚、同庚旧友、结拜兄弟、生死之交来了，真正的拜年饭就很讲究。通常是酒席的主桌摆在上堂屋，桌缝与堂屋横梁平行，长者和主客背墙面门坐上席，一览重重下堂屋；次位是下席，与上席对面；两侧是边席，多是晚辈等陪客，专侍筛酒的须是辈分最小的男丁，坐边席靠近上席的位置。两侧偏桌一边是半大的小伙子，一边是有点见识和体面的女人，再加上容易哭闹的孩子们。媳妇和大姑娘们一般不上桌，须客人全吃完后再端着饭碗挑些喜欢的冬笋、粉条之类的剩菜。主菜惯例是八大碗，用碗倒扣的肯定是腊肉了，但一般是肥多瘦少，有的壮劳力一气能吃七八块一咬一口油的大块肥腊肉。酒有打来的散酒，也有家酿的，灌进壶，淤在炉灰里温一温。话题有时热闹得不可开交，有时又东扯西拉同不了题，就这么默默地干坐，却也那么自然、舒坦、妥帖。边吃边喝边聊，主人忙不迭地夹菜，主人家媳妇不时上来站在上席旁边用油乎乎的围兜拭手，边邀着："您家吃，随便夹点什么，没得好菜，得罪您家了。"在上堂屋吃喝上家的酒席，下一家的主人早手持酒壶一边候着。上家吃罢，酒、菜全撤，碟、盅、筷不动，人也基本不动，只是筛酒人换成下家晚辈。热气腾腾的酒菜从下一家灶屋里端出来，绕过天井、侧廊和堂屋就上了桌，品种花色差不多，酒味也差不多。吃第二席时，第三家也早立在边上了。七家八家十家，从晌午吃到天擦黑，按辈分长幼来排队，少一家都不行，否则就是嫌贫爱富瞧不起人。到最后，只能一家只动几筷子，抿一口酒算是表示了。这吃得昏天黑地的一天，是亲情最浓郁香淳的日子，整个山冲，弥漫着安宁、静谧、祥和的氛围。

去舅舅家拜年，是我们兄妹三人最高兴的事。每年初三一大早，我们就起床换新，翻过山包，走过田埂，进城，出城，再翻山，再从塘堰上走过，几十里路不觉远。常常是舅娘早就在池塘洗菜等着了，隔着林子大声叫着我们的乳名，我们就雀儿一般飞过去。母亲出生于旧大户人家，祖上是省上闻名的富绅，一脉几支下来，子孙们出息者众，共产党的军官和国民党的军官都有，后来家道中落，分崩离析。外婆生过八个孩子，但在战乱中陆续夭亡，只剩得一头一尾，即我的母亲和我的舅舅。外祖父是国民党的旧军人，读过书、上过旧军校，解放后长期在外地劳动改造，在家乡只有妈妈和舅舅二人相依为命，感情当然格外亲。文化程度不高却读过不少书的舅舅被下放到县城的远郊乡。不上学的日子，我们兄妹三人常常站在柏树岭上，遥数田畈的人影，知道舅舅该来了。我至今记得有一年春节临近，落雪下冰凌，舅舅挑着箩筐，一头是我，一头是肉、鸡、糯米，送我进城里挤火车去武汉看爸爸。风大雪大，泥路滑溜，舅舅跌跌撞撞地挑着我，连草鞋都跑丢，竟赤脚了。舅舅家境一直不好，但对外甥很亲。给舅舅拜年，一般是提两瓶酒两盒糕点什么的，礼不重，舅舅也不计较。每年拜年，我最馋舅舅亲手剁的鱼糕，鱼味儿足，粉不重，颜色纯白而且筋道，令我回味无穷。

龙灯鼓阵

正月初三，大姓屋场的龙灯就舞起来。

最先是一个姓氏舞一条或几条龙，后发展到同村组舞一条龙。男男女女青壮劳力全出动，人少的舞两条，多的舞四条，公龙母龙成双配对。牵珠的须是身手矫健的壮小伙，与其说"二龙戏珠"，莫如说"珠戏二龙"，带响铃的彩珠上下挥舞，撩得偌大的龙身上下翻飞左腾右扑。龙后面往往跟有采莲船儿，俊俏媳妇涂脂抹粉地立在采莲船中央，扮相滑稽轻佻的艄公执篙在前面逗引，男扮女装佯作愠怒的艄婆操起破扇子在后面追赶。在谁家堂前停下，立即围成里外三层。艄公唱"采莲船呀么——"，众人齐唱"哟呵"，"拜新年呀么——"，众声紧接"划——着！"……各家各户赶紧放鞭炮来接，再往采莲船头搭上些烟、糕点、布头之类回敬。阵容大一点还有狮子和花鼓戏来伴，两个年轻人钻进狮身，大摇大摆，爬桌椅、钻长凳，博得一阵阵掌声喝彩，也有调皮的狮子专追赶大红大绿的大姑娘，吓得她们呀呀怪叫，小儿们直喊"妈妈"。

真正壮观的场面，是鼓阵。黑夜的山道田埂上，一队队的各色花灯在前引路，向某处村庄进发。鼓阵紧随，几十面、上百面牛皮鼓一齐发作，几十里外就能听到，人们凭鼓声判断有龙队去哪个方向了。出发后，鼓点节奏完全一致，齐响齐停，这叫排鼓。排鼓雄宏壮观，整齐划一，富有震撼力、凝聚力。鼓的一头，用土铳、梭镖支着。两个家族之间的龙是不能碰头堵路的，否则将发生火并，双方都要设法将对方的龙皮划破、龙须割断。浩浩荡荡上百人的队伍临到某个村落路口，排鼓顷刻间变成乱鼓，算是报信。花灯队先进村，到得主堂屋下齐刷刷站定，待主人出来，鼓阵在村外立住，乱鼓不停，长龙、彩狮、采莲船依次徘徊游弋。村里接客的鞭炮一响，鼓阵就开始前行了。蓄了一冬的汉子们，把力气都用在了鼓点，威风凛凛地从村里穿过，在村的另一头候着龙队。采莲船中的女子一般很惹人眼目，是俊俏媳妇儿的会被人说谁家有福气，是漂亮女孩儿的便很快有媒婆盯上。少了花灯龙队的鼓阵出不了彩，缺了鼓阵的花灯龙队没有了威风，你来我往的龙灯鼓阵要闹到正月十五花灯节才能歇手。

年是一种文化，更是一种乡愁，一种浓得化不开、淡不了的情结。

多少年了，过年的感觉依然停留在儿时的记忆中。城里的年过得虚浮、喧闹、忙碌，少了些实在、浓稔、醇香，那不能算过年。乡亲们年年捎信让我回家，我也一直向往，何日再回一别多年的故乡，过一个真正的年？

（原载于《北京文学》杂志）

故乡的花开

　　近读一篇英语小散文。大意是，作者幼时随父母从比利时回到位于法国的阿尔萨斯－洛林——我们在都德的《最后一课》读到过这个地方，父亲送他一棵樱桃树，金灿灿的果实，结在他童年的记忆树上。若干年过去了，迟暮之年的他从位于日内瓦的联合国总部迁往美国纽约的多布斯费里。他和妻子决定到郊区买一处房子。他们举着伞，在雨中踽行了多时，渐感失望。但是，在一处庭院前，他一下子顿住了：院里立着两棵樱桃树！他们毫不犹豫地买下了这处房子，从此住在了这里。

　　我完全能够理解这位外国老人的心情。他流浪辗转了大半辈子，童年的某个情结一直潜植在他的心底。暮之将至，心灵的翅翼渴望栖息在某个枝头，情感的底片渐渐清晰起来，一旦被物化、具化，心灵即刻间便产生感应。于是，简单而丰富、曲折而笔直的人生路上，呼啸的高铁就戛然停下了。

　　人的一生就是这样，一离开起点，就向终点飞奔而去；

人一出生，就已进入死亡的倒计时。这位外国老人是幸运的，他把起点和终点重叠在一起，老年在童年里找到归宿。这是一种圆满。与滔滔长河、茫茫浩宇相比，一个人的生命简直连一粒微尘都不是。人生苦短，在以光年为长度计量单位的宇宙里，连一滴墨点都留不下，但是这位外国老人把墨点放大，点染成一束灿烂的花。

不经意间，这位外国老人的两棵樱桃树，催生了我心地上那一片的李树、梨树、桃树、枣树、棠棣树……

我的老家是鄂东南赤壁市大田畈的莲花塘刘家。莲花塘的桃花涧，有一片竹林围着的菜园。园中央一棵梨树，因为四周的营养滋奉着它，长势格外雄健茂盛。它当然是属于我家的。由于怕孩子们等不及果实成熟就糟蹋它，大人用刺蓬围住了主干。直到阔叶间成熟的梨儿肚皮撑白了，早馋得不行了的孩子们，用长竹篙东一个西一个地敲得差不多了。但每每树顶上总会有三两只硕大个的够不着。胆儿大一点的孩子冒屁股受尖刺之苦，爬上光溜溜的梨树干，起劲一摇拽，一不留神一只只肥梨"嗖"的一声从枝叶间坠下，"嗙"的重重地落在底下仰望的脑门上，顽童们来不及哭就笑了。

一般地，枣树是没人爬的，呈赭色的尖刺坚硬而锋利，扎进肉里，有一种彻心彻骨的痛。因此，它也逃避了许多踩躏。只有鸽子不怕它，还敢在树冠里做窝，这件神奇的事一直困惑着我的童年。后来有人对我说，鸽子是为了躲避人的侵犯，才在荆棘丛中寻找安乐窝的，这叫最危险处最安全。

莲花塘虽穷，却水草丰沛，果树成片成林，最多的当数李树。山冲屋后，曲折婀娜的李树依依密密。树干粗糙，裂隙如网，树茎弯曲离奇如梅干竹鞭，枝丫纵横交叠，勾连交叉，果实是点缀其间的眼。但真正称得上果实累累的地方，还是在港汊泽畔、塘边井口，成丘成丘的李子密密匝匝，把个枝条都压弯了。李树好攀，登之如拾级而上，跨住斜干，信手揪来，拂去一层白霜就入了口。如果一顿狂摇，李雨急下，地上顷刻间就见了青。

与李树相比，山沟里的桃树显得珍贵矜持些。夭艳多情，灼热如火，在穷乡僻壤间如美少女，点染了无限的风情。山里人生孩子取名儿不讲那么多文气，拈来就上口，但多充满意趣，我的小学同学中叫“桃儿”的女生就有好几个。若是哪家的桃红了，便早有人眼馋心馋、口馋手馋了。我依稀记得，小时候做得最多的梦，是突然发现绿叶里藏掩了红硕的桃儿和纷纷扬扬的桃花雨。有一年天热了，我和小伙伴窜进谁家的院墙，吱溜溜地爬上桃树冠。突然吱呀呀一声，木门开了，谁家老太搬了小竹椅靠树荫歇凉。这可苦了我们，不敢下树，摘的几个毛桃塞在短裤背心里，毛茸茸得奇痒难耐。终于等到老太眯着了，赶紧如猿猴探涧般蹑手蹑脚地溜之大吉。跑到水塘里，衣裤一褪，蘸着塘水啃青桃，嘻嘻哈哈地傻乐不已，连塘四周的桃枝李丫都乐得颤颤跳。

幼时贪恋的是果，长大后记忆里留存的却是花，尤其是雨中花。第一次读到"千树万树梨花开"的场景，才七八岁。记得是一大早走过岭上，前夜走过的梨树下一夜之间变成一片粉白，雨意迷迷蒙蒙地浸渍着，如今思来，像是谁的一幅写意画。有时一场夜雨，大人会说，睡吧，明儿早起看桃雨。果然，第二天的山坳里红粉潇潇，落红一片。

真正的花香，当数兰草花和栀子花。这两种花并不十分夭艳夺目，却是香力逼人。循香寻花，纤纤叶儿、嫩嫩蕊儿的兰草花常生在野坡草丛中、山石旁，或者峭壁上，脚下的泥土并不肥沃，周围不一定有突突的山泉，也鲜见有大树作背景，但风雨不改其香，贵贱不移其位，岁月不变其志。与兰草花的幽香相比，栀子花有着一种不可抵挡的香，白得没有一丝杂质的花瓣或闭或合，藏在深绿的灌叶丛，让人很难把四溢的浓香与小巧的花体联想到一起。朴素也是一种力量，这就是故乡的兰草花和栀子花。

年复一年，花开花落，果熟果落，村里没人在意，没有林妹妹的一唱三叹，没有"人面桃花相映红"的缠绵。就像村里的庄稼、村里的毛头小子，一茬又一茬。我应该也算是其中的一茬，只不过移栽到了北方的京城，但根须依然连着水草肥美的南方，枝丫依然应着贫瘠偏僻的山冲。

我企图着，什么时候能拥有一处属于自己的院落；院落里，亭立着几株桃李梨枣树，开着丛丛艳艳的花，让我于静谧中，听那夜夜的花开。

落地的鹰

我曾在一篇怀念故乡的散文中写道:"回家的念头始终在脑海里盘旋,像一只落不了地的鹰。"这年春节,我这只在梦境里、在故乡上空盘旋了二十年的鹰,在丝毫没有预料的情况下,真真切切地开始了回乡之旅。

我记忆中的莲花塘是否山清水秀依然,是否风物状貌依然,是否亲情浓稠依然?急迫的心情,随着缓慢颠簸在崎岖山路上的车轮,忐忑而新奇,像随时想冲动的脱兔。依稀辨认车外的景色,与记忆中的底片比对,轮廓依在,山峦古木、田塍塘堰还认得出,只是弯弯山路早已改道,犬齿嶙峋的水港早已变窄,记忆中故乡山岭上两棵标志性的参天古柏不见了,本来滴翠的林子有了些衰景,现代都市的白色垃圾点染了原本的一色青。

车轮一圈又一圈地慢转,一如我记忆的年轮一圈又一圈地回放,故乡一层层地褪去雾纱,我的心一寸寸地被悬起,一种莫名的情愫在心底回涌着、翻腾着、撞击着。突然,一条小路闯入我的眼帘，那是一条刻记了我孩儿时期足迹，令我刻骨铭心的乡间小路，一下子把我拉回到二十年前的场景！有如一场突如其来的暴风骤雨刹那间停歇，时光流水顿时停住，所有的过去和过去的所有陡地清晰起来，奔腾的感情在慌乱中急切地寻找宣泄的闸门，我突然号啕大哭起来，哭得肺腑颤动，泪雨滂沱，涕水如河。父母亦为我所动，抱住我，一起泪水盈盈。最懂我的，是我的母亲，她曾含辛茹苦、节衣缩食十几年，独自在这块穷乡僻壤把我们兄妹三人拉扯成人。正是在这条连接莲花塘刘家和万古堂小学逼仄的山路上，我孩童时的小脚丫日见粗壮，挑柴禾、捡谷子、背红薯回家，扛草头、插秧、打青叶，最后一步步走出穷山村。这条山路，像一根电线，联通了我和故乡所有的感情信号！

我曾在一篇文章里说，我与故乡有个约，请故乡等着我，等待我回家时那隆重的典礼。可是，仓促之间我就回来了，没有备一份礼，只有一颗虔诚而滚烫的心。那丝毫没有矫情的淋漓酣畅的一声长哭，算是我最隆重而深沉的礼拜了。

闻知消息的乡亲们怕我认不得回家的路，赶出几里在路边候我。见到车来，成群的孩子们山雀般热闹起来："来了，来了！"赛着跑回村报信。莲花塘大大小小几十户人家，老老少少几百号人，聚集在围杆丘的小屋场和莲花塘边上，踮足翘望。他们同样急切地想看到，我这个离家二十年的游子如今是个什么模样了。噼里啪啦的鞭炮声，在林间垄间回声呼应，炸得整个莲花塘热闹得不得了。

没有想到的是，我这些阔别多年的乡亲们，一直惦念着我，一直关注着我的一举一动点滴变化，一直编演着我是如何从村里到县城到地区到省城到京城的故事，这真真地让我汗颜。他们是我浓郁乡情的寄托者和最忠实最精确的解读者，我曾在《一个人的河流》一书里收录了几篇乡情散文，乡亲们竟然都传看了，有的还专门进城买了来。这些粗糙如棕皮、枯瘦如竹茎、皲裂如地隙、握锄头斧头镰刀砍刀的手，居然能小心翼翼地翻过那一页页薄纸，还不时发出"写得蛮像"的赞叹，有的人还能背出其中的句子，与某某人对号入座，令我感动。那本在浩瀚书海连一滴水都算不上的小书，在这个偏僻小山村里掀起这么大的热波，有这么多的读者和知音，简直是我天大的福分了。

乡亲们拉着我的手，挨个儿让我喊爷娘姑叔，有的比我岁数还小的我也得称叔姑，我恭谦得像个刚入学的童子。看着他们憨厚而满足的神情，我也显得满足而憨厚，像一只疲倦的鸟儿，飞回了山林，像一尾贪玩的戏鱼，游归了旧巢，着实放松。教我喊什么，我就乖乖地喊什么，要我答什么，我就老老实实作答，让我坐哪儿，我就规规矩矩毕恭毕敬坐哪儿。什么地位、身份、学历、见识，统统放在一旁，此刻的莲花塘，只有一颗回归游子的心，被热心肠的乡亲们小心地呵护着、可怜着。

拽着我左右看完了、问完了，乡亲们说，上你爷爷的坟上去磕头吧。一干人前呼后拥带着我们向后山坡去。坡上，安眠着我的祖父祖母。我穿过祖母纳的鞋、连的衣，跟屁虫似的追在祖父后面去捕鱼、去捉蛇，他们是我童年记忆里最永久的主人公。可是爷爷去世时，我正在读大学，学校没有通知到，老人家在风雪夜等候了一宿也没等到我这个长孙！如今他们默守在高坡上的坟地，静候着孙儿的拜谒。乡亲们知我要来，早用砍刀斫出一条路来。父亲率众多儿辈孙辈，向荒冢下长眠的老人行最古老、最朴素、最虔诚的磕头礼。三叔怕泥水湿了我的衣服，示意我不必跪在地上，我说那是不行的。由急促到寥落的鞭炮声，在山间回响，平添了几分寂寥与孤独，增加了我对童年往事的追忆，对祖父祖母的哀思，不免黯然伤感。

下得山来，乡亲们早在山脚下迎候。一桌桌的酒席已经在等着我们。我曾在散文《过年》中叙述过这样的场面。一家接着一家的宴席，谁也逃脱不了，吃什么、喝多少在其次，关键是家家都得去，一家都不能少，否则就是瞧不起人。再穷的人家也要用最大的排场来迎客，一年里可能就这一顿丰盛。在一家吃着，下一家的人早候在一旁，等着迎过去。有的兄弟几个共一个堂屋的，客人不必离席，碗筷酒盅不用换，只是新菜换旧菜。各家菜的做法、味道差不多，照例是腊肉、腊鱼、肉糕、野味、蛋卷、氽丸、藕汤、鸡汤、冬笋、菜薹，等等，总让我唇齿留香，回味无穷。这一次，乡亲们怕我这位城里人嫌脏，家家都换上了一次性碗筷和桌布，增加了些现代色彩。

最让我尴尬和感叹的，是乡亲们都能说出我小时候的许多故事，有的还互相佐证，互相争执，连我都不知道真假有无，但是觉得很像、很中听，多半是褒义；有的说我从小就聪明过人，算命先生还算过我的八字，命好；有的说曾抱着我摔过一跤，问我还记得不，还疼不疼，我只有感动得脑袋像鸡啄米，直点头；有的拉出躲在身后扭捏着的半大孩子，说这是你几弟，你要教他两招，日后好像你一样吃公家饭、搭公家车；家家户户有头有脸，在外面读书、下岗、打工的人都被家长召回来陪我，彼此交流一些有用没用的信息；有笔的让我还留下电话、手机号、通信地址和伊妹儿，说有事上北京找我；有的还摸出我那本皱巴巴的小书，让我体验了一回签名赠书的感觉。

面对满桌的饭菜，满堂屋的话儿，我只有感动。围坐在噼啪正旺着的塌炉炭火，我像回到了从前，真的不想走了。

走总是要走的。乡亲们说，你在乡下睡不好的，狗太闹人。我突然想起一句话，犹豫一下还是问了：小偷还像原来一样多吗？多，过去穷，有人偷，现在不太穷，还是有小偷，狗都不管用了。

夜深了，我得走了，乡亲们又围聚在屋场里送我，比接我的人还多。

我知道，我的这些父老乡亲们虽然没有多高的社会地位，不太知道我的工作状况，但他们用憨直的目光欣赏着我，让我感到了一种力量。我知道，我是他们眼里一只盘旋的鹰，无论多高，永远也飞不出他们的视线。车开出好半天，回头望一眼灯火阑珊中二十年后又见的小山村，我的鼻子抽搐了一下，好像刚哭过。

看　星

城里没有星星。

我怀念遥远的南方，遥远的星空，我家的星星们。

夏夜永远是劳累了一天的大田畈人舒松筋骨的时光。

稻草编织的烟包，冒出一团团浓烟，把蚊蝇驱赶得远远的，在莲花塘屋场的旷地上留下一柱柱粗黑的灰烬。

夜虫蛙鼓此起彼伏呼着应着，不知疲倦，唱着万年不变的歌谣，它们的爷们这么唱着，孙们也这么唱着，不嫌厌烦；偶尔，三两点萤火虫轻快地画着弧线，舞着蹈着，栖在干草上，便映亮一片。如果停住不动了，肯定是被哪个小子或者小丫头捉进玻璃瓶里了，两只三只，七只八只，满瓶的萤火虫竟像一盏灯，还真可以照着读书了，后来才知道，那叫囊萤夜读。还有一个成语叫"凿壁偷光"，不过那个时候没有光可偷，因为整个山村都没有电。

没有电并不妨碍夜生活。大人们仿佛有说不完的故事，张长李短，传说谣言，像自卷烟一样，亮一阵暗一阵。话不投机了，也会蹲起斥骂，祖宗八百代全骂遍。说到高兴处，荤段子下流话嘻嘻哈哈，不怀好意。那时的我，最有兴趣的，是四仰八叉地躺在凉凉的竹床上，数满天的星。

山里的夜，没有电光的污染，一片空明澄碧的墨蓝。周遭群山合起黑氅，把密密的星子们一个个拂得亮晶晶的。仰面望去，满天的星子分布并不均匀，有时星河灿烂去势滔滔，有时星罗棋布如沙场练兵，有聚众抱团的，也有点洒有致的，有的异彩夺目，有的黯然无色，有散兵游勇瞎逛荡，也有双星相伴无言语，有的星座似有红光闪烁，有的星座寒光逼人。间或，一两线光亮划过夜幕，就会有人说出众所周知的寓意来。这样的静夜，星辉满天，是最容易想入非非的时刻。

那时，我刚好沉醉于《十万个为什么》的天文篇，我总是双手托起后脑勺，默对星空，把书中的每一个文字对应一颗星，让想象的翅膀掠过夜幄，穿越在星球宇宙之间。感觉有一种情愫，在这闪着星光的黑幕上发芽，每一只星子都是一枝芽，任性地生长。许多年过去了，我才知道，那叫想象力。那竹床的凉意和满天星的诗意，还时时呈现在我的心幕，挥之不去。

与星星做伴，并不全是诗的意境，也有生活的困境。

许多年前的一天中午放学后，我照例与小伙伴们一同进深山砍柴。半天下来，天已擦黑，不知道是津津有味于山林里的野洋桃，还是一味痴迷于险处的风景，发觉只剩下我独自一人在渐渐漆黑的山顶。夜风冰凉，寒意嗖嗖，恐惧、孤独、寂寞、困乏、饥饿，交织着充塞着我的心灵。不知道会从哪个方向出现毒蛇、野猪、百足虫们，便挎着柴刀惊恐万状地爬上一棵树，攀到不能再高处。林涛滤掉了喧嚣，寒冷让时间停滞，只有硕大无比的黑色攫取了我的心，似要吞噬我。风，吹干了我的泪线。猛一抬头，竟看到满天的星子在从没有过的近距离，簇拥着向我微笑，眨着眼睛。原来，他们全是我的伴儿，在我最痛苦的时候！我数着他们，一颗，又一颗，像灯，点亮了我的心幕。忽然听到夜风送来母亲在远处的呼唤声，我这才放开喉咙号啕大哭着喊妈妈，以示意我的位置。那一年，我10岁。

多少年过去了，只要想起小时斫柴的情景，这个困守山巅、星星做伴的夜晚，必定是要串起来的。只要有星星在，我就不会寂寞。

也有盼着星星消失的时候，那是一种对曙光的守候和期盼。当时家里有责任田，母亲总得在天不亮就出门去插秧，然后在早自习前赶回学校教课。稍大一些，我也该帮母亲分担了。插秧得长时间地弯着腰，累得人腰酸背疼，蚂蟥牛坨蚊子等叮得人浑身痒疼。当然没法仰头望星，只能偶尔从田里轻漾的清水面上瞥一眼映着的星子们，摇摇曳曳，不甚分明。终于直起腰来时，只见满天星儿正渐渐地淡出四起的曙色里，像灰蓝色布上嵌着些许陈旧的珍珠。新的一天又来了。

曙光拂去了一夜的疲惫，我总在盼望东山坳里那轮每天依旧升起的红日，那辉煌四射的光芒，夜复一夜，年复一年。没有星夜的苦守，便不懂朝霞的美丽。那霞光，恐怕是所有的星子们攒足了一夜的辉光，作最有豪情的绽放。从此，我认为，太阳有个妈妈，妈妈的名字，叫星子。

没有星子，就没有太阳；有多少颗星星，就有多少个故事。

城里没有星星。我时常怀念遥远的南方，遥远的星空，我家的星星们。

陆水湖的沙

　　一片浅浅薄薄、细细密密、柔柔绵绵的沙滩，永远搁在我心的河湾。我总幻想有一天，有一天钻进清澈的柔波里，恣意地徜徉，然后躺倒在河岸绵软的，绵软的沙被上。

　　那是家乡赤壁陆水湖的沙滩。相传，陆水湖曾是三国时期东吴大将军陆逊操练水师的地方，是中国历史长河上的一个滩。

　　我第一次见到沙滩时，才有七八岁。儿时的记忆，往往是最模糊，也是最清晰的。烟波浩渺的陆水湖，碧波荡漾，碎浪欢快地拍着，拍着岸上线，像舞着的，舞着的裙边。柔波温柔地摇，摇着岸边的石，把伟岸嶙峋的岸石摇成了碎片，揉成了粉粒，无声地瓦解在水波的胸怀里。幕阜山的泉清亮冰凉，仔细地淘磨着每一粒沙子的边，沙子便晶莹剔透得珠圆玉润起来。水线以上，沙砾由细到粗，层层片片，向岸的线，向山的根，向天的边，长长地延伸，铺到你目光的最远，最远处。无垠的沙滩浮泛起一层雪亮雪亮的光晕，与

· 296 ·

远处的蓝天，蓝天上的白云，白云下的青山浑然一体。

赤足在河边走，心像轻浪一般荡着舞着。一脚踩在绵绵柔柔的沙被里，一脚泡在荡荡漾漾的水被里，每一处肌肤和汗毛都被浸淫得细致舒适妥帖，直想躺倒。躺倒就躺倒，干脆脆赤条条地睡在沙地。细柔的沙被捂住某些地方，脚后跟搁在水里，只留下嘴和鼻和眼。双手托头，两眼望天，看白云苍狗长风浩荡，舒坦坦美滋滋得直想让人分享。一俟有伙伴走到跟前，便立身站起，唬人一跳。女孩儿远远地蹲着跪着，纤纤手儿垒着蜗居，沙子在手里流成线漏成丝，有如金丝银线飘泻，诗意万千。

河上有霾的日子，常有一支长篙咧着一声吆喝，撑一艘木船靠岸。下来几个壮汉，荤素嬉笑间用铁锨装满一船沙，不知运向哪个山旮村寨。长河落日红霞漫天时分，常有采沙船"吱噜吱噜"地蹚着大波，向朦胧夜色深处驶去，直到接着了星星点点的渔火。于是，一间间猪圈茅舍，一座座红砖瓦房，一架架野溪小桥，一条条通向山背的石阶，渐渐地建了起来，填充在大山的皱褶里了。

陆水湖的沙，是岩的分解，分解的岩。是山的细胞，是水的分子，是山和水的孩子，是世间万物的精灵。因了水的洁净而剔透无尘，因了绿的凝聚而充满灵气，纤尘不染，清纯刚韧。他们来自大山，经了水的淘洗，又回归山林，搭建了山里人的生活空间，山路弯弯，弯到十里八乡。沙们一辈子没见过大风大浪潮起潮落，一辈子没漂洋过海见识灯红酒绿，一辈子没依附过摩天大厦在塔尖楼顶招摇于世，只是默默地循环在祖祖辈辈休养生息的山水之间，在风吹雨洗中风化缩小，一如粉齑，一如风中的尘子，一如来无影去无踪的风。他们的子子孙孙，亦如他们，亦如他们的祖祖辈辈，依旧在年复一年的重新分解与聚合中，延续着卑微却不灭的生命。如此这般，却也少了风蚀浪损之苦，重负垒压之累，灰飞烟灭之灾。

一粒沙就是一座山，一座浓缩的山，是山的分子、山的原子、山的质子；一粒沙就是一条河，一条凝结了沧海桑田百年变幻的古老而干涸的河，一条流金淌银流血淌汗贮满世间悲欢离合的河；一粒沙就是一首诗，一首飞扬狂草荡气回肠的诗；一粒沙就是一个人，一个赤足在沙土里蹒跚的孩子，一个把心埋在山水之间的人，是沙工，是船夫，是堤旁垒岸的劳力，是"咔嚓"一声把扁担挑断的脊梁，一个扛起这十万群山汲尽这千流百川的山里汉子。

陆水湖的四周，在目光与目光打结的地方，我的故乡依山傍水散落而居，千年不变万古如一。故乡的人们从河里汲取养分，从山林采撷精气，享受天赐地予，像沙砾一样接受天地的酿造。

我曾赤足于印尼巴厘岛的沙滩，也曾陶醉在南美洲委内瑞拉的加勒比海岸边，我想象着沙与沙的关系，但我知道，只有陆水湖的沙是属于我的。

若是你能到我的故乡陆水湖，不要忘了，不要忘了掬一捧沙给我，我已二十年未见了。

山村教师

　　大山深处，破旧的校舍。一间被称为办公室的四角漏风的屋子。你们几个寒酸黄瘦的、被喊作老师的人，认真地争执着的似乎是一道方程式。执拗。率真。睿智。不时夹杂几句乡俚粗话。破了一角的窗玻璃外，挤着三两对充满童真童趣的小眼，和流着清鼻涕的鼻嘴。有时背景换了，是雪光辉映的天儿，卷茅屋顶的雪风呼呼地冻得住呵气，也冻僵了思维和话语，人都往团里缩。你们拿粉笔的指头僵得有些不听话。有时内景也换了，屋中央一盆塌炉，噼噼啪啪地迸着炭火星儿。偶尔有烟冒出来呛人，便有人抢了火钳扒扒捅捅，最后啪的一声甩在边上。黑板旁的炉子上，吊一铜壶，嘟嘟地响着壶盖。屋里有火，心里有主，话题也暖和。一挺懒腰伸腿儿，把谁家媳妇捎来的排骨熬湖藕小瓦罐踢翻了，赶紧赔笑脸儿。

　　你们年复一年，日复一日，就这么重复着百年大计的话题，黄叶泛绿，青丝洗白。庄稼割了一茬又一茬，学生换了一代又一代，一个个从你们的腋下走向广阔的田野，走向你们曾经羡慕的城里，有的成了你们的顶头上司，比如说乡文教组长什么的，但你们依旧守着那一角寒风。

为了一个民办转公办的指标，你们有时候顾不得斯文地胡乱想着。也想给曾经是学生的大队书记、文教组长送点儿什么，可一是没什么可送的，二也舍不得那张脸。要是做了那种事，如何面对满教室的学生呢？你们想，罢了罢了。

队里会计说了，你们家今年超支！别看你站在讲台挺着个背像个人，今天你得给我弯下腰来，签了这欠条，要不我拉走你们家猪反正也卖不出个好价！

自家的孩子也塞在班里，当然严厉些，希望比别的孩子考得高一些，民办老师的孩子，再差上个一万难山，也该考得上个公办老师吧。有卖树的路过，也买下几根，攒着。万一将来孩子连民办老师都当不上，学个木匠也不错吧。

衣服再旧，也得收拾干净。破了，补补，总不能跟老百姓一样吧，毕竟为人师表哩。家里有个半导体就让它响着，是文化啊。书得有一些，最好是繁体字、竖排、线装本。等着电影队来吧，它一年总得来两三回。

菜园门还得拉紧，老百姓毕竟觉悟不高，要不一早发现菜地的包心白菜少了你怪鬼去？人家的猪钻你家菜地啃了菜，你总不能像人家村妇一样敲着砧板刀跳着骂人吧你，毕竟是知识分子哦！

在十里八乡，你们还是最有头有脸的人对不对？红白喜丧被人央着写个对联挽幛什么的不找你找谁呀？念封信儿取个名儿认个钱儿什么的，人家就信你那眼神儿！谁家迎娶嫁女杀年猪做娃周（小孩满周年）之类的请你坐坐上席，是你的荣幸也是主人的福分。叫一声"老师"乐得你心花怒放，醉得你高一脚低一脚，不晓得那粉笔一头粗一头细两头都能写白字儿！

好，你不让我说，我就不说了，你说老师就是这个样子，只教别人莫说自己。

蛇　缘

　　有时候，蛇冷不防地袭入我的梦境。惊醒后的第一个习惯信号是：我是不是该生病了？大夫告诉我，这种心理暗示是有一定道理的。

　　我第一次见蛇，只有五六岁。当时母亲被下放到老家一个偏僻的山村，那里山环水绕，虫鳖遍地。我家居住的万古堂小学周围，更是虫豸兽禽日戏夜栖之地。蛇通常在某个星夜悄然盘卧于神聊者的脚下；或在熏蚊蝇的烟把子火星尽后，困乏者落身床笫时忽觉一阵冰凉怵人，秉烛观照，只隐约见着蛇的尾影……那年夏天，我拽了祖母的衣角去桃花洞掐黄花菜。突然，我瞥见菜园门口两条青绿色的蛇绞在一起，旁若无人。祖母眼瞎，一脚迈在离蛇不足半寸处。我大骇，回头要跑。祖母一把夹住我，径直进了菜地，念叨："刘家要发了的！"

　　稍大一些，见过的蛇已难计其数。攀缘于枝丫跃跶于蓬蒿逃逸于屋场隐匿于崖洞的青花蛇乌梢蛇土疯蛇渐渐成为我们搜捕的猎物。墙缝里树杈间常有白色的蛇蜕，我们拈了在风中挥舞。老人们说，蛇一百年蜕一次皮，很痛苦很痛苦。残阳如血的野山坡，偶尔冒出几株鲜红的酷似蛇头的东西，伙伴儿说这是蛇还阳变的，我居然敢掐在手里把玩。后来才知道，那是一种毒菇。村里的孤老太太讲，从前有个老汉，老汉有个女儿，女儿遇到三个求亲的，一个是乌鸦，一个是猴子，一个是蛇。老汉想考三人的本事，指着一片树林说，谁先砍完这林子就把女儿嫁给谁。乌鸦把刀拴在翅膀上，可飞来飞去不知先砍哪棵好。猴子握着刀，吭哧吭哧地半天砍不断一根树。蛇把刀绑在尾巴上，吱溜吱溜一会儿砍倒一大片。入夜，那蛇出现在姑娘身边，耸身一变，成了一个英俊漂亮的小伙子。这个美丽的故事，使我对蛇不再那么恐惧。

直到有一天，一阵凄厉的哭嚎越过几道山垅，击碎了我的童话：我七姑家的大女儿碧霞被蛇咬死了！碧霞只有四五岁，赤脚在屋后花间捕蝶儿，误撞蛇口……我清晰地记得，五六条汉子抬了几块木板钉的匣，走向寂寥的荒坡。新掘的小坟茔四围，满是灿灿的花儿。七姑肝肠寸断的凄嚎，至今婉转回荡在我记忆的那片荒原的上空。

蛇与我的生活绞在一起，成为我童年组曲中一溜挥不去的黑色音符。

　　双抢开镰，多在伏天。热得喘粗气的庄稼汉子舐完最后一抹冬熏的腊香，祭牙的唯一猎物便是满田满垄拂之不尽的青蛙。晒得黝黑的汉子们扛了草头骂着脏话，在日头下水之前回到村头，钻进牛戏童嬉的荷塘，惬意地沐浴后，滋溜滋溜地喝钵稀粥，在嘎吱嘎吱的竹床上眯盹一阵，起身捉蛙去了。于是，漆黑空旷的田畈上，亮起三三两两的火把，或闪烁着东晃西指的手电光柱。

　　我常在晚八点以后，穿长筒雨靴，捏手电筒，提了布袋出门。比我小三岁的妹妹是我的帮手，她握一根用来打草惊蛇的木棍。夜幄沉沉，繁星点点，周遭蛙鼓一片。有一夜，我俩寻至垄间顶上塘塘塍，听得蛙声骤停，觉出五步之内必有大"泥鼓蛙"（一种体硕肉肥，不用剥皮，呈泥褐色的蛙）。果然，一只正喘动腹鼓的"泥鼓蛙"被我的光柱照得眼花缭乱！我正欲以神速在蛙起跳的一刹那出手——一个捕蛙高手是无须沾泥带草的，我甚至觉到了那湿漉漉的肉感！朦胧间，余光突然生出异样，定睛一看，我的指前竟盘着一条刀把粗的毒蛇！青黄相间，悄然蠕动，伺机已久的蛇头正对准那眼惑的可怜的蛙——蛇捕食的命中率是非常之高的！我惊恐万状，退身就跑。转身间，我听到了蛙的惨叫！十多年来，那夜险景，像刻在我脑幕上的一道刺眼的闪电。

　　然而，尽管害怕，但蛇的影子，怎么也甩不开。我极羡慕那些城里的孩子，蛇是断然不会沿光秃秃的水泥墙壁攻击他们的。砍柴、割谷、摸鱼、摘果子、走夜路，随时可能触到蛇。十里八乡不时有人被蛇咬死咬伤的音讯。有时水田里游过的一条大蛇，能把满田的插秧人赶得像鸭子似的飞跑！我见过一位母亲，她带了幼儿去摘茄子。儿子忽然大哭，母亲奔过去捋起儿子裤脚一看，是毒蛇牙痕！母亲猛地一声号叫，一把撕下一绺连着头皮的长发，死死地缠紧儿子的小腿，抱起儿子疯狂地奔向溪沟，边跑边狂呼："我儿被蛇咬了，我儿被蛇咬了！救——命——哪！"在蛇药送来前，泪汗满面的母亲已用手指把惊痛不已的患儿伤处抓得血肉模糊，正一滴一滴往外挤毒液！而母亲的发间，那血早已浸润了一大片。

　　由于对蛇的惧怕，那背土铳提笼子走村串户的捕蛇人便成了我心中的英雄。据说，他的蛇药祖传好几代，俏销几百里。

　　真真切切的一次蛇口余生，大约是在我上二三年级的时候。那天，我放学回家，提篮去摘菜。行到田埂处，忽感一阵风吹草动，声响挺大。我踮脚一看，顿时跌坐在地上：一条碗口粗的青花大蟒蛇正昂起半尺高的身子，直逼过来！秧丛被排出一条通道，水声骇人。蟒蛇呼啸而至，距我一丈远时，不知因何突然改变了方向，钻进了田角。对我来说，这一直都是一个谜。我至今还记得那颤动的青白色的蛇腹。整整一个星期，我几乎没说一句话。

既惊恐惧怕，又无可奈何、习以为常，这就是山里孩子对蛇的态度。正是在这种困厄中，我承受了苦难，学会了生存，变得勇敢、坚强、刚毅起来，无论怎样险恶的生存环境，无论怎样复杂的人生空间，我想我能具备一定的心理承受能力。是啊，还有什么比毒蛇更可怕的呢？

上学读书，从中学到大学，从县城，到地区，到省城，到京城，离故乡越来越远，可当初总觉得哪天还回来。后来父母落实政策寄寓大学校园，我便几乎没再回到那片沟汊池港和山峦坡地，也无缘再一睹蛇踪了。

作为生态的一个重要组成部分、田鼠的天敌，蛇依然蹁跹盘缠在故乡的田头竹间，依然像砭骨的山风、袭人的雹雨一样，正砥砺山里孩子们的意志。每想到此，我不禁替都市孩子们感到有点儿悲哀，没有了对花间潜行的毒蛇的提防，没有对灾难苦痛的切肤体味，没有对无忧生活的向往，他们的人生架构还会那么有力吗？他们的生活色彩是不是少了点黑色的底调？

蛇患，这儿时的忧祸，竟成我的一笔财富了。至于它潜入我的梦境，预警于我，这不仅是缘分，简直是一种福分了。

抽　笋

　　我的老家在湖北赤壁。赤壁有一个陆水湖。陆水湖据传是三国时期东吴大将陆逊操练水师的地方。

　　湖水浩渺无边，一望无际。湖中大小岛屿星罗棋布，此呼彼应，据说有上千个。岛儿翁郁苍翠绿冠拥盖。岛上有竹林，林中有屋，屋后有船，船上有老夫，或娇滴滴的孙女，还有守岛的狗儿。茂密的修竹，从水边一直繁殖到全岛。这种水竹的嫩笋只手指般粗细，剥开皮露出嫩嫩的笋心，清炒炖肉鲜美可口。

　　下午放学，我常和同学结伴去陆水湖的岛上抽竹笋。

　　提着竹篮到了岸边，解了谁家的船儿，长篙一点，船便轻轻地靠拢一处浓荫绿水的小湾。蹦上岸，边聊着同学间的趣事，边弯身在丛间寻觅，不多时便大半篮鲜笋了。

　　没人时，男孩子脱得干净，扎进清澈见底的凉水，狗刨式、翻跟头、挖迷脑（潜泳），追逐嬉戏。女孩儿也寻得避人处，洗汗洗头。得意忘形之时，忽听一声"水鬼来了！"一个个慌不择路连呛带爬地上了岸。谁都知道，几乎每年都有孩子淹溺在这青山秀水之间。

船儿悠悠地漂近岸，早见到谁家的娘候在水边，手里提了竹条，怒眼凶凶的。

于是有孩子在嘟囔："我说不玩水的，就怪你们。"

满船的孩子都低了头，不敢吭声。

忽然，不知谁说："哟——，我的笋篮忘在岛上了！"

全船猛地爆出狂笑，哈哈声把水荡笑了，把谁的娘也逗乐了。

心 恋

心河流向剔透澄碧湖水，依稀辨认从前的景象。手探进水里，清冽得让人深刻。湾里依然泊着小船，与十几年一样摇曳，摇回我少儿时的许多故事。岛上依然有竹林，林里依然有黑瓦白墙。啊，这就是我的家乡。

快艇在完整的缎面飞速地划着雪白的航迹，浪花飞溅，无忌地扑湿我的衣衫，像久别的恋人，疯狂地拥抱我、撕扯我、亲吻我，哭诉急切而绵长的思念。我自疚对家乡的久违和对思乡情长久的按捺，自疚我的唐突拜谒让家乡没有一点精神准备，也自疚因了我的到来而引起的骚动，破坏了她久久的处子般的宁静。

陪同我的朋友悄声戏问我，村里有没有小芳，我说没有，又说有，有很多，但都不知道名字。我在这块土地上长到上高中，儿时的朋友、伙伴、同学几乎都散落在这碧玉般的湖水四周及皱皱褶褶的山里。我们可能记得或者不记得彼此的名字，但肯定对共同的时光有记忆，肯定在灵魂深处都荡漾着这一泓心湖，湖里或许都还泡着昔日的酸枣。

岛上葱茏滴翠，绿云如被，一直覆盖到水边的橘树挂满灯笼般的果实，没有污染的橘儿味道纯净酸甜。竹笋锋利如刀，直立斜刺，坚挺着刚直不阿的骨节。水泽丰沛，滋润着无边的洼草，伸手抓一把，拧得出绿汁来。白鹭丝从湖草里起飞，优美地划过静谧的水面，扑扑扑地落在岛上的茅屋尖。渔网远远近近，若隐若现，渔舟三三两两，若动若静。远处，一垄青烟静静地升起。远山近岫张开臂弯，呼唤十年一回的游子。喜雨三两点，把心儿都润湿了，对不起我的故土了。湖静默无语，任凭我歌我舞，随意我哭我诉，像过去一样，将来也会如此。走就走罢，回就回吧，波澜不惊。这就是她的矜持，她的傲慢，她的大度。若有可能，我愿意回到从前，长成一介渔子，吱呀着一曲没有旋律的渔歌，摇一对烂桨，把清波翻遍；若有可能，我愿回到从前，做一尾玩鱼，咪溜一声扎进这荡漾碧波，细数湖底斑斓的历史碎片；若有可能，我愿意回到从前，做夕阳残照里荷犁牵牛赤脚归去的劳力，迎着袅袅炊烟，迎着小芳高扬柔软的臂弯走去……

掬一捧水，洗一洗征尘，一任心泪流进湖中。真想把心掏出来，掏出来浸在水里，淘洗。

乡村的文化生活

有一本二十年前读过的书，我一直没有找到。

二十年来我问过许多人，巡查过无数的书架，一无所获。书名叫《从鸽子谷来的孩子们》，是描写苏联卫国战争时期童子军生活的。孩子们用臭鸭蛋袭击敌人的英勇行为，贫困孩子与贵族孩子之间的较量，童子军内部的争斗，都令我痴迷沉醉。

当时我生活的那所由破庙改成的小学堂里，杂草丛生，屋破墙裂。四周的山挡住了视线，也挡住了山外的声音。只有闲云长风是山外来客。长裤脚接了再接，鞋补丁补了又补，但精神幼芽的茁壮成长是无可阻挡的。

这本书是我无意间在家里大方桌底下腌菜缸上的一口大铁锅里发现的。母亲当学生时酷爱文学，下放到农村时带了一大箱书，存在堂屋顶上的木楼里。被生活磨累的母亲终于守不住她的书箱，不知被谁翻得七零八落，荡然无存了。于是爷爷家茅房的手纸篓里，全是有情节的书页，我常常一蹲在茅坑就忘乎所以。我对文学的兴趣,大约萌芽于此。与《从鸽子谷来的孩子们》一同避难于大铁锅的,还有《钢铁是怎样炼成的》《卓娅和舒拉的故事》《青春之歌》,书没有封皮,外面的书页一面比一面残缺,只内芯是完整的。直到上高中我才把书名对上号,但故事梗概还记得全。

我常常爬在树杈顶上或浓密的树冠间,一读一下午。晚上就着油灯或灶火,直读到书中人物爬进梦里。英雄豪气的生成,往往就源自一两本残缺的书。读罢这些书,心中便渴望战争,渴望被敌人俘虏绑在坦克上,渴望被严刑拷打坐老虎凳,自认为必是英雄好汉一条,将来写进书里。撕捺之间码起人的筋骨,书的力量不可小觑。

乡下孩子管小人书、连环画叫"图书"——有图的书,这大约是图书的本义。有几本图书让我印象深刻,一本是《小英雄雨来》,雨来是抗日小英雄,他常在袭击敌人之后一纵身钻进水里不见了,让我敬佩不已。不过这一招我也会了,我妈一揍我,我就一头扎进水塘让她找不着。一本是写一个地下交通站的,《林海雪原》中老两口专门接应共产党的交通员,老大爷不幸被叛徒谋害了,老大娘识破特务的诡计,巧妙地除了害。还有《东海小哨兵》《鸡毛信》《林中响箭》等。那时的小人书特别多,主题鲜明、题材广泛、品种丰富，而且绘画艺术水平都很高，一些工笔画凝结的劳动相当大，不少画页成为我们描摹的范本。如今的孩子们可读的书比那时丰富得多，而且知识含量丰富，装帧水平高精，但小人书市场的萎缩之势不可遏止，这不能不说是一种遗憾。

学校有几个"图书大王"，我是其中一个。家里有几百本藏书，在班里我有专门的"图书角"供同学看。书的来源，一是从书店买，但少，家里经济条件不好，又很少翻山越岭进城。二是与人换，多是以物换书。我制作过不知多少把弹弓，一把能换回三四本。我做弹弓有一得天独厚的条件，是有牛筋胶管，因为我母亲自学了一些医学知识，能为方圆几十里的农民群众打针看病，而且常在自己身上试针灸。医用胶管做弹弓特别带劲，垂涎三尺者多的是。我还会做一种铁丝枪，能连发三四发子弹，如用棕树籽作子弹，能打破好几页纸呢。以枪换书，以武换文，不算军火买卖。还有一种令我最不情愿的交换方式，即用宠物换书。我家养过好几只狗，对狗有很深的感情。有一次，我用书包装了憨态可掬的小狗，去找月亮湾任家的小伙伴任新阶换书，其实这只小狗到手没几天。我很不情愿地取回一二十本图书，却在家痛苦了好几天，最后我一咬牙决定换回来，这次付出的代价更高——三十本。县城里有我母亲的好朋友邢阿姨，她家三个孩子，有一个叫三桶的男孩儿跟我一般大，我俩成了小书友，他满满几大箱子小人书随我翻。每次我都是恋恋不舍地离开这些书，以至我进县城读高中路过她家楼下时，还常常不由自主地多看几眼。

有书的陪伴，我的童年便有了点可读性。但绝大多数同学家里，连一本图书也没有。现在常有某单位向农村赠书的消息见诸报端，我总有一个问号：是不是该先问问农村的孩子想要什么书？

不过那时见得最多的书是《毛主席语录》，小本、薄页、红塑料壳，后来被称为"红宝书"。学生学习小组以生产队为单位，孩子们自带小板凳集中在李家村李红英家，边念边记下密密麻麻的学习心得，连抄带写，虔诚勤奋，心有所得，一些"语录"至今还记得，其中许多深刻的道理是在成长中慢慢悟出来的。

在乡下，有件令孩子们高兴得仅次于过年的事——看电影。

大约一月一回，县上的电影放映队轮流到山上山下畈里畈外巡回放映。三五个人，加上队里或小学里派去的人，浩浩荡荡地拖着板车沿山路"吱呀吱呀"地走来。孩子老人们早耐不住了，拥去村头看热闹，力壮的还上前帮忙推车。板车一进村，坡里就沸腾开了，男男女女老老少少齐拥到禾场，只剩下主妇赶紧烧火撩灶备夜饭。放映员们的派饭派到谁家，谁家就高兴得像有了喜事，堂屋门前里三层外三层看稀奇的人比吃饭的人还多。

镶黑边的白幕布往禾场边的大树杈上一挂，来自十里八乡的长板凳矮脚凳竹躺椅小椅兀早正面反面地躺了一地，大人没来的孩子拣几块大石头占地方，力气大的把大石磙哼哧哼哧地滚过来抢位子。孩子们之间少不了骂骂咧咧推推搡搡，但都被各自的大人喝了回去。

天黑尽了，柴油发电机一响，放映机就开始哒哒地响。就这声音，乡亲们特爱听，比斑鸠野鸡牛犊子唤妈的声音还好听。正片开始之前，照例是大队书记先讲一番话，或放几张语录之类的宣传幻灯片，再放一阵或者施肥的或者健康知识的科普片。如果片子内容略有一点拐弯，没文化的老人便看不懂了，得有人大声讲解。这个人往往就是我妈。有的老太太只看见画儿在动，却听不懂普通话，只好央我妈过细地说。一场电影下来，我妈讲得口干舌燥，比放映员还累。

如果是在别处放映，我们便早早地扛着长凳吆三喝四地向目的地进发，沿途还唱着歌儿，一路追打。架桥郑家、大队部黄家矶上、月亮湾任家、新屋任家、老屋任家、程家湾里，还去过位于蒲圻纺织总厂的六米桥、四大队等地，大约行两个小时。有道是"天晴不怕路远，落雨不怕泥深"。散场后回家的路特别漫长，在黑夜里深一脚浅一脚，瞌睡虫早挤满了眼，还得费力地睁眼看路，小心一脚踩着了蛇，不时吓出一身冷汗。像《阿福》《南江村的妇女》《决裂》《难忘的战斗》《尼克松访华》《沙漠的春天》《火车司机的儿子》《回乡之路》《战洪图》及红色样板戏等，不知看过多少遍了，好多台词还背得下来。

除看电影，村里隔一阵子会来一两个戏班子。花花绿绿唱唱打打咿咿呀呀，乡亲们爱看，有演花鼓戏的，说湖北慢板的，唱楚剧湖北大鼓的，玩杂技魔术三棒鼓的，走村串户，妙趣横生。县里花鼓团、楚剧团下来时，场合要正式得多，内容多是宣传计划生育、尊老爱幼、移风易俗，通俗押韵，易懂好学，针对性很强，不少词句很快在乡间传诵开去。外乡来的草台戏班子当然是要赚点钱的，乡亲们看着给，但一般给钱的少，多是三五个鸡蛋、二三尺洋布，打扮得像妖精似的姑娘依旧笑盈盈地向人扭着腰肢，把些个哈着嘴傻乎乎地看戏的男人们的目光都拉直了。这里位于湘鄂交界处，湖南敲锣湖北听戏，没什么省别概念，两边姻亲关系也多，不少湘妹子就是唱花鼓戏唱到这边来的。也有腆着大肚子跟着戏班子跑了的大丫头。长江对面的洪湖三棒鼓经常唱过来，曲调乡亲们都熟，一人唱观者和，还有人学会了耍三棒鼓。偶尔有玩猴把戏的人来，乡亲们都觉得新奇。猴主人铜锣一敲，鞭子一抽，穿红兜顶红帽的顽猴便乖乖地翻跟斗钻铁圈。临了，小猴端着一只破碗追着向看客讨钱。

看戏还不如演戏过瘾。队里常组织乡亲们自编自演节目，多由下乡知识青年编导。这些城里人干活遭乡里人笑话，还常干些盗杀家狗的事，但他们二胡拉得就是好，唱歌声音就是尖，你不能不服。几个小伙子用毛笔在脸上涂了额纹、胡须，用竹蔸修只烟斗，白对襟布衫上扎根腰带，再系上条头巾，活脱脱一个"老汉"，齐声唱道："霞光呵万道，映天红那么咳，一轮那个红——日，东方升么咳，呀西呀——咳，咳！咳！咳！"这首歌的名字叫《四老汉学毛著》。这些年轻人热衷于吹拉弹唱、锣鼓铃钹，乡亲们倒也看惯了，反正正经农活指望不上他们，能造些乐呵也不是什么坏事。偶尔公社的业余文艺宣传队下乡来，家家也都乐得前跑后颠的，演员好多都认得，谁是谁的外甥女儿，谁是谁家的姑爷。寒冬腊月落雪下冰凌，宣传队的红旗在雪地里分外耀眼，许久才消失在跺着脚目送他们的乡亲们的眼里。

渐渐地，路从山外修进了山里，脚板从山里走向了山外。山里的姑娘争着外嫁，年轻小伙子勤耕苦扒力争在靠近公路处造屋。离城里近了，生活渐渐丰富了，但总觉得原汁原味的文化味儿淡了点。

万古堂纪事

十岁那年的正月初十，母亲率我和弟弟妹妹，从在武汉工作的父亲那里过完年，回到乡下。

那年的雪，好大。

下了火车，往大雪深处的家走去，一路上雪风砭骨，漫天大雪纷纷扬扬，雪暴一阵紧似一阵，密似一阵。地上白茫茫一片，雪线柔和优美。一家人深一脚浅一脚地在雪被里寻着路。脸冻得没了表情。雪水灌进靴里，脚手冻木了。

朦胧中见着了月亮湾李家岭上的两棵大柏树。翻过岭，就是我们家——破旧的万古堂小学。

树根下影影绰绰过来一行人。近了，隔着雪帘看去，虽棉衣棉帽捂得紧，还辨得是新屋任家的人。随便问候了一句。一个男人说："毛子岳死了！"

毛子岳？死了？一家人愣住了。

还没进大门，早听见万古堂小学里人声嘈杂，吆三喝四的。

庙堂屋中央，停放了一口漆黑的棺材。人说，毛子岳已装殓了。

母亲让人掀开棺盖，望了一眼，泪便簌簌地落了。

我家紧挨庙堂屋，四面漏风。淘气的我曾把墙缝掏成一个杯口大的洞，往外看人。此时再从里往外看，正是漆黑的棺材。我怕。赶紧挪过柜子挡住那洞。挡不住的，却是毛子岳的影子。

毛子岳60多岁，在万古堂小学当工友，负责种菜、喂猪、做饭。这座由破庙改成的小学里，他是我家唯一的邻居。

漆黑的后山坡上，有数不清的坟和墓碑。夏天的萤火虫和"鬼火"忽闪，冬天有稀稀密密的墓灯，阴森瘆人。常听说有人鬼迷心窍，四处夜游，一觉醒来竟躺在坟沟里。谁家孩儿病了，做娘的便沿漆黑的山路去"收吓"——唤着孩儿的乳名喊"回屋来哟"，也叫收魂。每每听到这凄惨的声音在夜风中飘荡，我早吓得魂不附体了。也不知人家孩儿的魂，真的收回了没。

破庙像荒地旷野的一盏孤灯，被黑幕笼罩，游荡着鬼怪的故事。

母亲本是城里大户人家的姑娘，被下放来乡下教书，胆小。几个孩子年幼不更事。有了毛子岳做伴，一家人渐渐不那么怕了。

毛子岳为人和善，除小学老师唤他"毛师傅"外，附近村庄的老百姓不论老少都直呼其名。常有人来借米、借菜、借盐、借柴、借洋火，但几乎是有借无还。有人一大早把猪赶进他种的菜园子，青菜被啃了一大片，他也只是抠块土巴扔过去，骂声"死猪"。

有女人怕走夜路，喊一声"毛子岳，你送我一脚"，他二话不说就跟在后面断路。毛子岳识草药，满山坡采集鱼腥草、金银花、七叶一枝花之类的熬药，送人。

毛子岳宽厚的背，有些驼。下颌有颗麦豌豆大的痣。眉竖得像刺，有些像打鬼的钟馗。一口湘音。很神秘，哪里人，哪里来，没人知道。有人试图问他："哎，毛子岳，你家堂客（老婆）呢？""喂，毛子岳，伢有多大？""你认得字吗，怎从不见你写个字？""从湖湘里逃荒过来的，对吧毛子岳？"他从来都支支吾吾哼哼唧唧有点窘迫。问急了，他便瞪圆了眼急急地找事做。

蛇常悄悄地溜进万古堂庙的空场上，有时就缠在某棵蓖麻树的根上，甚至还钻进床角，每每见到，我总是惊慌失措地喊毛子岳来打蛇。

打着了蛇，他掯住蛇尾，抖几下，"哧哧"一下剥了蛇皮，在空场上煮着吃。

毛子岳讲过一个故事——

古时有对小夫妻，很恩爱。男人扛长工，很少回家。有天突然回家，媳妇自是欢天喜地，做了好吃的羹。谁知半夜里，男人肚疼得满地打滚，一命呜呼。有人告这媳妇有害夫之罪。官司到了知县手里，百思不得其解。好个知县心生一计，让媳妇于某夜某时某分，如法再做夜宵，知县等人静立灶旁。到得某时某刻，知县大人突然一抬眼，顿时惊恐万状：灶顶屋梁上盘着一条大蛇，信子闪烁吓人，一线毒涎直滴锅灶！知县忙命人毙蛇，良家媳妇也洗了冤屈。

临了，毛子岳说，蛇汤不能在屋里煮。鲜美无比，不尝尝？我却是早就听得双脚发软，哪敢再吃。

慢慢地，胆子壮了点，屋角或门缝里，不时能见着蛇在夹缝里蜕下的皮，我也敢拈着在风中舞了。毛子岳告诉我，蛇蜕皮很痛苦，那是一次新生，要是人也能蜕皮重生就好了。说这话时，他有点怪幽幽的。

毛子岳不光吃蛇肉，连蜈蚣、百足虫也敢吃。蜈蚣很多，常攀缘于墙角、蚊帐、屋梁。人被咬中毒的事常有所闻。毛子岳逮了蜈蚣泡酒喝，甚至用油炸了吃，咬得嘎嘣响，说这是药引子。我好像记得，他一次次地中毒，脚一次次地肿得像碗口粗。

我家没有菜地，蔬菜几乎是毛子岳供。莴苣、韭菜、茄子、丝瓜、扁豆、南瓜，四季不断。家有好吃的，母亲总盛一碗叫我端给毛子岳。

毛子岳让人觉得怪。住屋的门总掩着，从不请人进他的屋。我家住庙正门堂屋边上一间，毛子岳住侧排紧邻菜园的一间。他一钻进黑屋就不出来，门敲得山响也只答应不开门。出门就上锁，窗玻璃用报纸糊得严严实实。

有一回，我和小伙伴们疯玩，钻进搭满黄瓜架的菜园。一抬头，是毛子岳的窗下。我陡生好奇，踮脚攀上窗台，竟见到毛子岳正一笔一画地写毛笔字，那神情严肃得可怕！

毛子岳突然发现窗上光影一晃，紧张地站起来。我赶紧溜了。

一连几天，我隔着墙洞盯毛子岳的门看，居然没一点动静。后来见到他，他神情自若，一如往昔。

有天清早，听得塘边上一阵骚动："快，毛子岳被人打了！"我们赶过去，毛子岳一身泥水地躺在沟边。原来凌晨时分，毛子岳发现有人偷小学校的猪，他追出来，被贼打昏了。

春节到了，我们全家去武汉，母亲对毛子岳说："我们家就托付给您照看了，虽说没值钱的东西。"从武汉回乡下时，我爸妈还特地备了一份年礼送毛子岳，万万没想到他竟然死了。

村里人是正月初五拜跑年时，发现毛子岳不在的，可能又是吃什么中毒了。

村里人商量说，不知道我们一家这么早回乡下，棺材放我家隔壁不合适，要不找间教室放。母亲拦住说，我不怕。

第二天，村里人把毛子岳屋里和菜园子里能吃的东西都煮了，热热闹闹一番，把他送上了山。飞飞扬扬的鹅毛雪，很快就掩去了那座没有花圈的新坟。

不经意中，雪风中飘过来一句话：没想到这老头儿伪装得这么深，箱底竟藏着国民党的委任状，还打过日本鬼子……

刚翻看完小人书《保密局的枪声》的我，有些傻愣愣的。